KB050586

Some Day

Lovely Day

§ Some Day, Lovely Day §

2014년 4월 24일 초판 1쇄 인쇄
2014년 4월 28일 초판 1쇄 발행

지은이 § 사 란
발행인 § 곽중열
기획&편집디자인 § 신연제, 이윤아
발행처 § (주)조은세상

등록 § 2002-23호(1998년 01월 20일)
주소 § 경기도 고양시 일산동구 장항동 558번지 6호
Tel § 편집부(02)587-2977
영업부(031)906-0890
e-mail romance@comics21c.co.kr
블로그 http://goodworld24.blog.me

값 9,000원

ISBN 979-11-5512-437-6

CIP제어번호 : CIP2014012686

이 도서의 국립중앙도서관 출판시도서목록(CIP)은 e-CIP홈페이지(http://www.nl.go.kr/ecip)와
국가자료공동목록시스템(http://www.nl.go.kr/kolisnet)에서 이용하실 수 있습니다.

Some Day

썸 데이, 러블리 데이   사란장편소설

GOOD WORLD ROMANCE NOVEL

Lovely Day

(주)조은세상

CONTENTS

"뭐라도 먹으면 비행시간이 안 지루해요."

"네?"

내내 작은 비행기의 창밖만을 바라보던 여자의 시선이 자신에게 돌아섰다. 현진은 그녀의 앞에 여전히 비워지지 않은 기내식을 눈짓으로 가리키며 다시 말을 이어갔다.

"내내 창밖만 보셨잖아요. 꼭 저 밖에서 훨훨 날고 싶은 사람처럼."

무언가 갈망하는 얼굴로 창밖을 바라보는 여자.

본인은 알고 있었을까? 스스로가 그런 얼굴로 하늘을 무심결에 흘려보고 있었다는 것을.

"아……."

짧은 감탄사만이 흘러나왔다. 여자의 얼굴은 희고 고왔고, 그에 걸맞게 오밀조밀한 예쁜 이목구비를 가졌다. 그래서 시선이 더 갔던 것일 수 있었다.

결정적으로 옆에 앉아 창밖을 내내 바라보는 여자.

절대 시선이 가지 않을 리 없는 사람이었다. 현진은 그래서 괜스레 더 말하고 싶었는지 모른다. 이렇게 여려보이는 여자가 정말 하늘을 날고 싶어 하는 것일까 봐.

그게 그의 시선을 움직였고, 종국에는 마음을 움직였다.

"어서 먹어요. 곧 승무원들이 다시 오잖아요."

그는 프라하로 향하는 길이 심심하지 않을 것 같았다.

올가가 실수를 많이 하는 편은 아니지만, 게스트하우스를 운영하면서 알게 된 사실이 있다면 바로 예측할 수 없는 상황이라는 변수였다.

"왜?"

그는 올가에게서 걸려온 전화가 못내 불안했지만 받았다.

─현진! 오늘 손님 있던데, 데려올 수 있어?

보지 않아도 상황이 쉽게 그려졌다.

"알았어. 이름하고 전화번호 줘."

그는 올가에게 필요한 것을 말한 뒤 전화를 끊었다. 짐을 챙겨 나서던 그의 핸드폰에 곧, 올가의 문자가 도착했다.

이름, 이연희.

전화번호, 82-10-0050-0900.

그의 손이 분주히 움직이며 전화를 걸었다.

이내 수화음이 끊기고 음성이 흘러나오자 현진은 서둘러 말을 꺼냈다. 수화기 너머의 사람에게 그는 바삐 이야기를 전하려는 듯 보였다.

"오늘 공항 픽업서비스를 신청하셨죠? 저는 게스트하우스……."

–아, 아니에요. 그냥 혼자 가볼게요. 혹시 길을 못 찾게 되면 이 번호로 전화 드리면 되나요?

여자의 말에 현진은 말문이 막혔다. 손님이 직접 서비스를 신청했다가 다시 취소했다. 그걸로 지금 그가 분주히 움직여야 할 일은 사라졌다.

"네. 그러시면 됩니다. 그럼, 나중에 뵙겠습니다."

돌연 무슨 마음의 변화인지 묻지 않았다. 굳이 물어야 할 이유는 없었다. 그의 머릿속에 아직 남아 있는 다른 사람의 잔상이 있었다.

그의 옆좌석에 앉았던 여자.

그는 여전히 눈에 선명하게 남은 그 잔상을 떨치지 못하고 있었다. 짐을 챙겨 공항을 나서면서도 여전히 그는 그 선명한 자욱을 따라가고 있었다.

"저……."

누군가를 부르는 여자의 소리가 현진의 몸을 일으켜 세웠다. 그는 그릇을 올려 넣던 손을 내렸다. 눈앞에 서 있는 여자를 보고 놀랄 수밖에 없었다.

"여기에 예약을 했는데요."

"아, 혹시. 이연희 씨 되세요?"

"네."

여자의 입을 통해 들은 확언. 그는 그녀와 오늘 계속 얘기하고 있던 셈이었다.

"아, 잠시만요. 저희 게스트하우스는 방명록을 적어주셔야 해요. 여기."

주소, 이름, 나이를 적어야 하는 방명록.

그는 연희에게 다가가 방명록을 권했다. 조금 주저하던 그녀가 꼭 본인을 닮은 글씨를 써내려가자 현진의 입에서 질문이 튀어나왔다.

"우리 비행기에서 만났죠?"

답은 돌아오지 않았지만, 그는 집요하리만치 여자의 시선을 쫓았다. 단지 그 기억을 버리고 싶지 않은 마음뿐이었다. 그 마음으로 가득한 그의 앞에 이 여자가 마치 우연처럼 제 손님으로 나타났다.

"반가워요. 나는 서현진이라고 해요."

그런 이연희라는 여자를 향한 인사. 현진의 인사는 새로운 시작을 열고 있었다.

연희가 있는 방에서 울음소리가 흘러나왔다. 울음소리를 모른 척하려던 현진은 결국 우뚝 멈춰 섰다. 그렇게 돌아서던 걸음을 멈추게 한 것은 순전히 염려가 발동해서였다. 아니, 조금 더 자조적으로 말하자면 오지랖이라고 말할 수 있었다. 그렇게 그냥 방 안으로 들어섰다.

그보다 더 많은 이유가 그를 붙들었지만 현진은 오직 이 행동이 바다 같은 오지랖 때문이라고 우겨볼 생각이다.

"여기요. 휴지로 닦으면 피부 다 쓸려서 별로 안 좋아요. 그리고 다 울면 꼭 물 마셔요. 수분이 많이 없어져서 나중에 어지러울 수도 있어요."

현진은 불쑥 손수건과 물병을 내밀며 말했다. 이렇게 타인에게 가장 보이기 싫은 모습을 보였으니 싫어할 것이라 생각했다.

방 안에서 숨죽이고 우는 이런 모습 자신이라도 보이기 싫었을 것이 분명했기에…….

"고맙습니다."

여린 손으로 손수건과 물병을 받아든 여자가 고맙다는 말을 꺼냈을 때 현진은 그 자리에 못이 박힌 듯 떠날 수가 없었다. 가만히 서서 혼자 추스르는 모습을 보고 나서야 몸을 돌렸다.

아픈 기억 하나가 그의 기억을 비집고 삐져나오고 있었다. 누나가 아팠던 무렵 저 여자가 우는 것처럼 서럽게 울었던 적 있었다. 도대체 어떤 아픈 기억이 서울에 존재했기에 저리도 아픈 마음을 토해내고 있었던 것일까.

현진의 머릿속에는 온통 그 생각뿐이었다. 하나 다행스러운 점이 있다면 이연희라는 여자가 더는 울지 않는다는 것이었다.

결국, 입 밖으로 꺼낸 단어와 언어가 1초도 지나지 않아 자신을 후회하게 만들 거라는 걸 알고 있었다. 하지만, 하지 않을 수 없었다.

"내가 손님을 위해 특별 가이드를 해준다니까요?"

"괜찮아요."

음성마저 고운 여자였다. 얼굴만큼 마음도 고울 것만 같았다. 그저 생각뿐이었지만 현진은 하얀 얼굴을 빼꼼히 들고 자신을 거부하는 여자 앞에서 옴짝달싹하지 않았다.

"괜찮다니까요?"

결국 연희의 얼굴에 미묘한 다른 감정이 서리는 것을 본 이후에 현진은 조금 움직였을 뿐이었다.

"원래 이렇게 사장님이 손님에게 직접 가이드도 해주나요?"

"다는 아니죠. 연희 씨가 특별하니까?"

지금 자신의 모습이 제법 능글맞을 거라 생각한다. 그럼에도 불구하고 멈출 수가 없었다. 다소 황당하다는 얼굴로 자신을 바라보는 연희의 모습에 현진은 웃었다. 진심을 담아, 행복한 얼굴로 웃어버렸다.

그런 현진을 마주하던 연희의 입가에 드디어 작은 웃음이 걸렸다. 프라하에 도착해서, 결코 웃지 않던 여자가 웃었다.

현진은 본인이 방금 웃고 있었다는 사실도 잊을 만큼 연희의 웃음에 모든 행동을 멈췄다.

"저……."

결국 연희의 입에서 그를 부르는 말이 나오고 나서야 현진은 다시 움직였다.

"가요."

갑작스럽게 튀어오른 허락에 현진은 두 눈을 빛내며 마주 앉아 있던 연희의 앞에 불쑥 얼굴을 내밀었다.

"진짜 나랑 나갈 거예요?"

"특별 가이드 그거, 괜찮을 것도 같아요."

고운 음성으로 선선히 답해주는 연희의 모습을 두 눈 가득 담아내던 현진이 천천히 입을 열었다.

"저기요. 여기요. 저……. 이런 거 제 이름 아니에요. 여기 사장 서현진이에요."

놀란 듯 두 눈을 깜빡이기만 하는 연희를 가만히 보기만 하던 현진이 기다란 손가락을 들어 연희의 콧방울을 톡 건드렸다.

"땡! 서현진입니다."

싱그러운 웃음을 가득 머금은 그를 따라 그녀가 웃었다. 하지만, 그보다 더 눈부셨던 햇살에 연희의 웃는 모습을 현진은 보지 못했다.

"KOOGI에 가볼래요?"

어디 갈 거냐고 묻지 않는 연희를 이곳저곳 데리고 다닐 계획을 세운 것은 현진이었다. 신시가지에 있는 보석가게를 먼저 권한 것은 가넷이 잘 어울릴 것 같아서였다.

"KOOGI요?"

"프라하에 오면서 관광명소 공부도 안 해왔어요?"

"아…… 뭐……."

"연희 씨는 왜 여기 온 거예요?"

결국 이국적인 나라를 핑계로, 그리고 이국에서 타인에게 느끼는 설레임을 핑계로 더 과감해질 수 있었다.

"사진 보고 왔어요. 아름다운 도시가 있는데, 나는 서울에서 뭐하고 있나 싶더라구요."

솔직한 말에 현진은 다시 입을 열려 했다. 하지만, 길거리에 있는 볼거리에 두 눈을 빼앗긴 연희였다. 그의 옆으로 더 빠르게 걸어가버린 여자를 바짝 뒤쫓는 것은 오로지 현진의 몫이었다.

"우와……."

인형을 보고 탄성을 내뱉는 연희를 보며 현진은 곁에 서서 그 모습을 가만히 보기만 할 뿐이었다.

"진짜 예쁘지 않아요?"

"이런 거 말고 여자들은 작고 비싸고 반짝거리는 걸 더 좋아하지 않아요?"

"여자도 여자 나름이겠죠."

퉁명스러운 연희의 말에 현진은 장난치고 싶어지는 마음을 누르지 못했다. 이 여자의 얼굴에 다채로운 감성이 서리는 모습을 보고 싶었다. 그게 전부였지만, 또 그것이 그의 마음을 움직이고 있었다.

어느새 연희의 얼굴만 자신이 빤히 들여다보고 있음을 몰랐다. 알았다면 조금 다른 감정을 가지고 제 옆에 서 있는 여자를 바라볼 것이다.

"그럼, 내가 데려가려던 데는 별로일 것 같네."

"어딘지 모르겠지만 그쪽이 그렇게 생각한다면……."

"서현진. 내 이름 서현진이라고 말해주지 않았나요?"

조금 더, 가까이 다가가고 싶었다.

한 걸음 더 가까이 걸음을 옮기면 이 여자가 사라지지 않을까 하는 기우가 그의 마음 깊은 곳에 존재하고 있었다.

현진은 이연희라는 여자의 얼굴과 이름만 알고 있을 뿐이었지만 다가갔다. 마음속에서도 현실에서도 눈앞의 여자를 향해 한 걸음씩 발자국을 옮기는 중이었다.

"그…… 그렇다면 별로이지 않을까요?"

잠시 머뭇거리는 연희의 때 묻지 않은 모습이 사랑스러웠다.

지금 딱, 그만큼 이연희라는 여자에게 반해가는 중이었다. 첫눈에 반하는 사람을 만나게 될 것이라고 상상도 못한 그에게 불쑥 나타난 여자를 놓치고 싶지 않았다.

"근데 왜 이렇게 잘해주시는 거예요?"

"글쎄요."

새초롬하게 자신과 시선을 마주하는 연희의 얼굴에는 어디다 풀 수 없는 짜증이 서려 있었다. 그 모습에 다시 입가에 웃음이 비집고 일어나고 있었다. 의뭉스러운 그의 대답에 그녀는 자신에게 답을 얻고 싶어하는 모습이었다. 하지만, 그는 그녀의 기대를 충족시켜줄 수 없었다. 결국 그의 입에서 나온 말은 다른 것이었다.

"서울에서 온 이연희 씨. 프라하 제대로 구경할래요?"

토끼 눈을 하고 바라보는 것도 남을 배려하는 성격 탓에 성질 한번 부리지 않는 모습도 지금 현진에게 모두 다 귀여워 보였고 사랑스러워 보였다.

"예?"

"가요!"

덥석, 현진은 연희의 손을 잡았다. 그리고 한껏 웃음을 머금고 골목을 달려나갔다.

"현진 씨!"

연희의 입에서 그의 이름이 나왔지만 그는 손을 놓지 않았다. 국립박물관도 그의 머릿속에 떠올랐지만, 그런 건 필요 없었다. 광장에 갈 것이다.

광장에 서서 펼쳐진 프라하 시내를 돌아보는 것만큼 이국을 느낄 수 있는 곳은 없었다. 다만, 자신이 느낀 프라하를 보여주고 싶었다. 분명 그것뿐이었던 마음이었는데 조금 달라지기 시작했다. 알 수 없는 것이 사람의 마음이라지만 도통 자신의 마음을 가늠할 길이 없었다. 그는 그렇게 생각하며 자조적으로 웃어버렸다.

참, 알 수 없는 것이 사람의 마음이었다. 분명 그렇게 생각했다. 조금만 더 보면 이 설레임도 다른 여행객들에게 느낀 그것과 별반 다르지 않을 거라고 생각했다. 자조적인 웃음이 거둬진 것은 연희의 손을 잡고 뛴 이후였다. 내내 그의 머릿속을 괴롭히던 생각이 형태를 감춰버렸다.

그 설렘을 사랑해서 먼 이국에서 게스트하우스를 운영하고 있다는 것도 그에게 행복이었으며 행운이었으니 말이다.

두 눈을 빛내며 좋아하는 여자를 마주한 순간 현진은 생각이라는 것을 머릿속에서 지워버렸음을 인정했다.

"여기 참 멋있네요."

사람들이 광장을 구경하기도 하고, 사진을 찍기도 하는 모습이

곳곳에서 보였지만 개의치 않았다. 그리고 자신과 비슷하게 또 이곳에 반하는 여자를 보는 것이 즐거울 수 있을 줄 몰랐다.

누군가에게 마음이 떨리는 순간이 마주했다. 그는 연희를 보며 자신이 이 여자를 좋아하기 시작했음을 인정했다.

이렇게 또 한 번 미치도록 하고 싶은 일이 생겼다.

현진은 입꼬리를 말아올리며 그윽한 음성을 뱉었다. 연희에게 닿을 정도로만……

"저녁 먹을래요?"

"아, 이 근처에 관광객들이 많이 가는 곳이 있어요?"

순수하게도 진짜 자신이 특별 가이드를 해준다고 믿는 여자.

현진은 이런 여자를 놓치고 싶지 않았다. 잔뜩 웅크리고 남을 밀어내던 여자를 밖으로 데리고 나올 수 있기까지 얼마나 많은 핑계를 건넸는지 셀 수가 없었다.

오늘은 날이 좋다.

오늘은 사람들이 별로 없다.

오늘은 성당에 가보기 좋은 날이다.

오늘은…….

마치 스스로를 가둔 사람처럼, 그녀는 세상 밖으로 움직이지 않았다. 첫날 게스트하우스에서 서럽게 울던 이연희라는 여자가 떠올랐다.

서현진의 머릿속을 가득 헤집은 여자는 좀처럼 나갈 생각이 없었다. 그리고 현진 역시 내보낼 생각이 없었다. 그는 조금 더 알고 싶었다.

눈앞의 여자가 무슨 상처에 그렇게 울었던 것인지.

왜 세상 밖으로 나오기를 힘겨워한 것인지.

프라하에 온 이유가 무엇인지.

전부 알고 싶었다.

반나절 연희와 함께 있으면 얻을 수 있을 것 같던 답은 더 미궁 속으로 빠지고 말았다. 현진은 이런 자신의 모습에 쓰게 웃었다. 항상 자신만만하고 당당하던 그는 없다.

지금 이 순간 그는 가장 약한 사람이 되길 자처했다. 말간 두 눈으로 자신을 바라보는 연희를 보던 현진은 연희의 뒤에서 아슬아슬하게 지나가는 리어카의 모습에 그녀의 손을 잡아 끌어당겼다.

품에 안긴 연희의 심장이 뛰는 소리에, 그리고 당황한 자신의 모습에 그는 그녀의 귓가에 단 한 마디만 건넸을 뿐이었다.

"조심해요."

당혹스러운 감정에 존댓말을 썼다는 것조차 그는 모르고 있었다. 그저 품에서 빠져나간 온기가 아쉬웠을 뿐이었다. 너무 빠르게 멀어진 거리를 다시 좁히고 싶어 안타까웠을 뿐이었다.

사랑을 모르던 남자가 한 여자에게 첫눈에 반하고 나니 모든 것이 빠르게 바뀌었다.

"저…… 돌아갈래요."

다시 벽을 쌓는 연희의 모습에 현진은 손을 뻗을 수도 마음을 풀어버릴 수도 없었다.

무엇이 저토록 깊은 벽을 세우게 만들었을까.

지금 당장 그가 궁금한 건 그것 하나뿐, 다른 건 없었다.

어제 외출이, 이 여자에게 다가가려던 노력이 한순간에 사라져 버릴까 그는 조바심쳤다. 마음 안에 사납게 일렁이는 감정을 다스렸다.

"나 기다리면 올래요?"

동그랗게 두 눈을 뜨고 자신을 바라보는 연희의 얼굴에 손을 뻗고 싶은 마음을 억누르며 현진은 다시 입을 열었다. 한 발 뒤로 물러나는 연희를 막기 위해 방문을 발로 막고 있었다.

"아니. 그러지 않는 게 좋겠어요. 그냥 있어요. 내가 갈게요. 어느 눈부신 날 연희 씨가 왔던 것처럼 좋은 날 내가 갈게요."

왜인지 모르지만, 그리고 왜였는지 알고 싶지도 않지만 그냥 한눈에 눈이 부셨던 여자를 놓치고 싶지 않았다.

그 말을 비로소 알게 해준 여자를 평생 마음 한편에 후회라는 단어로 아로새기게 하지 않으려면 그는 더 노력해야 한다는 걸 느끼고 있었다.

"날 모르는 사람이잖아요."

"볼 만큼 봤어요. 우리."

고작 며칠이라는 시간, 현진은 연희에 대한 것을 많이도 알게 되었다. 저절로 눈이 갔고, 저절로 귀가 기울여졌다.

"그럴 리 없다는 것 알아요. 그냥 낯선 타지에서 만난 반가운 같은 나라 사람일 뿐이잖아요."

문득 억울하다는 얼굴로 자신을 올려다보는 그녀에게 현진은 다시 입을 열었다.

"그럴 리 있다고 생각하는데요? 나는 연희 씨가 일어나서 아침에 창문을 가장 먼저 열고, 테라스에 나가서 두 눈을 감고 햇볕을 즐긴다는 것도 알아요. 커피는 진하지 않게 먹는다는 것도 알고. 더 있는데 말해볼까요?"

본인이 생각해도 이런 모습이 어색했지만 개의치 않았다.

하나를 얻고 싶으면, 하나를 버려야 한다.

그게 세상의 이치였다. 하고 싶은 것을 위해 모든 것을 던지던 남자 서현진이 배운 차가운 세상의 법칙이었다.

"이연희."

그는 그래서 자존심을 버렸다. 자존심이 원하는 것을 가져다주지 않는다.

"연희 씨."

그윽한 그의 음성이 연희의 귓가를 간질였다.

"진짜, 사람을 믿어보면 안 돼요?"

연희가 곧 떠날 것만 같아 현진은 불안했다. 여행을 온 여행자에게 반한 본인의 잘못이 더 컸을 테지만 이 순간만큼은 눈앞에 서서 시선조차 마주치지 못하는 여자가 더 얄미웠다.

왜, 같은 하늘 아래 살지 않아서 제 맘 하나를 아프게 쑤시고 다닐까.

"그만 쉴게요."

청아한 목소리마저 아름다운 여자.

절대 놓치고 싶지 않았고, 이 아름다운 모습은 혼자만 보고 싶었다. 현진은 지금 물러서야 할 때라는 것을 연희의 얼굴을 보고 알았다. 지쳐 있는 여자를 붙들고 더 이상 자신을 봐달라고 말하는 건 아니었다.

그제야 그의 발이 막고 있던 문에서 한 걸음 물러났다. 서서히 닫히는 문을 보며 현진은 꼼짝도 하지 않았다. 하늘색 문을 마주하던 그는 한 시간 동안 그 앞에 서 있었다.

올가가 너무 바쁘게 돌아가는 일에 힘들어 그를 찾으러 오기까지 그 앞에 서서 움직이지 않고 있었다.

아름답게 저무는 노을 위에 서 있는 여자를 보는 기분이었다. 꼭 그림에서 튀어나온 것만 같은 연희의 모습에 불안한 현진은 결국 손을 뻗었다.

"이연희."

문득 뒤를 돌아보는 연희의 모습에 현진은 피식 바람 빠진 웃음을 입가에 덧그렸다. 놀란 연희를 보며 그는 다시 입을 열었다. 지금 이곳에 함께 서 있는 모습에 충분히 좋았다. 제 마음 하나 받아주지 못한다고 해서 선택은 자신더러 하라고 말하던 여자가 눈앞에 있었다.

용기가 어느새 자취를 감춘 못난 사람이 되어버렸지만, 그는 오늘 하루 연희의 뒤를 쫓아다녔다. 사람들 사이에 섞여 자신을 보지 못한 연희는 말간 얼굴로 프라하 구시가지를 돌아다니는 중이었다.

사람들을 구경하고, 길거리의 악사를 구경하는 연희의 얼굴에는 이제 제법 다채로운 감정이 떠다니고 있었다.

하지만, 현진은 그럴 수 없었다. 이연희라는 여자가 왜 자신의 게스트하우스에 와서 그토록 아프게 울었는지 이제 알게 되어 그럴 수 없었다.

나지막이 부른 이름이 허공을 맴돌다 사라지는 정도로 그는 연희를 불렀다. 절대 연희의 귓가에 닿을 리 없는 소리만 내고 있었다.

결혼을 한 번 했다는 말을 하던 연희가 그 순간에도 좋았다. 하지만 용기는 다른 일이었다. 더불어, 사람들에게 보일 연희의 모습도 다를 일이었다.

'하나.'

한 걸음, 걸을 때마다 그는 연희가 걷는 길 위에 서서 함께 따라 걸었다.

속으로 세는 숫자가 어느새 천이 되고, 만이 넘어가도록 그는 생각을 하고 또 했다. 자신이 얼마만큼의 용기를 낼 수 있는지. 그리고 그만큼 저 여자를 만나고 싶은지 아주 천천히 고민하고 마음을 기울였다.

아버지의 것이 아닌 자신만의 것.

온전히 제 손으로 이뤄낸 그만의 세상.

그런 자신의 게스트하우스 'CASA'에 오기 위해 예약하는 손님들과 이미 예약된 많은 방은 현진의 기분을 좋게 만들어줬다.

하지만, 만일 한국에 돌아가는 여자를 붙들지 못한다면이라는 가정이 그의 마음을 일그러트리고 있었다. 이런 여자를 다시 만날 수 있을까라는 의문이 그의 안에서 해일처럼 그를 집어삼키고 있었다.

용기만 낸다고 할 수 있다면 아마 진작 이연희라는 여자의 손을 잡지 않았을까 싶었다.

겨우, 친구라는 굴레가 아니라 진짜 연인이라는 언어를 내놓으며 그 여린 손을 잡을 수 있었을 것이다.

"비겁한 놈."

스스로에게 자조적일 만큼 그는 어제 연희에게 건넨 친구라는 단어를 후회하는 중이었다.

못 견디게 사람이 없는 밤거리를 걷고 싶다며 게스트하우스를 나섰다는 연희의 이야기를 올가로부터 전해들은 동시에 현진은 더 이상 현실이라는 커다란 감옥을 벗어났다.

"뭐?"

반쯤 올라간 목소리에 놀란 올가의 얼굴조차 신경 쓰지 않을 정도로 그는 연희가 걱정됐다.

"응. 나갔어. 사장은 몰랐던 거?"

"하……."

현진의 바뀐 감정을 가장 먼저 알아챈 것은 주스 한 잔 마시러 나왔던 원진이었다. 내일 서울로 돌아간다던 누나와 같은 시간에 서울로 돌아간다던 연희를 기억했던 것이 불과 몇 분 전이었다.

그리고 누나에게 이런 마음을 들키지 않게 하려고 적당한 선을 넘지 않았던 것 역시 조금 전까지 유지되고 있었다.

"왜 그래?"

놀란 누나를 보지도 않고, 현진은 자신만의 세상인 'CASA'를 뛰쳐나오듯 달려 나왔다. 어느 길에 있을지, 그리고 그 길 위에서 무엇을 보고 있을지 몰랐지만 어둑한 밤거리를 혼자 헤매고 다니다 험한 일을 겪게 될지도 모를 연희를 우선 찾고 싶었다.

숨이 턱까지 차오를 정도로 이곳저곳을 달려 겨우 찾은 연희는 인적이 이미 끊긴 시간에 광장에 앉아 있었다.

안도의 한숨이 새어나오기도 전, 그를 다시 뛰게 만든 것은 연희를 보고 다가오던 험악한 인상의 사내 여럿이 다가서고 있다는 걸 발견했기 때문이었다.

멀리서 보기만 하려던 그는 결국 연희의 앞에 한달음에 서 있을 수밖에 없었다.

"미쳤어요?"

결국 놀란 마음은 튀어올라 연희에게 소리를 내질렀다는 것도 알지 못했다.

"뭐…… 뭐예요?"

그보다 더 놀란 연희가 제 눈앞에 있음을 알아차리지 못했다.

"연희 씨! 미쳤어요? 이 밤에 여자 혼자 여길 어떻게 나올 생각을 해요!"

하지만, 현진은 그보다 더 놀란 마음을 진정시킬 수가 없었다. 연희가 다른 사람에게 털어놓기 힘든 과거를 제게 말했다는 의미는 명백한 거절이었다.

그리고 그 선을 넘어 연희에게 간다면 넘어야 할 산들이 많이 있다는 것도 알고 있었다. 이 가느다란 손목을 그럼에도 놓을 수밖에 없는 건 현실이었다.

언제나 아버지와 하고 싶었던 일 사이에서 고민했던 자신을 다시 조우하게 될 줄은 꿈에도 몰랐다.

"현진 씨가 뭔데 화내요!"

내일이면 보지 않게 될 것이고, 내일이면 이 마음도 멀리 떠나보낼 거라고 생각했다. 한눈에 반한 여자는 순식간에 기억 저편으로 사라질 것이라 굳게 믿었다.

"어제 내가 한 말 잊었어요? 나한테 그렇게 말하지 마요."

현진은 자신이 이렇게 한 여자를 붙들게 될 줄 몰랐다. 그로서는 상상도 하지 못한 일이었다.

"그렇게 말하지 말아요."

현진의 마음을 가득 담은 음성이 연희의 얼굴을 굳어가게 하고 있었다. 닫힌 연희의 마음에 꾸준히 노크를 하는 현진은 지칠 줄 몰랐다. 지쳐 하지도 않았다.

그저, 같은 곳을 바라보기를 원했을 뿐 다른 건 바라지 않았다.

"친구 하자면서요. 현진 씨랑 나 사이에 우리 친구로 남기로 한 거 아니었나요?"

죽도록 후회할 수 있는 말을 제 입으로 꺼냈었다. 그게 후회될 거지만 또 그건 유일하게 자신과 이 여자를 유지해줄 관계이기도 했다.

"친구……로서 걱정하는 거라고 해둬요. 나는 첫눈에 반한 사람을 쉽게 놓지 못해서 친구라는 허울 좋은 관계를 밀어 넣은 것뿐이니까."

현진은 놀란 연희에게 자세히 말하지 않았다. 지금 자신의 마음에서 무엇이 싸우고 있는지, 그로 인해 어떤 결정이 이뤄져야 하는지 말하지 않았다.

지금 그런 것을 논하기엔 그 스스로가 복잡한 상황이었고 연희가 그를 받아준다는 확신조차 하기 어려웠다. 어두워진 밤거리, 연희를 붙든 손에는 그만큼 절박한 마음이 실렸다.

"그러니, 내가 만일 결정을 한다면 날 돌아봐줘요. 적어도 그건 해준다고 말해요."

조금 더 간절했던 것은 결국 자신이 아니었을까.

간절한 마음을 담은 한마디가 반짝이는 별빛을 가득 수놓은 광장의 하늘에 울려 퍼졌다.

기막힌 이 상황에 웃음도 나오지 않는 것은 그저, 할 말도 없었고 들을 말도 없어서라고 연희는 저를 다독였다. 차갑게 식어버린 커피가 제 처지를 말해주는 것만 같아서 그녀는 참 서글펐다.

"오빠가 얘기 안 했나봐요?"

"했어요."

덤덤한 말투가 제 것이 아닌 것만 같았다.

"그런데…… 이연희 씨 바보예요? 남편한테 내가 있다고 이혼을 요구하는데 왜 버티는 거예요? 정우 오빠가 싫다잖아요. 연희 씨가 있는 그 집에 단 하루도 있고 싶지 않다는데 무슨 이유로 버티는 거예요?"

민다래라고 했었던가…….

연희는 오늘 저를 만나자 연락해온 여자의 모습을 살폈다. 여자는 자신보다 3살이나 어렸다. 어린 만큼 젊은 분위기가 물씬 풍겼다. 답을 하지 않는 자신을 보던 다래가 한숨을 쉬며 다시 말하는 모습에도 연희는 그저 가만히 바라보고 있었다.

"우리 벌써 이 얘기로 1년이나 이러고 있는 거 알아요? 같은 여자 입장에서 이러는 연희 씨 전혀 이해가 되지 않아요."

"같은 여자 입장이라면 아내가 있는 남자한테 다래 씨가 그러면 안 되는 거 아니었나요."

정우 모르게 저를 이미 수차례 만난 여자는 뻔뻔했다. 마치 자신은 잘못한 것이 없다는 태도에 연희가 잘못했다는 말투는 기본이었다. 그리고 다래는 잘 모르고 있겠지만 이미 연희는 점점 지쳐가고 있었다.

"난 가만히 있었는데, 정우 오빠가 나한테 온 걸 어쩌라구요. 게다가 연희 씨가 정우 오빠를 꽉 잡고 살았으면 이런 일 없는 거 아니었나요? 아무튼 우리 또 만나는 일 없었으면 좋겠어요. 오빠가 하자는 대로 좀 해줘요. 그게 서로서로 편한 길 아니겠어요?"

"아뇨. 다래 씨 말대로는 하지 않을 거예요."

연희는 정말 저 여자의 말처럼 하지 않을 것이다. 다만, 제 마음이 더는 견디지 못할 것 같으면 그때 도장을 찍든 아니든 제 마음 가는 대로 할 것이었다.

"그게 과연 연희 씨 마음대로 될지는 모르겠네요."

또각거리는 구두 소리가 멀어질 때쯤 연희의 고운 두 볼에는 어느새 눈물이 흐르고 있었다. 이 봄, 연희는 이제 더는 버틸 힘이 남아 있지 않았다.

"흠!"

의정부에 있는 시댁에 온 연희는 피곤했다. 홀시아버지를 챙기는 일 역시 그러했지만, 저와 같은 나이의 시누이마저 챙기는 일은 연희의 피곤을 가중시켰다.

"언니!"

시아버지의 한숨과도 같은 소리와 카랑카랑한 시누이의 소리에 연희의 고운 얼굴에는 웃음이 사라져버린 지 오래였다. 연희는 상을 차리던 손을 멈추고 몸을 돌려 지은을 바라봤다.

지은이 오늘도 제 가방을 뒤지며 지난주에 샀던 화사한 연핑크 립스틱을 들고 서 있었다.

역시……

오늘도 지은은 제 물건 중 가장 좋아 보이는 것을 탐내고 있었다. 처음 몇 번은 빌려간다는 명목이었지만, 이제는 아예 대놓고 가져가기 일쑤였다. 그렇다고 시댁에 오지 않을 수도 없는 노릇이었다.

"이거 가져가요."

지은이 제 얼굴을 보고 말했으니 다 됐다는 식으로 얼마 전 새로 산 립스틱을 가지고 집을 나갔다. 지은의 그림자조차 집에서 볼 수 없게 되자 연희의 고운 입에서는 한숨이 튀어나왔다.

"에휴."

"여자가 어디 그리 한숨을 푹푹 내쉬어! 쯧쯧쯧……. 네가 그러니 우리 정우가 맘을 못 붙이는 거 아니겠냐."

시아버지의 말에 연희는 정말 다 때려치우고 싶었다. 하지만,

서로 죽고 못 살아 결혼까지 한 남편과 저의 결혼생활이 이렇게 끝나는 건 어딘지 모르게 억울했다.

"시장하시죠. 조금만 기다리세요. 거의 다 차렸어요."

연희는 남편이 신혼 초 제게 해주던 것처럼 행동할 날이 오리라고 생각했다. 그렇게 곧 돌아올 것이라 믿어 의심하지 않았다. 정갈하게 상을 차려 시아버지의 앞에 놓고 그녀는 시댁에 밀린 일거리들을 하나씩 해치우며 어제 마주했던 다래의 모습을 떠올렸다.

다래는 저처럼 이렇게 집안일에 찌들지도, 시댁에 시달리지도 않았다. 그저 다래는 정우가 주는 사랑에 행복해하는 여자의 모습을 보이고 있었다.

연희는 설거지를 하며 제 모습을 돌아볼 수밖에 없었다. 반짝반짝 빛나는 그 여자와 달리 자신은 너무나 초라했다. 대충 묶은 머리에 편한 치마 그리고 편한 외투를 입고 서 있는 여자는 4년 전 결혼하던 이연희가 아니었다.

결국 연희는 무너졌다. 아주 오랜만에 집에 들른 남편으로 인해 연희는 그렇게 무너지고 말았다.

"다래가 아이가 생겼어."

아무렇지 않게 다른 여자의 임신 소식을 전하는 남편은 더는 제게 돌아오지 않을 거라고 굳게 말해주는 것 같았다.

"이혼하자."

정우의 말에 연희는 정신줄을 단단히 붙잡으며 입을 열었다.

쓰러지지 않으려 소파에 몸을 기댄 연희의 목소리가 덤덤했다.

"아이라구요?"

"그래. 너는 아무리 해도 가지지 못한 우리 집안 장손을 다래가 가졌다고! 그러니까 이혼하자고……!"

정우의 외침에도 연희는 그저 묵묵히 듣고만 있었다. 겉으로는 멀쩡했지만, 연희는 그 누구보다 지금 마음 깊은 곳으로부터 무너지고 있었다.

"너 이렇게 독했었냐?"

남편의 비아냥거림이 제 마음을 잔인하게 찢어발기고 있었다. 연희는 차마 울지도 못했다. 울기 시작하면 그 눈물을 멈출 수 없을 것 같아서 그녀는 독하게 남편 앞에서 버티는 중이었다.

"너 이렇게 해서 날 안 놓는 이유가 뭔데?"

그의 물음에 답을 해야지 하면서도 연희는 쉬이 입을 열어 목소리를 낼 수가 없었다. 손에 가득 밴 땀을 앞치마에 쓱쓱 문지른 연희의 맑은 두 눈이 정우를 향했다.

"여기 서류 있으니까. 내일까지 도장 찍어놔."

테이블에 서류를 놓고 나가버린 남자는 이제 제 남편이 아니었다. 저를 위해 주겠다고 말하고, 저와 같은 마음으로 살겠다던 남자는 이미 사라진 지 오래였음을 연희는 그 순간 알았다.

너무 늦었지만, 아프게 깨달아버린 그녀였다.

연희는 앞에 놓인 서류를 보다 흔들리는 눈빛을 다잡으며 도장을 찍었다. 더는 이기적인 시댁 식구에게 시달리지 않아도 되고, 더는 남편의 여자를 만나며 마음 아파하지 않아도 될 것이었다.

이 도장만 찍으면…….

연희는 도장을 찍은 이혼서류를 대문에 붙여놓으며 생각했다. 이 서류를 보는 현정우, 당신 어떤 생각을 먼저 할까…….

부끄러운 줄 알았으면 좋겠다는 마음에 연희는 메모 역시 써서 옆에 붙여놓았다. 스스로가 생각해도 너무 소심한 성격이었지만, 그녀는 달리 어떻게 표현할 줄을 몰랐다.

'당신 아이 가졌다는 여자랑 잘 살아. 이제 더는 보지 말자.'

온 동네 사람이 이 소식을 알아버렸으면 좋겠다는 마음이었다. 버림받은 아내의 치졸한 복수심이라는 것을 스스로도 잘 알고 있었다. 하지만, 이렇게 하지 않고서는 연희는 버티지 못했다.

그녀는 앞치마를 벗어 잘 개켜놓고 짐을 챙겼다. 하나씩 짐을 챙기던 연희의 손이 결혼사진 앞에서 멈추고 말았다. 연희는 그 결혼 버려버렸다. 그렇게 연희는 4년이나 살던 아파트를 나갔다.

무거운 정적을 뚫고 먼저 말한 것은 연우였다.

"연희야."

답이 없는 동생을 보는 연우의 눈빛이 사납게 일렁이고 말았다. 동생을 이리 만든 현정우 그 자식을 가만히 두고 볼 수 없었다.

"미안하다……."

한데, 그 자식을 어떻게 혼내줘야 할지 모르겠는 그였다.

"오빠가…… 오빠가 왜 미안해. 왜, 나 때문에 왜. 왜……!"

내내 덤덤하던 동생을 걱정한 어머니의 연락에 그는 오랜만에 부모님 댁으로 아내와 함께 왔다. 줄곧 먼저 오고 싶었지만 그는 그럴 수가 없었다. 행여 동생이 이런 자신을 보고 더 아파할까 봐……

내내 덤덤하던 동생의 그 태도는 역시 저희의 마음을 아프게 하지 않으려는 노력이었다. 그의 예상이 맞았었다. 동생은 침대에 기대앉아 저를 보지도 못하고 울었다. 차마 그 눈도 마주치지 못하고 연희는 제 목숨을 놓을 것처럼 울었다.

그가 동생에게 해줄 수 있는 일은 그저 연희를 안아 다독이는 일뿐이었다. 마치 숨이라도 끊어질 듯 우는 동생의 모습에 연우는 할 수 있는 것이 없었다.

"오빠가 미안해…… 오빠가……."

"오빠가 왜 미안해! 왜! 내가, 내가 그런 인간을 만나서 이런 걸……! 왜!"

"오빠니까 미안해……. 우리 착한 동생 그동안 얼마나 아팠어. 얼마나 힘들었을 거야."

말도 하지 못할 정도로 울어버리는 동생을 안으며 연우 역시 눈가가 붉어졌다. 허나, 울 수는 없었다. 제가 운다면 연희는 분명 더 마음 아파할 것이기에.

"말도 못하고, 우리 착한 연희가 얼마나 아팠을까. 우리 순한 동생이 아프다는 말도 못하고 버텼을까."

떨리는 동생의 등을 쓰다듬는 연우의 손끝이 떨려왔다. 연희는 그런 아이였다. 아프다고 말 한번 제대로 하지 않던 그런 착하고 순한 동생이었다. 그런 동생이 이혼서류에 도장을 찍어주고 나왔다는 말에 그 누구보다 연우는 놀랄 수밖에 없었다.

힘든 내색하지 않던 연희의 모습에 연우의 마음은 더 아플 수밖에 없었다. 돌이키기도 힘든 상처를 평생 안고 살아갈 동생이 안쓰러웠다.

그리고 그 망할 현정우, 끝내 제 동생의 마음을 이리 아프게 한 그 집안이 결코 잘되는 일은 없을 것이다.

"나, 나……."

떨리는 목소리로 무언가 말하려는 연희의 말을 가만히 듣는 그였다. 동생을 진정시키려는 그 손짓은 하염없이 계속되고 있었다.

"그 사람 집도 이제 더는 싫어. 나만, 나만 노력해야 하는 그 사람 집안도 싫어……."

"그래. 우리 연희가 싫은 건 하지마. 괜찮아."

연우는 다시 한 번 더 동생의 등을 토닥였다.

"그리고 그 사람도 싫어. 그 사람 아이 가졌다는 그 여자도 싫어……!"

연희의 입에서 나온 이야기가 연우의 뒤통수를 때렸다. 연희가 버텨내지 못했을 이유가 있을 것이라고 심작했지만, 그것이 바람이라고는 생각지도 못했던 연우였다.

"연희야……!"

연우는 그 순간 감정을 누르지 못하고 동생의 눈을 마주했다. 두 눈 가득 울음기를 머금은 연희에게 확인하듯 묻는 것이 얼마나 상처가 되는 일이라는 것을 알았지만, 그는 해야만 했다.

"혹시 그놈이 바람이 났던 거야? 그래서 너더러 이혼하자고 그런 거야?"

말이 없는 동생의 모습에 연우는 눈앞이 캄캄했다. 이 여리고 착한 동생을 놔두고 바람이라니……! 연우의 눈에서는 분노가 일렁거렸다. 그는 마음 깊은 곳으로부터 무너져 내린 연희를 제 품으로 안았다.

가족의 품으로 돌아온 동생을 그렇게 끌어안은 그였다.

오늘도 다래의 향에 취하듯 정우는 그녀가 있는 오피스텔에 들어서며 입을 열었다.

"그래! 합의서 도장 찍었더라."

어떻게 전달해줬는지는 다래에게 말하지 않는 정우였다.

"정말?"

이렇게 귀엽고 여린 다래가 그동안 독한 연희의 태도에 상처받았을 생각을 하니 마음이 좋지 않았다.

"응! 그러니까 우리 다래는 이제부터 동동이만 생각하면서 결혼식 준비만 하면 되는 거야."

"응! 오빠 말대로 나는 이제 동동이랑 결혼식 준비만 잘하고 있을게. 그런데 도대체 어떻게 생겼어? 완전 독하게 생겼던 거 아니야? 어떻게 우리 오빠가 그런 여자랑 결혼을 해서……."

저를 안쓰러워하는 그녀의 말에 그는 다래를 제 품에 가득 안았다. 그리고 다래가 연희를 한 번도 만나지 않았다는 사실이 얼마나 다행인지 모르겠다며 정우는 스스로에게 위로하듯 말했다.

"우리 다래는 이제 그런 거 신경 안 써도 돼. 이혼 절차 마무리되고 나면 우리 집에 인사 가자. 그리고 동동이랑 너랑 나랑 우리집으로 들어가서……."

행복한 음성으로 말하는 저를 쓱 뿌리친 다래의 표정이 좋지 않았다. 혹여 다래에게 무슨 잘못이라고 한 것인가 싶어 그는 그녀를 부르기에 급급했다.

"다래야?"

"꼭 오빠 집으로 들어가야 아버님 모실 수 있는 건 아니잖아. 우리 그냥 지금처럼 살자. 내가 틈틈이 아버님 챙기고 다닐게. 임신하면 스트레스 받는 것도 별로고……."

다래의 말에 그는 연희의 모습이 생각났다.

'아냐, 당연한 거잖아. 근데 어머님이 우리 신혼이니까 1년에서 2년 정도만 나가 살아보라고 하셨으니까 그렇게 하자. 그리고 들어가서 같이 모시고 살자. 오빠가 원하면 나도 그렇게 할게.'

제 말에 순순히 그러겠다고 답하던 연희의 모습이 떠올라버린 것은 왜였을까. 정우는 서둘러 생각을 털어버리며 다래의 말에 고개를 끄덕이고 말았다. 우선 제 아이를 가진 이의 말이 중요한 것이다.

아이를 낳고 같이 살며 잘 구슬려 제 아버지와 동생이 있는 집으로 들어가도 될 일이었다.

2년 전, 어머니가 돌아가셔서 혼자가 되신 아버지를 그냥 둘 수 없으니, 정우는 제가 모실 생각이었다. 제 아이와 아내가 될 다래와 아버지와 함께 꾸릴 미래가 서둘러 다가오길 바랐다.

연희는 정말 이 상황이 싫었다. 더없이 싫었다. 엄마가 저만 보면 하염없이 눈물을 흘릴 이 상황을 만들지 않게 하려고 얼마나 노력했었는데……. 결국 오늘 가정법원으로 가는 제 모습에 다시금 엄마의 눈에서 눈물이 흐르고 있었다.

"엄마. 울지마요."

연희의 입에서 결국 엄마를 추스르게 하는 말이 튀어나왔다.

"아니다. 내가 오늘 눈에 뭐가 들어가서 이러는 거야. 우리 예쁜 막내 때문이 아니니까. 너무 맘 상해하지 마. 응?"

"응. 정말 나 때문에 울지마. 나 얼른 가서 그 인간하고 정리하고 들어올게."

연희는 오늘 유달리 곱게 화장도 하고, 고운 옷도 입었다. 그 모습에 엄마가 더 슬퍼하고 있다는 걸 알지 못했지만. 그녀는 이렇게라도 저를 보이고 싶었다. 연희가 색이 고운 누드톤의 화려한 구두를 꺼내 신으며 다시 엄마를 향해 입을 열었다.

"나 정리하고 돌아오면 오빠랑 새언니랑 같이 외식하러 나가자. 아주 맛있는 것도 먹고, 응?"

"그래. 그러자. 조심해서 다녀와."

엄마의 말에 연희의 고개가 미미하게 움직였다. 그 끄덕임을 끝으로 그녀는 집을 나와 가정법원으로 향했다.

만발하는 꽃들이 아름다운 이 날, 연희는 시리도록 아픈 경험을 치러내고 있었다.

층층이 높은 계단 맨 위에 선 두 사람은 서로 다른 곳을 바라보고 있었다. 마지막 인사마저 서로 다른 곳을 바라보고 하는 그 모습이 아프게 수놓아지고 있었다.

"이제 다시 보지 말자."

"그래. 제발 다른 남자 만나면 나한테 하는 것처럼 매달리지 말아라."

눈앞에서 저를 향한 인사마저 쓰게 내뱉는 이 남자는 이연희가 좋다며 연애하고 같이 살던 사람이 아니었다.

"당신도 자기 아이 가진 그 여자한테 나한테 한 그대로 해."

연희의 인사마저 쓰게 나올 수밖에 없었다. 연희는 오늘따라 한 폭의 그림처럼 고왔다. 그 점은 저를 버린 현정우가 인정한 것이었으니 틀림없는 사실일 것이다.

"뭐? 내가 뭘 어떻게 했다고……!"

벌겋게 얼굴이 달아 저를 마주보며 언성을 높이는 정우 때문에 지나가던 사람들의 시선이 모두 자신을 향하고 있었다. 연희는 그를 보며 덤덤히 제 입가에 웃음을 그리고 그를 향해 마지막일지도 모를 말을 내뱉었다.

"아내가 하는 노력이 무엇인지도 몰라서 힘들게 혼자 노력하게 만들고."

이건 지난 4년간 힘들었던 자신에 대한 고백이었다. 그가 결국 알아차리지 못한 그의 집에 관한 고백이기도 했다.

"아내가 시댁에 하는 노력이 얼마나 고마운 것인지도 몰라서 현정우만 알며 그렇게 이기적인 모습 그대로 살아."

그가 자신을 향해 뱉어낸 쓰디쓴 마지막 인사에 대한 보답이기도 했다.

"그렇게 저를 좋아하며 돌아올 것이라 믿었던 아내에게 다른 여자에게서 제 아이를 가졌다는 소식도 전해주고 살면 나는 참 좋겠어."

여자로서, 여자가 당하고 살지 않았으면 좋겠다는 짓을 당하게 만든 너가 참 싫다고 연희는 그렇게 정우를 향해 말하고 있었다. 나는 이렇게 아플 동안 웃고 행복했던 당신 역시 힘들어 보라고, 그녀는 그렇게 말하고 싶었다.

"그게 여의치 않으면 그 여자도 현정우 동생과 아버지를 겪어 보라고 해. 나는 그거면 참 좋을 것 같아. 당신이 내가 당신에게 해준 모든 것에 감사할 날이 있을 거라고 생각해. 우리 이제 두 번 다시 보지 말자. 나는 이제 누구의 아내로 살지 않을 거야. 나는 이연희로 살 거야. 그러니까, 이제는 당신이 내 앞에 나타나지마."

섭섭하지 않은 위자료도 받아낸 연희였지만, 아직도 풀리지 않은 마음의 한이 그녀를 옭아매고 있었다. 그건 연희가 어찌한다고 되는 문제가 아니었다. 그리고 그 한은 오롯이 정우를 향해 쏟아부어야 풀린다는 것도 알고 있던 그녀였다.

"그러니까, 현정우가 후회하며 살날이 없기를 바랄게."

그렇게, 네 옆에 있는 사람이 힘들어하는 모습을 보며 후회 같은 건 하지 않기를 그녀는 소망했다. 제가 힘든 것만큼 그들도 힘들었으면 하는 바람으로 그녀는 그런 말을 하며 그에게서 뒤돌아서서 법원 앞을 떠났다.

만개한 꽃잎이 참 아름답게 흩날리는 날, 연희는 정말 혼자가 되고 말았다.

※

"꼭 가야겠어?"

연우의 음성에 가득 묻어난 걱정에도 불구하고 연희는 고개를 저었다. 이번만큼은 오빠의 이야기를 들을 수 없었다.

"여자 혼자 그 먼 곳에서 혼자 여행하는 게 얼마나 위험한데. 연희야 그러지 말고 며칠 후에 어머니랑 아버지 모시고 가까운 곳으로 여행 다녀오자."

이미 내일 출국하는 비행기 티켓이 있고, 자신의 짐이 전부 꾸려져 있음에도 오빠는 포기할 수 없는 모양이었다. 자신이 오롯이 혼자가 되고 싶어 한다는 사실과 문득 그 시간이 길어질까 봐 염려스러운 모양이었다.

"오빠."

연희는 연우를 부르며 말을 이어갔다. 아득하게 깊은 어둠이 가라앉은 밤 연희는 방 안에 오도카니 앉아 입을 닫지 않는 자신의 캐리어를 바라보고 있었다.

"나는 잘 살고 싶어서 다녀오려는 거야. 그러니까 내 걱정 더 이상 하지 않아도 괜찮아. 내가…… 한 번 내 인연이 아닌 사람하고 살았다는 사실에 울고 싶지 않아서 다녀오려는 거야."

목 끝까지 넘어온 물기가 가득했지만 그녀는 애써 억누른 채로 연우를 바라봤다.

"하지만, 어머니가 걱정이 많으셔."

나도 물론이고, 라며 덧붙인 연우의 시선은 내내 연희에게서 떨어지지 않았다.

"나 되게 씩씩한 거 잊었어? 나 진짜 다 잊고 살고 싶어서 혼자 가고 싶은 거니까. 걱정 마. 진짜 나 잘할 수 있다니까? 여행이잖아. 혼자 가는 여행 진짜 오랜만이란 말이야. 그러니까. 너무 걱정하지마."

"위험한 일 있어도 전화하고."

연우의 당부에 연희는 고개를 주억거렸다.

"위험한 일이 없어도 전화하고."

"응. 그럴게."

"그냥, 매일매일 전화해. 나한테 하지 않아도 되니까. 어머니가 걱정하지 않으실 정도로 전화해."

끊이지 않는 연우의 당부가 연희의 입가에 삐죽 웃음을 일으켰다.

"나 어린애 아니야. 너무 그렇게 걱정하지마."

연희는 마주 앉은 오빠의 시선에 눈을 마주치며 웃었다. 걱정해주는 가족이 있음에도 혼자 있고 싶은 마음은 어쩔 수 없는 것 같았다. 그럼에도 가고 싶었으니 참 아이러니한 감정이었다.

그럼에도 혼자가 되고 싶었다. 여행의 이유는 그것뿐이었다.

연희는 그제야 제가 진정으로 혼자임을 깨달았다. 그리고 서울
에서는 차마 나올 수 없던 울음이 나왔다. 부모님의 마음을 아프
게 할까 봐, 가족의 걱정을 불어나게 만들까 봐 서울에서 토해낼
수 없었던 그녀의 울음이 이곳 프라하에서 나왔다.

참고 참았던 그녀의 울음은 저를 위한 것이었다. 그 누구도 아닌
온전한 저를 위한 것이었다. 이기적이었던 시누이와, 저를 탐탁해
하지 않은 시아버지를 견딜 수 있었던 것은 제 편이라 믿은 남편과
저를 너무나 예뻐해 주시던 시어머니가 있었기 때문이었다.

허나, 시어머니는 2년 전 돌아가셨고 남은 이는 저와 남편뿐이
었다. 제 울타리의 한쪽이 사라져버리고 나니 남은 한쪽마저 저
를 지켜주기 싫다며 다른 이를 바라보았다. 그렇게 버틴 2년이 못
견디게 아까운 연희였다.

왜 그 시간을 그렇게 보냈는지 정말 견딜 수 없을 정도로 아까
웠다. 미련스러웠던 이연희가 안타까웠다.

목숨이 끊어지기라도 할 것처럼 우는 제 곁에 아무도 없어야 했다. 한데 제 곁에서 난 인기척에 두 눈을 감고 울기만 하던 연희의 두 눈이 떠졌다. 그리고 오늘 저를 다정하게 맞아준 집주인이 서 있었다. 손수건을 하나 들고 제 앞에 서 있는 남자의 모습에 연희는 이상했다.

"여기요. 휴지로 닦으면 피부 다 쓸려서 별로 안 좋아요. 그리고 다 울면 꼭 물 마셔요. 수분이 많이 없어져서 나중에 어지러울 수도 있어요."

손님에게 원래 이렇게 자상한가 싶을 정도로 이 남자는 제게 다정하게 굴었다. 그녀는 이런 그의 모습이 전남편의 모습과 비교돼서 마음이 아팠다.

이 친절한 남자는 결코 모를 것이다.

이런 그의 행동이 제 마음에 난 상처를 들쑤시며 다른 추억 하나를 만들어내고 있다는 것을.

"고맙습니다."

연희가 할 수 있는 말은 이미 정해져 있었다. 손수건을 받아든 그녀가 인사를 하자마자 그는 제 모습을 가만히 보더니 방을 나갔다. 연희는 그가 나간 이후로 더는 울지 않았다. 어떤 이유인지 모르겠으나, 연희는 더는 울 수가 없었다.

그렇게 프라하의 밤이 깊어갔다.

"사장? 왜 운데?"

올가의 호기심은 아주 잠시 접어둘 수 있을 만큼 현진은 지금

이 순간 이연희라는 여자의 울음이 그쳤다는 것이 더 좋았다.

"몰라. 올가, 우리 할 일 많지 않아?"

"아! 맞다!"

손뼉을 치며 발을 동동 구르는 올가를 보며 현진은 웃음을 터트렸다. 이럴 때 보면 영락없는 소녀처럼 행동하는 올가는 현진에게 종종 웃음을 선사하곤 했다.

참 뜬금없는 순간에 주는 그런 웃음이 얼마나 달콤한지 올가는 모를 것이다.

올가의 물음에 답을 할 수 없었지만, 현진은 이연희라는 여자가 왜 저렇게 우는지 궁금했다. 그만큼 궁금하고 안타까웠던 만큼 아프지 않기를 바랐다.

위로조차 감히 할 수 없을 정도로 아프게 울던 여자에게 그는 할 수 있는 행동이 없었다. 그저 물과 티슈가 어디에 있는지, 그리고 필요한 게 있으면 말하라는 정도가 전부였다.

감히 저 아픔에 달려들 엄두가 나지 않았다. 한눈에 반했고, 한눈에 들어왔지만 덥석 잡기가 겁나는 그런 빛과 같았다.

그녀는 그에게 있어서 오늘 아주 특별한 손님이었다.

이름과 사는 곳, 그리고 나이밖에 모르는 이연희, 그녀는 서현진이 한눈에 반한 여자였다.

눈앞의 이 남자, 어딘지 모르게 거슬렸다. 연희는 제 모든 것을 털어버리려고 온 이 여행의 목적이 어딘지 모르게 변질되어버린 기분이었다.

홀가분해야 하는 제 앞에 문득문득 나타나 한마디씩 하는 이 남자는 이 순간 아예 자신의 앞에 자리를 잡아버렸다.

"아직 안 정했으면, 국립박물관이라도 관광하고 오는 건 어때요?"

"국립박물관이요?"

제 목소리 어딘가에 묻어난 귀찮은 말씨가 기분을 상하게 했을 법도 한데, 이 게스트하우스의 주인은 한결같았다. 어제 제가 도착한 그 후로 늘 같은 모습으로 친절했다. 연희는 누구에게나 다 그런 것일까 싶었다.

차라리 현정우가 이런 남자와 같은 성격이었다면, 처음부터 다른 여자를 만나는 짓을 하지는 않았을 것 같았다.

"네, 저희 게스트하우스와도 그리 멀지 않으니 가보기에는 좋을 거예요. 가다가 근처 노점에서 간식거리를 사 먹어도 좋구요. 참! 환전은 해왔어요?"

참, 인상도 좋고 생긴 것도 좋은 남자가 왜 이런 일을 하고 있을까 싶었다. 이건 그저 단순한 호기심일 뿐이었다. 사람이 사람에게 갖는 그런 호기심.

더욱이 이곳은 낯선 타지가 아니던가. 그런 곳에서 마주한 게스트하우스 집주인이 한국 남자라니 조금은 반가웠던 것 역시 사실이었다.

"아, 아직요."

이 사람의 이런 자상함은 게스트하우스를 운영하는 주인의 친절함이라고 제 마음대로 단정 지어버렸다.

"그럼, 국립박물관에 가기 전에 꼭 환전소에 들러요. 오늘 올가가 오는 길에 봤을 때는 1유로에 29코로나라고 그랬거든요. 이 정도면 환전하기에 좋은 날이니까 꼭 들러요."

"아. 네."

이런 친절함을 보이는 이에게 더는 무뚝뚝하게 굴 수 없던 연희도 그제야 웃음을 보였다. 그리고 그녀는 모르고 있었다.

이 먼 곳, 체코까지 와서 처음 보인 웃음이라는 것을 그녀는 모르고 있었다.

이혼 후 한 달 반 만에 처음으로 웃는 연희의 모습은 누가 무어라 할 수 없을 만큼 빛났다.

"사장?"

올가의 소리가 저를 깨워버렸다. 이미 일찍 아침을 먹고 쇼핑센터에 가겠다며 나간 누나가 저를 이상하게 바라보고 있음을 알았지만, 고작 누나의 눈초리가 걱정스러워서 제가 반한 여자에게 아무런 표현도 못할 바보가 아니었다.

"왜?"

벌써 햇수로 따지면 만 1년을 같이 일한 올가는 이미 서현진에 대해 알 만큼 아는 사람 중 하나였다. 그런 올가가 저를 부를 정도라면, 이연희라는 사람이 제 마음에 단단히 든 모양이었다.

그러면서도 그는 저 자신에게 속으로 말했다.

'급할 것 없다. 천천히 놀라지 않게, 천천히 하자.'

그는 이 말을 제 속으로 몇 번 하고 나서야 올가의 표정을 살폈다.

이미 올가의 표정이 기묘했다.

"너 웃지마라."

"싫은데? 사장 이러는 거 처음 봐."

올가는 이 좋은 건수를 놓치지 싫다는 듯이 저를 약 올리는 말만 골라 하고 있었다.

"사장이 이렇게 누구 챙기는 건 나 진짜 첨 봐! 저 동양 여자가 그렇게 마음에 들어?"

올가의 개구진 미소를 보던 그가 고개를 저을 수밖에 없었다. 그도 그럴 것이 오는 손님들에게도 이런 친절을 보인 적 없었으니 말이다. 그 모습들을 속속들이 알고 있는 올가였기에 너무나 쉬이 눈치를 챈 것이었다.

"왜? 마음에 든다 그러면?"

그도 조금은 장난스런 마음이 들었다. 꼭, 철없던 십 대 소년의 기분이 이럴 것이라고 감히 단언할 수 있을 정도였다.

"아마도……, 내가 조금 도움이 되지 않을까? 아까 보니까 남자한테 일종의 방어의식 같은 게 있는 것 같던데? 난 여자니까 조금 쉽게 말하지 않겠어?"

이제 보니 올가는 저에게 하는 말 모두 진심으로 뱉어내고 있었다. 그런 올가를 바라보며 알 수 없는 미소를 입가에 지었다.

저 역시 제 마음을 아직 확실하게 단정할 수 없어서 올가의 그 제안을 단번에 승낙할 수가 없었다.

"그것보다 우리 오늘 할 일 많아. 알지? 넌 2층, 난 1층이다."

"오케이!"

올가의 신바람 난 대답을 시작으로 현진은 이미 현관에서 멀리 사라져버린 연희에 대한 생각을 잠시 접었다. 연희가 왔을 때 쾌적한 환경으로 맞이하고 싶은 제 마음도 한몫했다. 제가 운영하는 게스트하우스에 대한 기억이 좋았으면 싶은 그의 바람이었다.

아침 'CASA'라는 게스트하우스를 나오면서부터 한 생각은 오직 하나였다. 다른 무엇도 아닌 단 한 가지였다. 더는 현정우가 생각나지 않았고, 이제는 지난 2년간의 일이 아프지 않았다. 그저 그런 일을 겪은 제 2년이 불쌍하다는 마음뿐이었다.
연희는 이 변화에 참 감사했다.
그녀는 이국적인 체코라는 나라, 그리고 그 나라에 자리한 프라하의 풍경에 홀린 듯 바츨라프 광장에 자리를 잡고 지나가는 사람들을 바라보기만 했다. 그 풍경이 아름다워서, 그 풍경 아래 그림처럼 다정한 연인들의 모습이 좋아보여서 그녀는 참 좋았다.
바라보고만 있어도 치유된다는 느낌이 무엇인지 확실하게 알 수 있었다. 그리고 저 역시 이런 곳에서 살고 싶다는 생각이 들었지만, 그건 아직 제게는 실현 불가능한 이야기였다. 체코말도 할 줄 몰랐고, 무엇보다 가족과 멀리 떨어져야 한다는 것이 내키지 않았다. 연희는 오늘 아침 제게 많은 설명을 해줬던 집주인의 말을 떠올리며 노점상에 가서 간단한 간식거리를 샀다. 그의 말대로, 저렴하고 맛있어 보이는 음식들이 넘쳐났다.

연희는 이제 정말 여행을 온 사람처럼 다녀보자고 마음먹고 길
거리를 돌아다녔다.

그가 가르쳐준 곳, 그가 알려준 것들이 연희의 머릿속에서 돌
아다니고 있었다. 여행 온 이튿날 함께 갔던 거리를 걷고 있다는
것조차 알아차리지 못할 정도로 연희는 지금 현진이 말한 것을
생각하며 거리를 걷는 일에 집중하고 있었다.

땅거미가 내려앉은 프라하 거리의 풍경은 언제 봐도 참 아름
다웠다. 이 좋은 일자리를 알게 되어 올가는 감사했던 때도 있
었다.

다른 일에 비해 사장의 마음씨도 좋았고, 저를 챙겨주는 그 씀
씀이 역시 좋았다. 무엇보다 좋은 것은 보수였다. 참 부러우리만
치 사람이 끊이지 않는 이 게스트하우스는 제 월급을 넉넉히 주
게 만들었다.

무엇보다 오늘 더 즐거운 건 사장의 이상한 행동이었다. 벌써
4일째 지속되고 있는 사장의 행동에 올가는 시간 가는 줄 몰랐다.

"더 먹을래요?"

음식만 갖춰놓으면 알아서 각자 먹는 게 원칙인 게스트하우스
에서 참으로 요상한 광경이었다. 더욱이 쓰고 싶은 사람만 쓰라
던 방명록도 반드시 쓰는 줄 아는 동양아가씨 덕에 한 달은 넉넉
히 쓸 것 같았던 방명록이 가득 채워지기도 했다.

여전히 사장은 저녁을 먹고 있는 여자 앞에 앉아 말을 걸고 있
었다. 그 모습을 본 올가는 아주 천천히 그 근처를 서성였다. 이

런 재미있는 구경 절대 놓치고 싶지가 않았다. 그건 한국에서 왔다던 사장의 누나라는 사람도 마찬가지였던 모양이었다. 저와 비슷한 포즈로 부엌 근처에서 서성이는 사장의 누나를 보자 올가는 제 꼴을 마주 보는 것만 같아 웃음이 새어나왔다.

"아뇨. 제가 알아서 할게요. 괜찮아요. 바쁘실 텐데 가서 일 보세요."

여자는 정말 남자에게 얇은 벽을 쌓아 놓은 사람 같았다. 그리고 그건 여자인 제가 더 잘 알 수 있었다.

"아니에요. 바쁜 거 지나가서 별로 할 일도 없는걸요. 그럼 술 마실래요? 파전이랑 막걸리도 있는데……."

올가의 표정은 그야말로 경악이었다. 사장의 누나 얼굴 역시 저와 별반 다를 것이 없었다.

사장의 성격에 저렇게 행동하는 건 진짜 마음이 있다는 것인데……. 저건 진심이라는 이야기였다. 다른 사람들에게 요리해주는 걸 싫어하는 사장이었다. 그래서 웬만한 음식 준비는 모두 자신이 하고 있었다.

"파전이요? 여기에 재료가 있어요?"

여자의 조심스러운 말에 올가는 제 이마를 짚을 수밖에 없었다. 재료는 있다.

더욱이 '파전'은 제가 한 번 먹어보고 그 맛에 반해서 사장을 여러 차례 조르며 해달라던 음식이기도 했었다. 그런 제게는 귀찮아서 단 한 번도 순순히 해준 적 없던 남자가 연희라는 이름의 여자에게는 뭐든 오케이라고 외치고 있다.

"그럼요. 조금만 기다려요. 내가 맛있게 해줄게요."

그 순간 올가는 제 귀가 시간이 한 시간 늦어졌음을 직감했다. 아직 해야 할 일이 남아 있었던 그녀는 수건들을 정리하는 일은 제 몫으로 돌아갔음을 파악했다. 프라하 하늘 아래 늘 혼자라서 외로워 보이기만 했던 사장의 곁에 누군가가 자리할 수도 있겠다는 예감에 올가는 추가로 하는 일에도 싫은 기색이 없었다.

저런 멋진 사람의 곁에 좋은 여자가 있었으면 좋겠다는 생각뿐이다.

"짜잔! 여기 대령했습니다. 기대해도 괜찮아요. 저 이래도 자취 경력 많은 주방장이거든요."

김이 모락모락 나는 파전에 해물도 풍성히 들어가 있어서 참 먹음직스러웠다. 더욱이 파전과 찰떡궁합이라는 막걸리까지 나오니 연희는 그저 그런 척을 할 수 없었다.

"우와! 진짜 맛있겠는데요?"

연희는 그 말을 시작으로 젓가락을 들어 그가 가져온 파전을 찢어 입에 넣었다. 그가 만들어준, 따뜻한 마음이 입 안 가득 퍼졌다.

"연희 씨 그렇게 웃으니까 훨씬 예뻐요."

더욱이 이런 달콤한 말, 제 마음을 얼마나 설레게 하는지 모를 것이다. 이제 겨우 혼자가 된 지 한 달이 조금 지났을 뿐이다.

"근데 사장님은 원래 이렇게 손님들한테 친절하세요?"

연희는 오늘에서야 제가 궁금했던 것을 물어봤다. 제게 하는 모습을 본다면 더없이 친절한 사람이긴 한데, 이상한 건 이런 이 남자를 의아하게 바라보는 눈빛들이었다.

"사장님 말고, 현진 씨라고 해주는 건 어때요?"

불쑥, 제 질문에 대한 대답이 아닌 다른 말에 연희의 두 눈이 동그래졌다. 그녀는 앞에 앉은 현진을 마주보며 얼버무렸다.

"그……건."

"그리고 연희 씨의 질문에 대한 대답은 'NO' 예요."

그의 답에 더욱 놀란 연희는 제 손에 쥐고 있던 젓가락만 꽉 붙잡고 있었다.

"나는 여기 오는 모든 손님에게 연희 씨한테 하는 것처럼 하지 않아요. 연희 씨가 나쁜 사장이라고 생각해도 어쩔 수 없는 거예요. 이곳은 제법 많은 사람들이 들렀다 가는 곳이고, 그 사람들이 하루 편안하게 잘 수 있는 곳을 마련해주는 사람일 뿐이니 연희 씨한테 하는 것처럼 하다가는 올가와 내가 아마 단 이틀 만에 지쳐 있을 거예요."

"그, 그럼?"

푸른 달빛 아래 그의 목소리가 어쩐지 더 듣기에 달콤하다고 느낀 것은 왜였을까?

아주 조금 마신 막걸리 때문이었을까, 아니면 현진이 준 파전이 따뜻한 마음을 불러일으켜서일까.

"연희 씨를 보고 반했으니까. 서현진이라는 사람이 이연희라는 사람이 궁금했으니까. 그리고 나는 단 3일 만에 연희 씨가 참 좋아졌는데……."

말끝을 흐리며 저를 마주 보는 그의 눈빛을 피할 수 없었다. 전

남편이었던 현정우로 인해 무뎌진 마음이 더는 남자를 만나 뛰는 일은 없을 거라고 생각했었다.

그리고 그 생각은 이 먼 타국, 프라하 하늘 아래에서 금이 가듯 조금씩 깨지고 있었다. 제게 너무나 다정한 눈앞의 남자로 인하여 그녀는 정말 조금씩 흔들리고 있었다.

"연희 씨는 서현진이라는 사람이 어때요?"

사람과 사람으로 묻는 현진의 말이 연희의 마음을 울렸다. 제 아픔을 모르는 이 사람은 저를 모르니 이런 말을 할 수 있을 거라 짐작된다.

"나는 아마 제 앞에 있는 사람이 게스트하우스 사장이라서 좋은 것 같아요. 하지만 말이에요."

그는 절대 상상하지도 못했던 진실.

아픔을 간직한 저라는 여자에 대한 진실 하나를 그가 알아야 했다. 더는 현진의 머릿속에 있는 행복한 여자가 자신이 아니도록 해야 했다.

"사장님은 모르겠지만. 나는 한 번 결혼이라는 걸 했던 사람이에요. 좋은 사람 같은 사장님이 제게 이런 관심 보이는 게 부담스러운 그런 평범한 사람이에요."

완곡한 거절의 말을 연희는 그에게 하고 있었다. 제 말이 그에게 상처가 되지 않기를 바라며 연희의 마음을 담은 말이 현진에게로 향했다.

자신이 상상하지도 못한 연희의 아픔보다 먼저 안타까웠던 것은 얼마가 되었을지 모를 그녀의 지난 인연이었다. 이런 사람을 알아보지 못한 연희의 지나간 인연이 그녀를 아프게 만들고 있었다는 사실 하나가 안타까웠다. 그는 순간 그녀가 제 집에 온 첫날을 떠올릴 수밖에 없었다.

연희가 그렇게 울 수밖에 없던 이유. 그리고 자신이 보이는 친절에 경계하던 이유.

이연희라는 사람의 마음 안에는 이미 상처가 하나 자리하고 있었던 것이었다. 현진은 그런 연희였음에도 좋았다.

"연희 씨."

그래서 그는 이국적인 그곳, 그 밤에 그녀의 곁에 앉아 연희를 불렀다.

"사장님. 저는 말이에요. 이제 이연희로 살기로 했어요. 그 개 같은 놈한테도 그렇게 말했어요. 나는 내 인생 혼자 잘 살아볼 테니, 너 어디 한번 그 여자랑 원없이 같이 살아봐라……. 그렇게 말했거든요."

제 부름에 굳이 '사장님'이라는 호칭을 사용하는 연희의 고집스러움을 그는 이길 수 없었다.

"연희 씨. 나도 그렇게 좋은 놈 아니에요."

현진은 연희에게 이 말밖에 할 수 없었다. 연희가 내놓은 이야기에 이 밤, 그녀에게 보일 수 있던 반응이 별로 남아 있지 않았다.

"그러니까. 저 같은 여자가 좋다고 사장님 부모님 뒤로 넘어가게 하지 마시구요. 정말 좋은 여성분 만나세요. 제가 소개해드릴 수는 없겠지만. 저는 그냥 손님 할게요."

"그럼. 우리 좋은 친구는 가능한 겁니까?"

물러서고 싶지 않은 하나가 있다면, 이것이었다. 제가 좋아하는 여자로 곁에 둘 수 없을 것 같다면 좋은 친구라도 하고 싶다던 제 바람, 그것이었다.

"좋은 친구요?"

34살 제 인생을 모두 걸고 말하건대, 한눈에 반한 여자는 이 여자가 처음이었다. 그는 이 인연의 끈이 무엇으로 엮이든지 놓고 싶은 마음이 없었다.

"네. 우리 좋은 친구하죠."

말을 마치며 현진은 앞에 놓인 술잔을 연희를 향해 들어보였다.

"만나서 반가워요. 서현진이라고 해요."

"저는 이연희라고 해요."

처음 시작을 알린 그 말을 연희는 몰랐으니 제게 했었던 것이었다. 알았다면, 누군가를 향해 마음을 여는 것을 두려워했던 여자가 남자를 향해 그런 인사를 건네지 않았을 것이다.

어머니가 안다면 뒷목을 잡고 넘어갈 일을 제가 지금 하고 있지만, 현진은 그럼에도 포기하고 싶지가 않았다. 하물며, 제 어머니가 그런데 아버지나 누나의 반응은 보지 않아도 알 수 있었다.

가족들이 제 마음에 연희가 어떤 사람인지 알게 되기 전까지……. 그리고 이연희라는 여자가 어떤 여자인지 알게 되기 전까지 좋은 친구로 다가갈 생각이다.

이 기묘한 관계는 그가 고집한 것도, 저 스스로가 바라서 이뤄진 것도 아니었다. 연희는 정말 그렇게 생각했다.

"더 먹지 그래요?"

푸른 밤 아래 그가 마음을 보였던 그날 이후로 제게 더는 존댓말을 쓰지 않았다. 그 사실이 못내 아쉽기도, 마음 어딘가를 간질거리게 만들기도 했다.

"그냥, 별로……. 그보다 사장님은 왜 안 먹어요?"

알지 못한 사이 제 말투 역시 조금 부드러워졌다는 것을 연희는 알지 못했다. 그저, 제가 꼬박꼬박 '사장님'이라는 호칭을 쓰면 쓸수록 그의 얼굴에 나타나는 미묘한 표정 변화가 못 견디게 재미있었을 뿐이었다.

"그 사장님 소리 안 하면 안 돼요?"

편한 셔츠에 청바지를 입고 있는 현진의 모습이 어딘지 모르게 그림 같다고 연희는 순간 느꼈다. 왜 그런 것이었는지는 모르겠으나, 그건 제 마음에 미묘한 변화를 일으켰다.

너무 오랫동안 잊고 살아온 감정이 어떤 것인지도 모를 만큼 그녀도 잘 알 수 없었다.

"나중에 편해지면요."

"그러니까 그 나중은 한국으로 돌아가잖아요."

기한이 정해진 친밀한 사람이 이런 느낌을 불러일으킬 줄 몰랐다. 그녀는 그가 자신에게 어렵사리 꺼낸 말에 놀랐지만, 놀라지 않은 듯 보였다. 지난 며칠 사이 현진은 연희에게 친한 친구처럼 많은 것을 물었다.

그리고 자신은 대답했다. 그는 자신에게 알려주지 않아도 될 소소한 이야기들을 많이 했다.

"편지하면 되잖아요."

"음……. 난 얼굴 보고 하고 싶은데요?"

그리고 그에 대해 안 사실 하나. 그가 그저 좋은 사람이기만 한 것은 아니었다. 그는 정말 고집이 셌다. 말할 수 없을 정도로 고집스러운 면을 지닌 사람이었다.

프라하에 온 지 벌써 5일째.

이 소풍 같은 인연이 끝나야 할 시간이 다가오고 있음을 연희는 직감했다. 더욱이 그는 서울에 오지 않을 사람이었고, 자신은 서울로 돌아가야 할 사람이었다. 더불어 그가 한 제안에 선선히 대답한 것 역시 그녀의 호기심이 한몫하긴 했지만, 그가 서울에 없을 사람이라는 것이 더 큰 비중을 차지했기 때문이었다.

눈부시게 아름다운 햇살이 오늘처럼 좋아 보인 적이 없었다.

'우리 다시 이렇게 만난다면 난 그때는 당신 손 절대 안 놓쳐요. 그러니까 그때는 연희 씨가 날 제대로 봐줘요. 만일 내가 연희 씨 앞에 서는 날이 온다면 나는 정말 많은 고민을 하고 그 앞에 서 있는 것일 테니…….'

그의 말이 머릿속에서 떠나지 않는 것은 당연한 일이었다. 프라하에서의 마지막 그 밤, 그는 제게 황홀한 풍경 앞에서 그런 말을 건넸었다.

그리고 그렇게 짧은 소풍 같은 인연을 끝냈었다.

"연희야?"

"네?"

문득 스치는 기억에 그녀는 놀랐다. 자신을 부른 것이 엄마였다는 사실과 지금 그녀가 서 있는 곳이 집이라는 현실이 그녀의 마음을 가라앉게 했다. 그녀는 애써 엄마에게 밝은 표정을 지어

보였다.

"무슨 고민 있니?"

"아니에요. 그냥, 오늘 날씨가 괜찮나 싶어서 그래요."

언제나처럼 착한 딸인 모습을 뒤집어쓴 자신의 얼굴을 누구보다 잘 알고 있었다. 허나, 그렇게 해서라도 지켜야 할 것이 연희에게는 존재했다. 이 이상한 감정을 그 누구에게라도 들키지 않을 것이고, 또한 새로운 시작을 위해 평범하게…… 아무렇지 않은 척 해보일 것이다.

"그래? 오늘 날이 참 좋다더라."

엄마의 말을 들으며 연희는 앞에 놓인 밥그릇을 식탁에 내려놓았다. 연희는 희미하게 입가에 웃음을 그려 넣으며 엄마에게 말했다.

"참, 좋은 날씨인가 봐요."

여행을 갔다 오고서도 엄마의 마음은 내내 같았다. 새롭게 시작하려던 저와 달리 엄마는 아직도 벗어나지 못하고 있었다.

자신을 보면 불현듯 문득문득 생각나는 기억 한 조각이 엄마를 불안하게 만들고 있었던 것이 분명했다. 여행을 갔다 오면 조금은 나아졌을 것이라고 생각했다. 허나, 그건 생각뿐이었다.

연희는 그 사실을 오늘 아침 싱그러운 여름의 초입, 그리고 아직은 꽃향기가 가득한 봄의 끝 무렵에야 깨달았다.

"사장."

결국 저를 부르는 올가의 목소리에 현진은 다시 한 번 더 고개를 돌릴 수밖에 없었다.

"그렇게 일이 손에 안 잡힐 정도로 연희 씨가 좋은 거면 쫓아가지 그래?"

올가의 소리에 현진은 그녀를 바라보았다.

"너 혼자 일해야 할지도 모르는데?"

"뭐……. 사장이 나중에 나 휴가 많이 주겠지. 그리고 이러는 거 사장 스타일 아니야. 보는 내가 어색해서 죽겠어."

이미 가족 같은 관계가 되어버린 올가의 말에 현진은 쓰게 웃었다. 알고 있었다. 이렇게 머뭇거리는 행동 따위 저랑 어울리지 않았다. 그럼에도 그럴 수밖에 없는 것은 단 한 가지 이유였다.

어머니의 반응, 그리고 제 가족의 반응이 걱정되었다.

"올가, 만약에 네 동생이 연희 같은 여자랑 사귀고……. 나중에는 결혼까지 한다 그러면 어떻게 할 거야?"

내내 답답하게 마음에서만 머물던 물음을 올가에게 꺼내보였다. 수건을 잘 개키던 올가의 손이 멈추고 그녀의 시선이 이내 자신을 향했다. 현진은 올가에게서 시선을 떨어뜨리지 않고 있었다.

"나라면 동생이 연희 씨와 같은 상황에 처한 여자와 결혼하겠다고 한다면 물어볼 거야. 행복하냐고. 그리고 동생이 행복하다고 한다면 나는 괜찮을 거 같아."

"그게 전부야? 왜?"

올가의 푸른 눈동자가 오늘만큼은 그 깊이를 알 수 없을 정도로 짙어보였다.

"연희 씨가 범죄자도 아니고, 키워야 할 아이가 있는 것도 아닌데 뭐가 문제가 되는 거야? 더욱이 연희 씨가 잘못하고 산 것 같지도 않아 보이던데……. 사장이 걱정하는 게 뭐야?"

이럴 때는 귀신같은 제 상태를 알아맞히는 그녀의 모습에 현진은 번번이 놀라곤 했지만, 오늘은 더욱 놀랄 수밖에 없었다. 내심 마음속으로는 직원이라는 생각이 더 컸던 그였기에, 저를 가족처럼 생각하는 올가의 모습에 좋기도 그리고 어색하기도 했었던 그였다.

"아니. 문제 될 거 없어."

올가의 말을 들으며 다시금 생각하니 문제 될 것이 없었다. 그는 올가에게 핵폭탄급의 선언을 하고 말았다.

"올가."

"왜?"

여전히 선선히 대답하는 그녀를 향해 그가 아주 상쾌하게 웃으며 입을 열었다.

"나 한 보름? 아니다. 한 달만 자리 비울게. 그동안 올가가 알아서 잘해 주리라 믿고. 그럼 수고!"

입을 떡 벌리고 서 있는 올가를 내버려둔 채로 그는 자신의 방으로 서둘러 들어갔다. 분명한 이유와 목적이 있어야 들어가는 한국이었지만, 이번만큼은 달랐다. 이렇게 들어가는 자신도 웃겼지만, 이유가 여자 때문이라 더욱 놀라웠다. 그렇게 생각하면서도 그는 내내 웃고 있었다.

연희를 만날 생각에 그는 책상에 고이 모셔놓은 쪽지를 한 번 더 바라보았다.

이제 곧 당신 앞에 내가 설 날이 머지않았다며, 마음속으로 다시 말하고 있었다. 그 마음이 연희에게 닿기를 소망하며 그렇게 말이다.

그 마음과 소망이 진정이었듯, 햇살 좋은 날 연희를 만나러 서울에 돌아왔다. 봄처럼 따뜻한 마음으로 그녀를 마주하고 싶은 한 남자로 서 있고 싶었다. 봉천동 입구에 서서 현진은 물끄러미 골목길만 바라보고 있었다. 연희가 어디에 사는지 정확히 알지 못한다. 방명록에 적어준 주소는 그녀가 사는 곳 근처만을 알 수 있게 되어 있었다.

하지만, 골목을 돌아 사뿐사뿐 걸음을 걷는 연희를 보는 순간 현진은 다행이라는 안도감 하나와 그녀의 일상을 엿볼 기회 하나를 얻었다.

어딜 가는 건지 걸음을 부단히 움직이는 연희의 뒤에 멀찍이 떨어져 따라 걸으며 나오는 웃음을 막지 못했다. 그는 또 다른 이 연희를 마주하는 지금 순간이 즐거웠다.

바리스타 학원 앞에 이르러서야 연희가 학원에 가기 위해 바삐 움직였다는 것을 알고 웃음을 멈췄다. 여기서 이 여자는 삶을 이어가고 있었다.

누군가에게 인사를 건네는 연희를 보자 현진은 조바심이 일었다. 같은 하늘 아래, 같은 공간에 있었음에도 그는 더 이상 참지 못하고 연희의 앞에 나섰다.

막 학원을 나서던 연희의 앞에 불쑥 현진이 모습을 드러냈다. 얼굴 가득 웃음을 머금은 채로 해사한 봄처럼 그렇게 그녀의 앞에 다시 나타났다.

"오랜만이죠?"

놀란 그녀의 얼굴을 마주한 그는 지금 연희가 무슨 생각을 하는지 알 수 있을 것 같았다. 자신이 진짜인지 아닌지 궁금해하고 있는 눈이었다.

"반가워요."

다시 한마디를 더하고 나서야 연희는 꿈을 꾸는 듯 멍한 얼굴을 추스르며 눈으로 자신에게 말하고 있었다.

여기, 왜 있느냐고.

"나 꽤 먼 곳에서 연희 씨 보러 왔는데……. 우선 밥부터 같이 먹고 얘기하지 않을래요? 그 정도는 해줄 거죠?"

그에 대한 답이 충분히 되었을 것이라 예상되었지만 혹시 몰라 연희의 눈을 피하지 않았다.

나 지금 너를 보러 왔다, 고 말했다. 듣지 못해도 마음이 온몸이 그를 향해 말하고 있었다.

"그……래요."

당황한 연희의 곁에 서서 현진은 웃었다. 마치 세상의 모든 행복을 다 가진 사람처럼.

"연희 씨!"

푸른 색의 미니원피스가 참 잘 어울릴 만큼 통통 튀는 성격을 가진 경진은 바리스타학원에서 만난 동갑내기였다.

"경진 씨?"

저를 향해 돌진하다 싶어 달려오는 경진의 모습에 연희는 의아했다. 경진이 이렇게 급하게 뛰어올 이유가 없었다.

"혹시 말이에요. 누구 만날 생각 없어요?"

그 순간 떠오른 남자가 현정우가 아닌 프라하의 그 남자였을까. 연희는 순간 떠오른 그의 모습에 당황했지만 경진을 향해 다시 입을 열었다.

"아니요. 저는 아직 없어요. 그럼 수요일에 다시 만나요."

깔끔하게 인사를 건넨 연희가 다시 뒤돌아서 걸음을 옮기려던 때였다. 그런 제 앞에 거짓말처럼 그가 서 있던 것은 바로 지금 이 순간이었다.

"오랜만이죠?"

거짓말 같았던 눈앞의 사람이 진짜라고 믿기까지 연희는 제법 많은 시간을 학원 앞 도보에서 보내야만 했었다.

"반가워요."

그가 건넨 말과 웃음에 연희는 놀라고 말았다. 진짜, 그가 제게 온 것이었다.

"나 꽤 먼 곳에서 연희 씨 보러 왔는데…… 우선 밥부터 같이 먹고 얘기하지 않을래요? 그 정도는 해줄 거죠?"

연희는 그 순간 그를 어떤 마음으로 따라갔는지 스스로도 알지 못했다. 다만, 아는 것이라고는 그저 그를 따라가며 느꼈던 봄의 싱그러운 풍경뿐이었다.

제 앞에서 순댓국을 너무나 맛있게 먹는 현진의 모습에 연희는 그를 나무라려던 생각조차 까맣게 잊고 말았다.

"사장님. 지금 모습 보면 한 삼사일은 굶었다고 해도 믿을 것 같아요."

결국 툭 튀어나온 소리를 막지 못한 그녀였다. 그리고 엄청난 속도와 먹성으로 테이블에 있던 음식을 먹어치우던 그가 자신과 시선을 마주치며 웃고 있었다.

"현진 씨나 오빠도 괜찮은데, 사장님보다는 그 호칭들이 더 나은 거 아닌가 싶기도 하고."

"글쎄요……."

그의 능글맞은 말에도 연희는 프라하를 떠나던 날과 별반 다를 것이 없었다.

"그것보다 왜 이렇게 안 먹어요? 혹시 이런 거 못 먹어요? 그럼 미리 말을……."

"아니요. 먹어요."

길어지려는 말을 자르며 연희는 그제야 수저를 들었다. 뽀얀 순댓국이 제법 먹음직스러워 보이기는 했다. 하지만, 여자를 데리고 밥 먹으러 가자는 사람이 데리고 온 장소치고는 의외긴 했었다.

아니, 프라하에서 저녁을 사주겠다며 데려갔던 레스토랑 같은 곳에만 어울리는 사람이라고 생각했던 것이 편협한 편견이었음을 인정하지 않을 수 없었다.

"맛있죠?"

마치 어제 만난 사람처럼 친근하게 말하는 그를 향해 무어라 더 말할 수가 없었다. 연희는 그저 눈앞에 앉은 그가 주는 편안함을 느끼며 묵묵히 밥을 먹을 뿐이었다. 그리고 현진이 공항에서 했던 말을 떠올릴 수밖에 없었다.

내가 당신의 눈앞에 있는 날, 나는 많은 생각을 한 뒤에 나타난 것이라는 그 말을 결코 잊을 수가 없었다. 그가 말했던 그 목소리와 표정들이 한 음절마다 진심을 묻어나게 했기에 잊으려 해도 잊을 수가 없었다.

어느새 식사를 마친 것인지, 아니면 이제는 할 생각이 없는 것인지 그가 국물을 떠먹는 저를 바라보고 있었다. 그렇게 오래 알고 지낸 사람처럼 저를 오랫동안 바라보고 있었다.

석촌호수에 자리한 두 남녀를 흘긋거리는 눈초리들이 수도 없이 많았다. 산책하는 사람, 지나가던 길이었던 사람들 모두 벚나무 아래 나란히 앉아 있는 남녀의 모습을 흘긋거리며 지나다니기에 여념이 없었다. 둘은 너무 잘 어울렸고, 길에서 본다면 한 번쯤 시선이 갈 정도로 예뻤다.

"생각해봤어요?"

현진은 오늘 그 어떤 말을 연희에게서 듣는다 할지라도 물러날 생각이 없었다. 그런 제 마음을 표현하듯 연희의 옆에 고집스럽게 앉아 있었다.

"죄송하지만, 저는 사장님을 잘 몰라요."

"이름은 서현진. 나이는 34살. 사는 곳은 현재 체코 프라하. 하는 일은 게스트하우스 운영. 형제로는 누나가 있음."

모른다면 알려주면 될 일이다. 그런 말도 안 되는 핑계로 빠져 나가려는 연희에게 재빨리 답을 한 그였다. 연희의 곤란한 얼굴 을 보면서도 현진은 그 어느 때보다 진지했다.

"사장님 부모님이 절 많이 싫어하실 거예요."

"지금 결혼하자는 거 아닌데."

제 얼굴에 떠오른 표정과는 달리 목소리는 다정스러웠다. 그는 여전히 고개를 돌려 연희의 얼굴을 두 눈 가득 담아내고 있었다.

"여자친구로도 싫어하실 거예요."

"나 그렇게 효자 아니라서, 괜찮을 거예요. 이제 막 만나겠다는 사람을 뭐라고 하실 분들도 아니시고."

제가 걱정했었던 가족 문제를 걸고넘어지는 연희의 성격이 눈에 선하게 보였다. 이 여자는 참 바보같이 착한 사람이라는 것을 쉬이 알 수 있었다. 그건, 프라하에서도 알 수 있던 사실이 었다.

이런 여자에게 어떤 짓을 했기에 이혼을 하게 만든 것인지 감 히 상상하고 싶지도 않은 그였다. 현진은 다시 한 번 그녀를 향해 말했다.

"말했잖아요. 나 효자 아니라고. 더불어, 프라하에서 살고 있는 거 보면 모르겠어요? 그거 부모님은 죽어라 반대하시던 일이었거 든요."

동그랗게 두 눈을 크게 뜨고 저를 마주보는 연희의 모습에 현 진은 그제야 입가에 미소를 걸 수 있었다.

"생각할······."

연희의 입에서 아주 작은 소리가 새어나왔다. 그리고 현진은 제 눈에 비친 그녀의 모습까지 좋아보여 참 단단히 반했었구나 싶었다.

"뭐, 한 달 중에 하루만 더 생각하게 해줄게요. 나는 한 달 동안 휴가니까."

제 말에 더 곤란한 표정을 지어낸 연희가 손만 뻗으면 닿을 거리에 있었지만, 그는 애써 연희의 얼굴에 손을 얹어보고 싶은 마음을 참으며 그저 연희를 보며 웃었다.

마음이 많이 아팠을 이 여자를 위해 다시 한 번 따뜻한 마음을 느끼라며 연희를 향해 웃어주었다.

그들 위로 벚꽃이 한아름 흩날리듯 떨어지고 있었다. 그림같이 잘 어울리는 두 사람이라는 말이 잘 어울리는 풍경이었다.

수나는 오늘 정말 날아갈 듯한 기분이었다. 제 기분을 증명해주기라도 하듯 저녁 상차림에 유난스레 신경을 쓴 그녀였다. 더불어 딸보다 더 좋아하는 사위도 불렀다.

"현진아, 어서 오렴. 최 서방 어서 들어오게."

갈비부터 시작해서 한식으로 먹을 수 있는 맛있다는 것들은 모두 차려낸 수나였다. 딸이 식탁을 보자마자 입을 떡 벌리는 건 일도 아니었다.

"엄마, 솔직히 이거 좀 과한 거 아냐? 이 저녁에 이렇게 많은 음식을 누가 다 먹어? 현진이가? 엄마······. 쟤 입 짧은 거 몰라?"

"제가 다 먹을게요."

아들의 말에 수나는 다시 입가에 웃음을 지우지 못하고 자리에 앉았다. 그런 저를 보는 딸의 고개가 설레설레 저어졌지만, 수나는 개의치 않았다. 일 년에 한 번 보기도 힘든 아들이 이번에는 무려 한 달이나 서울 집에 머물다가 간다는데 어찌 안 좋을 수가 있겠는가 말이다.

"그렇지 우리 최 서방 좋아하는 구절판도 내가 좀 만들었어. 많이 먹게. 모자라면 말하고."

"엄마, 나랑 아빠는?"

"여기 먹을 거 많으니까 알아서 먹어. 뭐 매일 집밥 먹는 사람들이 그렇게 챙겨달래."

아들과 사위를 대할 때와는 다른 수나의 말에서 원진은 웃고 말았다. 진짜, 이 나라 최고라는 호텔 사모님의 행동이 말이 아니었다. 그런 수나의 모습에 고개를 젓는 것은 비단 원진만이 아니었다.

"식사들 하지."

언제나 늘 집안을 버티듯 서 있는 정식 역시 수나의 행동에 고개를 내저으면서도 아무런 말도 하지 않았다. 달이 차오른 그 밤, 현진은 수없이 많은 날들을 지나 드디어 가족들과 한자리에서 저녁식사를 하고 있었다.

누구에게서 온 편지인지도 몰랐다. 그저, 제 앞으로 온 편지가 있어 들고 들어왔을 뿐이었다. 허나, 책상 앞에 앉아 편지봉투를 연 순간 괜찮다고 했던 그 마음에 금이 다시 생겼다.

제 손끝에서 떨어진 봉투가 어디서 온 것인지 말해주고 있었다.

신부 민다래. 신랑 현정우.

전남편은 청첩장을 제게 보낼 사람은 아니었다. 그는 그렇게 저를 다시 보고 싶어 할 사람이 아니었다. 그렇다면, 이 기막힌 청첩장을 제게 보내는 사람은 단 한 사람밖에 없었다. 정우 모르게 자신을 여러 차례 만났었던 전남편의 어린 연인이었던 다래뿐이었다.

연희는 지금도 왜 자신에게서 신경을 바짝 세우고 있는지 다래의 그 속을 알 수가 없었다. 이미 제 남자라고 선언하듯 말한 그녀가 아니었던가.

물론, 그의 아이까지 가졌고, 더불어 결혼식까지 치르는 그 여자가 왜 자신에게 이런 짓을 하는지 알고 싶지 않았다. 그리고 두 번 다시 그들을 보고 싶지도 않았다.

그럼에도 연희는 제 앞으로 온 청첩장을 봤고, 그렇게 단단히 먹었던 마음에 다시 금이 가버렸다.

프라하에서 저만을 보고 왔다던 그 사람을 어떻게 해야 할지도 머리가 아플 경인데, 집에서 저를 기다리고 있었던 것은 더 한 것이었다. 아니 종류가 다른 더한 짓이었다.

"엄마가 보지 않아서 다행이다."

연희는 진심으로 그렇게 생각했다. 만일 엄마가 봤다면 얼마나 마음이 무너져 내릴 것인지는 말하지 않아도 충분히 예상할 수 있었다.

네가 그동안 어떻게 살았냐고, 어떻게 버틴 것이냐고 울음을 터트릴 엄마의 모습이 연희 눈에 선하게 그려지고 말았다. 그리고 그 순간 연희의 두 눈은 붉게 충혈되었다.

학원이 수업이 없는 날이었지만, 서점에 간다며 외출하는 저를 보는 엄마의 눈이 어느새 기대감으로 반짝이고 있음을 나오는 순간 알았다. 연희는 그제야 저를 바라보던 엄마의 안타까운 마음이 무엇인지 깊이 깨닫고 말았다.

상처받아서 사람을 만나기를 두려워하는 저를 걱정한다는 사실에 연희의 마음 한편이 가벼워지면서도 또 무거워졌다.

마주하고 있는 이의 앞에서 연희는 다시 또 한 번 더 두 눈 가득 습기를 머금고 말았다.

왜인지는 저 역시 알 수 없으나.

어째서인지도 저 역시 알 수 없으나, 그의 앞에 서면 편안해지는 마음이 괜찮다고 말해주는 것만 같았다. 그의 놀란 눈과 표정을 보면서 이 사람에게 이런 행동을 하면 안 된다는 것을 알면서도 그녀는 기댈 무언가가 절실히 필요했다.

"연희야."

저를 부르는 그의 목소리가 더없이 다정해서 한 번.

저를 억지로 위로하지 않으려는 그의 다정한 손길에 한 번.

무엇 때문인지도 모르면서 사람들이 수두룩한 명동 길 한복판에서 자신을 가만히 바라봐주는 그 따뜻한 마음에 한 번.

연희는 그렇게 현진의 마음을 느끼고 있었다. 그의 앞에서 어린아이처럼 손에 구겨져라 쥔 청첩장을 들고 울고 있었다. 제 앞에는 언제나처럼 서 있었다는 듯이 그가 니트 티와 청바지를 입고 아주 편안하게 있었다.

자신에게서 눈을 떼지 않고 그렇게 사람들의 시선 따위 별것 아니라는 듯이 그가 서 있었다.

그가 주는 시선이 사람들의 다른 시선들을 모두 막아주기라도 하는 듯 연희는 현진 앞에서 어린아이처럼 울 수 있었다.

한참을 울던 연희에게 진정되자마자 한 일은 하나였다. 한적한 곳을 찾아 명동 중심부가 아닌 멀리 떨어진 2층에 위치한 카페를 찾아 들어가는 일이었다.

그리고 일부러 아무런 말도 건네지 않았다. 저의 존재가 그녀에게 부담스러운 사람이 아니길 바란 마음이었다.

"전남편하고 결혼하는 여자가 청첩장을 보내왔어요. 그래서……."

"다 털어버린 거 아니었어?"

그는 일부러 더 친근하게 물었다. 아직 연희의 마음에 그 녀석이 남아 있는 것이라면 제가 할 수 있는 일이 별로 없기에 그는 확실히 짚고 넘어가기로 작정했다. 편안해진 말투에 연희가 놀라지 않았다. 그것 하나만으로도 현진은 한 걸음 더 연희에게 가까이 다가간 기분이었다.

"다 털어버렸어요. 그런데, 갑자기……."

다른 사람도 아니고 네가 좋다고 했던 사람 앞에서 과거의 사람 때문에 울어버린 사실에 미안했던지 연희가 미안해서 저와 눈도 못 마주치고 있었다.

"그럼 그 바퀴벌레 커플에게 어떻게 해주고 싶은데?"

"예?"

놀라서 튀어버린 연희의 음성에 현진은 아주 위험하게 웃었다. 그 미친 바퀴벌레들이 아직 연희를 괴롭힌다면 그 장단에 잠깐 놀아주는 것도 나쁘지 않았다.

"이렇게 오라고 친히 우편함에 넣어주고 가는 수고까지 했는데…… 가주지그래?"

놀란 연희의 두 눈을 마주한 현진이 싱그럽게 웃으며 다음 말을 시작했다. 앞에 놓인 아메리카노에 담긴 얼음이 반짝거리며 빛나는 모습이 시선에 걸렸다. 그리고 제 시선의 끝에는 그녀가 있었다.

"덤으로 날 데려가."

두 번 다시 보고 살지 않겠다던 말이 진정이었던지, 연희의 얼굴에 스친 놀란 기색에 그는 웃을 수밖에 없었다.

"내가 그 바퀴벌레들 앞에서 네 사람으로 서 있어줄게. 더불어, 연희에게 두 번 다시 이런 장난질 못하도록 만들어줄게."

"왜요?"

바보같이 착한 네가 이제 내 마음에 들어와서, 라고 말할 수는 없었다. 현진은 고민스러운 연희의 얼굴을 바라보며 신중하게 말을 골랐다.

"말했지 않았나. 나는 이연희를 잡기 위해서 체코에서부터 여기까지 온 사람이야. 그 정도면 충분하지 않아? 내가 이런 유치한 놀음에 연희를 위해서 기꺼이 참여하겠다는 건. 그 정도면 충분히 설명되는 일 아니었어?"

"고맙지만, 저는 사장님……."

"서현진."

아직도 고집스럽게 '사장님'이라고 저를 부르는 연희의 모습에서 현진은 이제야 알아차렸다. 사람들을 그렇게도 많이 만나는 제가 왜 지금에서야 알아차린 것인지는 모르겠으나, 이제야 겨우 알아차린 진실 하나가 눈앞에 놓였다.

연희는 사람을 믿지 않는 것이었다. 사람을 믿지 않고, 사람이 주는 그 마음을 믿지 못하는 것이었다.

과거 누나가 그랬듯이 연희가 지금 그런 것이리라.

"내 이름은 서현진이야. 사장님이 아니라. 누가 보면 직원 면접 보는 줄 알겠다."

너무나 늦게 만난 연희가 저는 이리도 아까운데, 이런 연희를 버린 그 녀석의 얼굴도 보고 싶은 마음이 있었다고 솔직하게 말할 수는 없었다. 이런 마음이 아주 없지 않았다는 것을 연희가 알면 실망할까 봐 그는 속내를 슬쩍 감췄다.

"그러니까, 현진 오빠든 현진 씨든 하나 선택해서 불러. 난 솔직히 자기라는 말이 더 좋지만. 그건 너무 빠르니까 패스. 그리고 프라하에서 만났다고 말하면 되니 그것도 패스. 여기서 중요한 문제 하나."

제 페이스에 말려든 연희의 모습에 현진은 정말 곤란했다. 이런 순한 양 같은 연희의 표정에 그는 그 순간 할 말을 다시 잃었다.

"우리가 오늘 만났던 그 이유. 그거 내가 이 바퀴벌레들 결혼식 날에 듣는 걸로 할게."

고운 연희의 미간이 찌푸려지자, 그의 긴 손가락이 연희의 미간을 눌렀다. 더는 우는 이연희를 보고 싶지 않았다.

이제 마음껏 웃는 이 여자를 보고 싶었다. 그게 진정으로 서현진이 원하는 일이었다. 그리고 그는 그 일을 위해서 두 번 다시 하지 않을 유치한 장난 놀음에 끼어볼 생각이었다.

"인상 찌푸리지 말고. 우리는 이제 그 바퀴벌레 녀석들이 주눅들 만큼 최고의 하객이 되어볼까?"

환히 웃는 제 얼굴만큼은 아니지만, 연희의 입가에 이제 웃음이 맺혔다. 현진은 제가 하는 행동들에 조금 느리지만 반응을 보이는 연희의 모습에 마음이 놓였다.

연희에게 지금 당장 영향을 끼치는 사람이 그들이 아니라 자신이어서 다행이었다.

제가 한눈에 반한 사람이 이렇게 고운 사람이었고, 좋은 사람이니 기회를 잡을 줄 아는 서현진은 절대 이연희의 손을 놓지 않을 작정이었다.

10년 경력의 퍼스널쇼퍼인 서우의 자존심은 오늘 던질 수 있었다. 그건, 제 눈을 호강시켜주는 것으로도 모자라 성격까지 착한 여자를 예쁘게 꾸미는 짓을 정말 잘할 수 있었다. 그건 제 경력을 걸고 맹세할 수 있었다.

더욱이 이렇게 예쁘고 여성스러운 여자를 데려온 남자가 다른 사람도 아닌 한성호텔 오너의 하나밖에 없다던 아들이었다. 자취를 감췄다던 그가 여자를 데리고 이곳에 나타나다니 그야말로 사건 중에 사건이었다.

"이건 좀……."

여자의 말에 서우는 다시 제 인상이 구겨질 뻔했지만, 서비스 마인드로 웃으며 여자의 모습을 바라보았다. 어디로 봐도 여자의 모습은 최고였다.

"왜? 어울리는데……."

"비싸요."

왜 여기에 오는 여자들은 하나같이 이런 말들을 하는지……. 서우는 진심으로 그녀들의 뇌 구조를 살펴보고 싶은 심정이었다. 그런 제게 구원의 손길이 다가온 건 바로 그때였다.

"나 그 정도 충분한데?"

"내가 부담스러운데요?"

"이건 누가 봐도 손님에게 정말 잘 어울리는……."

서우는 이때다 싶어 말을 건넸다. 화사한 다홍빛의 재킷이 정말 잘 어울리는 여자였다. 더욱이 한성호텔 아드님인 서현진과 같이 온 여자이니 입에 발린 소리가 절로 튀어나가기 마련이겠지만, 이건 진심이었다.

"주시죠."

현진의 말에 서우는 서둘러 그에게서 카드를 받아 총총히 사라졌다.

"과해요. 겨우 결혼식인걸요."

"충분히 잘 어울려."

여전히 투닥거리는 두 사람이었다. 그러나 현진은 제 눈앞에서 예쁘게 차려입은 연희를 본 순간 하나도 양보하고 싶은 마음이 없었다.

"그럼 제가 사요."

그 값을 지불하겠다고 고집부리는 연희의 모습에 그는 웃을 수밖에 없었다.

"나 그 정도 충분하다니까?"

"그런 게 아니라……."

더욱이 이렇게 고운 연희의 모습을 제 마음대로 볼 수 있는 특권까지 얻었으니 이건 서현진에게 충분히 남는 일이었다는 걸 연희는 모르고 있는 것이 분명했다.

"연희야, 이런 말 하면 조금 느끼하지만. 나 돈 많아. 걱정하지 마."

더욱이 오래 만난 연인처럼 투닥거리며 서로를 바라보는 일을 할 수 있어서 얼마나 좋은지 연희는 모를 것이다. 그리고 그가 이렇게 신경 쓰는 이유는 단 한 가지였다. 그건, 제 옆에서 연희가 그 누구보다 행복하게 빛났으면 좋겠다는 마음이었다.

마음을 다해 웃는다면 얼마나 곱고 빛나게 예쁜 모습을 보일지 궁금했다. 아니, 궁금하다는 말보다 보고 싶었다는 말이 더 정확하다.

여기저기에서 제 말에 웃음을 참느라 고개를 돌리는 직원들의 얼굴이 보였지만 그는 늘 그랬듯이 신경 쓰지 않았다. 연희의 눈초리가 저를 나무라는 듯이 보였지만 정작 그는 아무렇지 않았다.

현진은 그런 연희를 향해 조금 장난스럽게 어깨를 으쓱해 보일 뿐이었다. 이런 좋은 기분을 망치고 싶은 생각 따위 없었다.

※

화사한 봄, 우리 결혼합니다라고 말하는 커플이 여기 있다. 그 커플은 참 다른 사람들의 시선 따위는 생각하지 않는 것이 분명했다. 정확히 말하자면, 그들이 아니라 결혼식을 올리는 신부가 그런 시선을 생각하지 않는 것이 분명했다.

분명히 결혼식이라고 한다면 여기저기서 축하하는 말들이 수두룩하게 오가야 하는 것이었지만, 아니었다.

여기저기서 신랑의 얼굴을 보고 신부 쪽 대기실을 흘긋거리기에 바빴다. 그건, 그들이 미처 생각하지 못한 일이었다. 더욱이 그런 하객들의 행동은 신부의 짜증을 돋우기에 충분했다.

"진짜!"

"어머! 다래야!"

친구인 미진이 다래를 진정시켰다. 안 그런다면 다래가 들고 있던 탐스러운 부케가 망가져버릴 것이 자명했기에 그녀는 다래를 진정시키고 있었다.

"짜증나! 짜증난다고! 왜 그 여자 때문에 내가 자꾸 저런 소리를 들어야 해? 뭐? 남의 가정 깨버리고 이렇게 결혼하느냐고? 왜!

못할 게 뭐야!"

신부대기실이 떠나가라 소리치는 다래의 히스테리에 미진 역시 두 손을 놓을까 싶었다. 허나 민다래는 제가 고등학교시절부터 친구였다. 허니, 다래의 행동을 이해할 수 있는 사람 역시 저와 현정우라는 사람밖에 없을 거라고 생각했다. 그녀가 다래의 신경질을 이해하며 곁에 남아 있는 이유도 그와 다르지 않았다.

"민다래! 너 미쳤어? 여기 니 결혼식이라고. 다른 사람들이 네가 이러는 거 보면 무슨 생각할 것 같아? 신부답게, 신부처럼 조용히 있어. 오늘은 네가 주인공인 날이야. 그러니까 사람들 저런 말 신경 쓰지마."

이런 다래에게 가장 잘 먹히는 방법을 들먹이고서야 진정되는 오늘의 신부를 바라보며 미진은 혀를 찰 수밖에 없었다. 그러게 저런 남자 만나지 말라고 누누이 말했건만, 듣지 않았던 친구의 결혼식이 미진에게 달가울 리 없었다.

그럼에도 불구하고 아직 여기에 있는 것은 다래를 그간 알아왔던 시간 때문이었다.

"와줘서 고맙지만, 우리 두 번 다시 만나지 말자고 하지 않았던가? 나 그렇게 못 잊어서 너 어떻게 새출발……."

정우는 까만 턱시도를 차려입고 서 있었다. 그리고 그 앞에 선 사람은 다름 아닌 연희였다. 호텔에 들어선 현진이 누군가를 마주친 뒤 잠시 자리를 비운 사이 먼저 예식장에 올라온 연희가 마주한 건 현정우였다.

미처 말을 다하지 못한 정우의 시선을 따라 고개를 돌리자 그가 제 옆에 와서 서 있었다. 언제 왔는지 알 수는 없지만, 연희는 그가 내내 제 곁에 있었던 것만 같은 기분이었다. 연희는 그제야 마음이 편안해졌다.

"연희야. 혼자 가지 말라고 그랬잖아. 내가 얼마나 찾은 줄 알아?"

제 허리께에 얹힌 그의 손과 귓가에 속삭이는 행동에 연희는 순간 당황했지만, 이내 아주 화사하게 웃어보였다.

"누구 만난 거예요? 금방 온다더니?"

유치하지만, 연희는 현정우에게 보여줄 작정이었다. 그가 저를 버리고 잘 살 거라 말했던 것처럼 그녀 역시 현정우가 제 삶에 없어도 충분히 잘 살고 있다고 말하고 싶었다.

우유부단하다고 할지도 모르겠으나, 다래의 행동에도 연희는 그를 피하고 싶었던 마음이 더 컸다. 그건, 솔직히 아팠던 지난날을 마주하기 싫었던 마음이라고 말하기가 더 정확했다.

"이연희 재주 좋다?"

"누구만 하겠어?"

새신랑의 것이라고 생각되지 않을 만큼 정우의 말에 날이 서 있었다. 연희는 그런 현정우에게 진실을 뱉어냈다.

"실은 민다래 씨가 우리 집에 친히 청첩장을 넣어놓고 가셨더라고. 나라고 여기 오고 싶었겠어? 정말 우편 소인도 찍히지 않은 봉투를 넣어주고 간 사람의 성의를 생각해서 온 거야. 나도 너네들 결혼하는 그 모습 별로 보고 싶지 않아."

연희가 현진의 품에서 벗어나 정우와 한 뼘 정도 떨어진 거리에 섰다. 이내 그녀는 그를 향해 작게 소곤거렸다. 누가 본다면 오해할 만큼 연희는 사람들의 시선이 현정우에게 쏠리도록 하고 싶었다. 소심하고 치졸한 복수라고 해도 어쩔 수 없었다. 마음에 여전히 응어리져 남은 것이 풀리지 않았다. 할 수만 있다면 훌훌 털어버리고 싶었지만, 그녀는 아직 그렇게 하지 못했다.

"나는 너 비웃어주러 온 거야. 이 결혼식에 온 사람들 우리 결혼식에도 왔던 사람인 거 아니? 그 사람들이 뭐라고 생각할까……. 궁금하지 않아? 제 마누라 버린 놈이 아주 떳떳하고 호화스럽게 결혼한다고 생각하겠지. 그것도 내연녀였던 지금의 신부랑. 어디 온종일 사람들에게 스트레스 받아봐."

사람들의 시선이 충분히 쏠렸다고 생각한 그때 연희는 그를 밀치며 떨어지려 했었다. 허나, 그보다 현진이 더 빨랐다. 놀란 연희의 눈이 정우를 밀친 현진을 바라보았다.

"곧 결혼할 새신랑이 신부를 놔두고 다른 여자랑 가까이 있는 거 보기에 안 좋습니다. 연희야. 신부 보고 온다고 그러지 않았어?"

저를 든든히 버티게 만들어주는 그가 곁에 있었다.

"네. 지금 보고 오려구요."

연희는 그렇게 현진을 뒤에 남겨둔 채로 다래에게 향했다. 그녀를 직접 마주하려던 생각은 없었지만 생각을 바꿔 신부대기실로 들어간 그녀였다.

연희가 사라지고 나서야 현진은 눈앞의 남자를 향해 말했다.

"저 여자 건들지 마시죠."

"허! 남의 결혼식에 와서 고작 한다는 말이 그겁니까? 우리 다래는 쟤보다 백만 배는 착하거든요? 그런 다래랑 누굴 비교하길 비교해요. 남의 잔칫날 망치지 말고 가시죠. 괜히 와서 초칠려고 다래가 청첩장을 보냈다고 말하는 저런 여자 댁이나 두 눈 똑바로 뜨고 보라고. 쟤가 얼마나 독한……."

정우의 말에 현진은 마음 깊은 곳으로부터 분노를 느끼기 시작했다. 이런 인간에게 무슨 미련이 남아서 연희는 참고 살았다는 말인가.

더욱이 막장도 이런 막장이 없는 상황 속에서 어떻게 2년이란 시간을 버텨냈다는 말인지 그는 연희의 그 마음을 가늠할 수가 없었다. 얼마나 상처받았을지, 얼마나 아팠을지 가늠하기가 어려웠다.

"당신 말이야. 지금 결혼식 준비하는 신부가 정말 연희를 안 만났을 거라고 생각해? 상식적으로 그건 말도 안 되는 일 아니야? 남자가 하라는 대로 가만히 기다렸다고, 그렇게 생각해?"

악다문 잇새로 튀어나온 음성은 애써 누른 화로 가득했다. 현진은 오랜만에 입어서 불편한 양복보다 정말 오랜만에 한 넥타이가 더 불편했다. 마치 현정우라는 사람의 존재처럼 불편해지기 시작했다. 거칠게 넥타이를 풀고 그는 정우를 향해 말했다.

"결혼한 남자 뺏을 정도의 성격이라면 네가 하라는 대로 하고만 살지는 않는다는 걸 모르나. 아, 아무튼 축하해. 한 번 피운 바람 두 번이라고 못하리란 법 없지만. 이연희라는 사람의 인생에서 완전히 나가줘서 내가 저 여자와 만날 수가 있게 됐거든. 그 점은 고마워하지."

연희가 이런 시시콜콜한 이야기를 제게 하는 성격도 아니었고, 그 스스로가 연희에게 이런 종류의 말들을 물어볼 성격도 아니었다. 다만, 조금 전 잠시 연희를 찾아 헤맸을 때 하객들의 입에서 입으로 전해지는 이야기를 들었을 뿐이었다.

"그러니까 다시 한 번 더 저 여자의 인생에 기웃거리는 모습이 내 눈에 보인다면 그땐 그냥 안 넘어가."

다시 말해도 화가 가라앉지 않은 현진이 정우를 향해 마지막으로 말을 뱉었다. 이미 지나가던 수많은 하객들의 구경거리가 되고 있음을 잘 알고 있었기에 했었고, 하려는 말이었다. 연희가 당한 건 이 정도에 비할 것이 되지 않는 게 분명하니까.

"이딴 짓 했으면 창피한 줄 알아야지. 호텔에서 호화스럽게 결혼식이라……. 누굴 좋아할 자격도 없는 놈이 불륜에, 그것도 모자라 전처에게 청첩장을 보내다니. 난 이런 곳에 더 있기 싫으니 연희 데리고 얼른 사라지지. 여기 있는 많은 분들의 축하받아. 어차피 우리는 그런 생각이 없으니 말이야."

현진은 아직도 벙하게 서 있는 정우를 매섭게 쳐다보고 연희가 있는 곳으로 유유히 걸어갔다. 더는 이연희를 건들지 말아라, 그리고 그 여자 앞에 두 번 다시 나타나지 말라는 말은 충분히 잘 전달되었을 것이라고 생각했다. 오늘 이 말도 안 되는 유치한 장단에 참여한 목적은 달성한 셈이었다.

스쳐 지나가는 많은 하객들의 표정에서 현정우와 오늘 결혼식을 올린다는 신부를 향한 비난의 눈초리가 읽혔다. 이로써 이 결혼식의 자세한 내막을 몰랐던 이들마저 전부 알게 된 셈이었다.

그 정도면 충분하지는 않으나 연희가 당한 것의 아픔, 그 조금은 저들도 느끼지 않을까 싶었다. 정말이지 이런 결혼식장에 더는 있고 싶지 않았다. 궁금했고 연희를 버렸던 그 어리석은 놈의 얼굴이나 보자던 심산이었던 것은 맞았다.

더불어 연희의 아픈 그 마음을 자꾸 헤집는 이 바퀴벌레 한 쌍에게 인생 최고의 날 가장 기억하고 싶지 않은 날이 되도록 만들어줄 작정이었다. 그건 어느 정도 성공은 했다고 여길 만하다고 판단한 현진이 그제야 입꼬리를 말아올리며 웃었다. 하객들의 시선이 무엇 때문인지는 몰라도 저를 바라보고 있음을 알아차리고 있었다.

그렇다고 할지라도 이미 이곳에 나타났다는 것 자체가 그런 일들에 대해 신경 쓰지 않는다는 말과 같았기에 다른 이들의 시선 따위 무시했다. 그건 연희 역시 마찬가지였다.

그럼에도 그는 오늘 연희의 아름다운 모습을 이곳에 있는 사람들의 눈요깃거리로 더 이상 보여주고 싶은 마음이 없었다. 이만하면 충분하다며 그는 서둘러 그녀를 찾았다.

경악스러운 신부와 그 친구의 모습을 보며 연희는 아주 싱그럽게 웃어주었다. 아마도 다래 역시 제가 그런 짓을 했다고 정말 오리라고는 생각하지도 못한 것이 분명했다. 자신 역시 예상하지 못했던 바였으니 놀라는 것이 당연했다.

"결혼식 오라고 이렇게 초대장을 보냈더라구요. 그것도 친절하게 직접 우리 집에 넣어놓고 가기까지 하고 말이죠. 그래서 왔어요."

점점 기괴하게 일그러지는 친구의 모습에 연희는 쓴웃음이 일어났다. 아마, 친구는 민다래가 이런 여자인 줄 미처 몰랐으리라.

그건, 현정우 역시 마찬가지이지만 그 부분에 대해서는 그에게 말하고 싶지 않았다. 살아보면 꿈같았던 그 생활들과 얼마나 다른지 절실히 깨닫게 될 것이다.

"아…… 그렇다고 진짜 전남편 결혼식에 올 줄 몰랐어요. 왜요? 저한테 주고 나니까 아쉬워요? 근데 어쩌죠? 저 남자 제가 세상 그 누구보다 착한 줄 알거든요."

연희는 의자에 얌전히 앉아서 저를 향해 아직도 독기를 품어내고 있는 다래를 향해 천천히 걸어갔다.

연희가 순간 다래에게 가까이 다가가서 조용히 속삭였다. 다래의 지척에 있던 친구 역시 제 말을 듣기에 충분했다.

"미련? 아쉬워? 누가, 내가? 난 다래 씨가 저런 인간 내 인생에서 없애줘서 고마운 사람이야. 물론, 시어머님께서 나를 예뻐해 주시기는 했어. 한데 말이야. 그 집안에서 돌아가신 시어머님 빼고는 볼 거 별로 없는 거 알아?"

아직 동요하지 않는 다래를 향해 입을 연 연희였다.

"그 집안 어디 한번 겪어봐. 그 모든 일을 겪어보고도 현정우가 탐이 난다는 소리가 날지. 난 그게 궁금해. 더불어 다래 씨가 나를 수차례 만났다는 걸 저 인간이 알면 어떤 반응일까."

다래의 큰 눈망울이 동요하는 모습에 연희는 숙였던 상체를 들었다. 이 여자의 인생도 제 것만큼 안타까운 인생이구나 싶었다. 하지만, 다래보다 제가 조금은 더 나았다. 자신은 새롭게 시작할 수 있었고, 그녀는 이제 새롭게 시작한다는 건 꿈도 못 꿀 테니 말이다. 연희는 말간 얼굴로 붉어지는 다래의 얼굴을 내려다보고 있었다.

"연희야."

뒤에서 울리는 소리에 연희는 고개를 돌렸다. 물론 다래와 친구의 고개 역시 대기실 문을 향했음을 알고 있었다.

"현진 씨."

곧 죽어도 사장님이라고 불렀던 연희였지만, 오늘 이 자리에서 현정우와 민다래 이 두 사람에게 나도 내 사람이 있다고 말해주고 싶었다. 그게 설령 아직 진짜가 아닌 사람이라 할지라도 그렇게 하고 싶었다.

모자란 마음이 빚어낸 어리석은 결정이었을지라도, 연희는 지금 이 순간만큼은 이렇게 하는 것이 자신의 마음을 위해 좋은 일이라고 말하고 싶었다. 아니, 그렇게 말할 수 있었다.

서로 보지 않고 사는 것만이 제 마음을 아프게 하지 않는다고 말했던 것은 그저 긁어 부스럼을 만들어내고 싶지 않았던 여자의 변명이었다.

"우리 이러다가 공연 시간에 늦겠다."

"아……."

"연희야. 얼른 와."

"그럼 결혼식 잘해요."

연희는 저를 향해 환히 웃는 현진을 향해 다가갔다. 연희의 입가에 아주 작은 미소가 스며들었다. 처음으로 마음에 놓인 불편함 없이 웃었다. 이제 더는 저 인간들이 제 삶에 나타나는 일이 없을 것만 같아 연희는 더없이 좋았다.

그것보다 더 좋았던 것은 저를 지켜주는 것만 같은 현진의 행동들이었다. 제가 밀어내고, 또 밀어내도 묵묵히 서 있는 그의 행동이었다.

연희는 그의 손을 잡으며 나란히 걸어나갔다. 신랑 신부가 기죽을 만큼 최고의 하객이었던 그들은 가벼운 걸음으로 사라졌다.

호텔을 나오자마자 그가 저를 데리고 간 곳은 예술의 전당이었다. 잠시 마실 것을 사오러 간 그를 기다리는 연희는 오늘 제가 했던 유치한 행동들을 되짚으며 고개를 내저을 수밖에 없었다.

언제부터 이연희가 이런 유치한 짓을 하고 다녔다고 그냥 무시할 것 그랬나 싶었다.

"많이 덥죠."

갑자기 툭, 높아진 말에 연희의 눈이 커다래졌다. 분수가 아름다운 야외에서 벤치에 앉은 저를 내려다보는 그의 표정에는 어느새 장난스러움이 사라져 있었다.

"나 오늘 연희 씨 도와줬으니까. 연희 씨 남은 하루는 전부 내 거예요. 그 정도는 나한테 해줄 거죠?"

푸릇한 배경이 참 잘 어울리는 사람이다. 이런 말 하기에 조금 뭣하지만 이 남자는 언제나 자신만만한 사람이구나 싶었다. 그 자신감이 보기 좋았다.

"그럴게요. 근데 왜 제가 좋아요?"

"제가 좋아하니까요."

"전 결혼도 했었고, 오늘 봤다시피 그런 막장드라마 같은 상황 속에서 2년이나 산 그런 별 볼일 없는 여자인데요."

그가 정말 저를 좋아하는 이유를 듣고 싶은 그녀였다. 그 진저리나던 관계들을 보고도 자신의 옆에 있고 싶다는 남자의 진심이 지금 궁금해졌다.

"그건 연희 씨가 너무나 마음이 착해서 참아준 거고, 나는 그런 연희 씨의 고운 마음이 좋았고. 더불어 연희 씨를 봤던 그 순간 반했으니까요."

"내가 사람을 못 믿어요."

연희는 이 말을 꼭 하고 싶었다. 이런 남자를 만나고 다시 사랑을 하고 그렇게 결혼을 할 수 있을 리가 없다고 그녀는 그렇게 생각하고 있었다. 아직, 누군가를 믿을 수가 없었다. 연희의 마음 깊은 곳에 그런 생각이 자리하고 있었다.

"내가 믿게 해줄게요."

"나는 사랑을 더는 믿지 못해요. 내가 믿었던 것들이 모두 무너져버린 그 순간 난 더 이상 그런 감정 소모가 하고 싶지 않았어요."

"그럼 그렇게 해요. 나는 연희 씨의 곁에서 내가 하는 사랑을 보여줄게요."

이 남자를 밀어내도 요지부동이었다. 서현진이라는 사람에 대해 제법 안다고 생각했던 생각을 무색하게 할 만큼 그는 언제나 제 생각대로 움직이는 사람이 아니었다. 예측 가능한 사람도 아닌 것 같았다.

연희는 그 순간 제 앞에 불쑥 들이밀어진 그의 얼굴을 마주하며 두 눈을 동그랗게 뜨고 말았다.

"믿게 해주면 나랑 만날래요?"

다시 시작된 그의 제안이었다. 연희는 그런 그의 말에 다시 한 번 이상한 기분을 느꼈다. 봄날의 따스한 바람이 저를 스치는 듯이 그녀의 마음에도 그런 따스한 바람이 불었다. 흔들리는 연희의 모습에 다시 한 번 더 물었던 그였다. 현진은 이런 연희의 변화가 반가웠다.

"그럼 이렇게 하죠."

프라하에서 처음 봤던 그 순간부터 당신에게 반했노라 말하는 나를 못 믿겠다면 당신을 믿어보라고 말하고 싶었던 그였다. 그가 하는 말은 신뢰가 갔지만, 연희는 아직, 누군가를 만나고 싶다는 생각을 감히 상상조차 할 수 없었다. 이제 겨우, 홀로 일어서겠다고 한걸음 뗀 참이었다.

"다시 말할게요. 지금 사랑하는 사람 있어요? 그런 게 아니라면 나랑 그 사랑하지 않을래요?"

프라하에서 했던 말 그대로였다. 허나, 조금 다른 것이 있다면 제 눈앞에 앉아 있는 연희의 반응과 뒤이어 그가 하게 될 말이었다.

'왜요?'

분명 연희는 체코의 하늘 아래에서 그렇게 제게 반응했었다. 경계심 많던 모습이었다. 지금 그런 연희의 반응이 없어서 다행이었다. 그렇게까지 사람을 경계하지 않아서 다행이었다.

"나는 연희 씨가 좋아요. 좋아서 비행기 타고 한국에 다시 돌아왔습니다. 그냥 사랑해달라는 게 아니에요. 내가 연희 씨를 절대 놓지 않을 거예요. 연희 씨의 눈이 나를 보면, 나는 그렇게 할 겁니다. 그러니, 연희 씨의 그 시선이 나를 향할 수 있나요?"

현진은 아직도 자신을 바라보는 연희를 향해 입을 열었다. 그의 입매에는 푸르른 봄을 머금은 미소가 걸려 있었다.

"연희 씨가 나를 사랑하면, 나 역시 연희 씨를 사랑할 겁니다. 우리 이렇게 해요. 나를 믿는 게 아니라 이연희를 믿는 걸로. 내가 하는 말은 나를 믿어달라는 것이겠지만, 연희 씨는 나를 믿기 힘들 수도 있으니 그런 조건을 달아보죠."

여전히 자신만을 바라보고 있는 연희의 눈이 좋았다. 이런 눈을 가진 여자를 놓친 그 바보 같은 놈에게 처음으로 감사한 현진이었다. 이런 연희를 놓아줘서, 그리고 자신이 있는 곳으로 올 수 있게 만들어줘서 감사했다.

"내 사랑에 조건이 있는 겁니다."

"사랑에도 조건이 있나요?"

드디어 자신과 시선이 마주친 연희가 반응을 보였다. 현진은 그런 그녀를 향해 다정하게 웃어주었다.

"이게 제 사랑의 조건입니다. 우습겠지만, 연희 씨가 날 믿게 하기 위해서라면 뭐든 할 수 있습니다. 그러니까, 오늘부터 사랑에도 조건이 있는 겁니다. 제 사랑에는 조건이 있습니다."

사랑에 조건은 없었다. 다만, 지켜야 할 것들이 있을 뿐이었다. 그런 최소한의 것들을 지키지 않는 사람들은 사랑하고 사랑받을 자격이 없다고 생각하지는 않았다. 그저 다른 사람보다는 조금 힘들 뿐이라고 그럴 것이라는 예상만 할 뿐이었다.

"나는 말이에요. 연희 씨와 만날 동안 나만 바라보면 좋아요. 나에게 언제나 진실하고, 어떤 일이 있어도 나에게 무조건 말하고. 나와 같이 이야기하고. 내가 보였던 만큼의 노력을 보여줬으면 싶고. 나와 그렇게 하나씩 좋은 추억을 만들었으면 좋겠어요. 물론, 나를 사랑해주면 더 좋구요."

움직이려는 눈앞의 사람이 조금만 더 용기를 내서 저를 잡아주길 현진은 간절히 바라고 있었다. 연희의 망설임이 무엇으로 기인한 것인지 알기에 그는 더욱 '조건'이라는 유치한 말을 덧붙일 수밖에 없었다.

"그게 조건이라구요?"

"그게 조건이에요. 믿을 수 없을 만큼 내가 연희 씨에게 반했으니까 나는 무엇을 해도 연희 씨가 내 옆에 있을 수 있게 만들 생각만 하니까. 그러니까, 나는 오늘 이런 행동도, 이런 말도 할 수 있는 거예요."

다홍색의 색감이 오늘처럼 화창한 날 잘 어울렸다. 그런 연희
의 모습에 현진 역시 봄처럼 따스하게 웃었다. 그리고 그는 이내
굽혔던 허리를 일으켜 세우고는 연희를 향해 손을 내밀었다.

"시작해볼래요?"

손을 내밀듯, 아닌 듯 망설이는 연희를 향해 그가 다시 한 번
더 입을 열었다.

"연희야."

또다시 한 번 더 그녀를 향해 말했다.

"시작해볼까?"

그렇게 연희는 제 손을 잡았다. 연희의 고운 손이 제 손에 얹힌
순간 현진은 그 어떤 때보다 밝게 웃었다.

"너 솔직히 말해봐."

원진은 현진의 얼굴에서 무언가 읽어내기에 바빴다. 석호에게
서 차도 빌렸다던 동생의 행동에는 무언가가 감춰져 있었다. 프
라하에 갔을 때 봤던 모습과 언뜻 비슷해 보이기도 해 원진은 머
릿속에 피어오른 의심을 풀 수 없었다. 게다가 보통 서울에 들어
오는 것을 가장 꺼리며 서슴없이 인력낭비와 자원낭비를 외치던
녀석이었다.

그런 동생이 무려 한 달 동안 휴가라며 집에 왔을 때는 의아한
것도 당연했다. 의심하는 것도 당연했다.

"뭐?"

"너 진짜 한 달이나 서울에 있겠다고?"

"한 달은 역시 짧을까? 한두 달이면 되려나······."

여전히 알 수 없는 말을 하며 컴퓨터 앞에 앉아 있는 동생의 모습에 원진은 궁금한 마음이 결국 폭발하고 말았다.

"야! 서현진!"

"누나, 연극이 좋아? 아니면 영화가 좋아?"

게다가 이렇게 묻는 말에 답하지도 않고 엉뚱한 질문투성이라니······. 제가 아는 서현진이 아니었다.

"어? 난 연극. 야! 근데 너 진짜 서울에 왜 온 거냐니까?"

"그럼 연극을 보러 갈까······."

저를 무시하는 건지, 아니면 신경조차 쓰지 않는 건지 알 수 없는 동생의 행동에 원진은 결국 현진이 눈을 떼지 않고 쳐다보던 모니터에서 시선을 거둘 줄 몰랐다.

"서현진. 너 누나 말 무시하냐?"

이제 오기가 발동해서 꼭 왜 서울에 한 달이나 되는 휴가를 온 건지 듣겠다는 일념 하에 서 있는 자신의 그 오기를 무너뜨린 건 현진의 반문이었다.

"아직 있었어?"

힘이 저절로 빠지게 만들어버린 현진의 물음에 원진은 웃고 말았다. 한번 이거다 싶은 거에 빠지면 죽어도 다른 길로 나올 줄 모르는 동생의 모습이 바로 이런 모습이었다. 이번에 도대체 무엇이기에 이런지 그녀는 누나로서 그 사실이 궁금할 뿐이었다.

"너 이번에는 뭔데?"

두서없는 물음을 못 알아들었을 리 없는 동생이었다. 허나, 여전히 묵묵부답이라는 소리는 조만간 이 평화로운 집안에 폭탄이 투하될지도 모른다는 전조였기에 원진은 현진이 머무는 그 시간이 마냥 좋을 수만은 없었다.

아니, 어쩌면 이미 아버지는 알고 계실지도 모를 일이었다. 마치 프라하로 가겠노라 선언하던 그 즈음과 비슷한 동생 같아 원진은 걱정이 앞섰다.

"아가씨. 무슨 생각을 그렇게 하세요?"

새언니의 말에 연희는 저무는 해를 바라보며 꽃을 걸러내고 있었다. 얼마 전 화사하게 피어 있던 프리지어가 꽃집에 있는 것이 너무 아름다워 사왔는데, 시간이 지나고 나니 이렇듯 시들시들해지고 있었다.

"언니는 오빠 어떤 점이 이 사람이라고 생각하게 된 거예요?"

"네?"

새언니의 놀란 목소리가 신경 쓰였지만, 연희는 정말 궁금했다. 대체 어떤 점에 이끌려야 제대로 된 사람을 만날 수 있는 것인지 알고 싶기도 했다. 좋아해서 만난 사람도 제대로 보지 못했는데, 저 좋다고 하는 사람을 제대로 볼 수 있을까 싶었다.

"우선. 아가씨 오빠가 좀 저를 좋아했어야 말이죠. 그래서 전 일단 만나봤어요. 저 좋다는 사람 만나보는 건 별로 어려운 일 아니잖아요. 그리고 그 사람을 일단 지켜본 거죠. 이연우라는 이 남자가 내가 진짜 믿을 수 있는 사람인지 아닌지."

"사랑이 아니구요?"

연희의 고개가 돌려졌다. 맑은 그녀의 두 눈에 쑥스러운 듯 두 볼을 붉히는 새언니의 표정이 들어왔다.

"사랑도 중요하지만, 사랑이 한평생 밥 먹여줄 거 아니잖아요. 저는 믿을 수 있는 사람이 더 좋았어요. 그리고 그 선택에 대한 후회는 없어요. 어머님한테 이런 말 하시면 제가 좀 곤란하긴 하지만……. 오빠가 절 좀 좋아해야 말이죠."

여전히 새색시처럼 곱고 수줍게 웃는 새언니의 모습에 연희의 입가에 미소가 걸렸다. 화병에 꽃을 다시 넣은 연희가 이내 현진의 생각을 한 건 자연스러운 수순이었다. 믿을만한 사람이라는 말에 그가 떠오른 건 언제부터였을까 연희는 그 순간부터 생각에 잠겼다.

그건 저를 좋아한다는 그와 만나기로 서로의 손을 잡았던 그 다음 날 저녁의 일이었다.

까르르, 웃어대는 소리가 공연장 가득 울리고 있었다. 다른 사람들의 웃음소리에 묻혀서 잘 들리지 않은 소리였지만 현진은 그 작은 소리조차 놓치고 싶지 않았다.

첫눈에 반해서 이 여자가 궁금했고, 궁금했던 마음만큼 이연희라는 사람은 고운 사람이었다. 그래서 제가 지금 한국에 있는 것이다. 언제인지 모르겠지만 가족들이 이런 자신의 모습을 안다면 꼭 말해주고 싶었다.

34년 만에 처음 제대로 된 여자를 만났다고……. 그래서 이 여자의 손을 놓고 싶은 생각과 마음이 없다고 꼭 말할 것이었다. 현진이 이제 막 막이 내린 무대에 아직도 시선을 둔 연희의 희고 고운 손을 잡았다.

"왜요?"

"좋아서."

싱거운 말이라고 생각했다. 한데, 연희의 반응 역시 저와 별반 다르지 않았다. 그렇게 맞춰주는 연희의 모습에 현진은 마음이 따뜻해지는 중이었다.

"우리 이제 뭐 할까? 하고 싶은 거 있어?"

아예 연희를 향해 몸을 돌린 그와 달리 아직 그녀는 저를 마주 보지 못했다. 제 손을 잡은 그날 이후 이틀 만에 만났지만, 저와 다른 연희의 모습에 그는 조금 놀랐다.

"그냥, 뭐…… 별로 하고 싶은 건 없는데…….'

아직 그렇게 많이 바뀌지는 않았지만, 그래도 제게 맞추는 연희의 고운 모습에 현진은 꽉 잡은 손을 놓지 않았다.

"그럼 우리 그거 하자."

"뭐요?"

"사귀는 사람들끼리 하는 짓. 전부 다."

반문하는 연희의 얼굴에 스친 곤란한 표정마저도 정말 좋으니 중증도 이런 중증이 없었다.

"우선 여기부터 나가볼까?"

여전히 자신을 편히 대하지 못하는 연희의 그 성격도 마음에 들고, 제가 잡은 손을 일부러 빼려고 하지 않는 그 마음도 마음에 들었다. 현진은 오랜만에 서울을 돌아다닐 작정이었다.

이제 혼자가 아니라 더 기쁜 마음으로 할 수 있는 행동이었다. 원래 유치한 짓 죽어도 못하는 그였지만 이연희가 관련되어 있다면 예외라는 것이 적용되었다.

'사귀는 사람들끼리 하는 짓.' 이라고 말했지만, 정말 이런 유치한 짓들을 할 줄 몰랐던 연희였다.

손을 잡고 같이 걸어가는 건 기본 중에 기본이었고, 허리를 잡아 걸어가는 것은 예사였으니 말이다. 더욱 놀라운 것은 이 남자의 행동들이었고, 말들이었다.

유치한 짓은 못한다던 사람이 정말 잘하고 있었다.

"이거 잘 어울리겠죠?"

게다가 지금 이 상황 역시 당혹스러움에 연희는 그저 웃고 말았다. 그는 오늘 하루 내내 자신을 웃게 만들고 말겠다는 신념을 지닌 사람처럼 보였다.

"현진 씨. 이건 좀……."

"왜? 마음에 안 들어? 이거 진짜 잘 어울릴 텐데……."

게다가 그가 권해준 원피스는 적어도 20대 초반 아이들이 입고 다닐법한 옷이었다. 공연장을 나와 갑자기 사진관에 가서 사진을 찍더니, 다시 대학로를 열심히 걸었고 지금 이 옷가게에 들어와 있었다.

"그게 아니라……. 이런 건 20대 초반이나 입을 옷이라구요."

결국 시무룩해진 얼굴을 하는 그를 위해 연희는 입을 열 수밖에 없었다. 그녀는 결국 현진의 팔을 잡아 가게 밖으로 나오고 말았다. 살랑이는 봄바람처럼, 연희는 그렇게 하나씩 잊어가고 있었다.

대학로 역시 현정우와 그렇게 죽고 못 살 만큼 좋아한다며 연애하던 시절 자주 온 곳임에도 불구하고 오늘 단 한 번도 그런 생각이 나지 않았다. 연희는 스스로도 모르는 사이 하나하나 잊어가고 있었다.

"저런 거 사준다고 돈 쓰지 말고 우리 다른 거 해요. 그럼 되잖아요."

연희는 그가 또 제게 다른 걸 사준다고 할까 봐 서둘러 말했다. 일단 서현진의 다른 면모는 이 정도면 오늘 충분한 거였다.

"그럼."

그 순간 연희는 제 앞에 선 그의 모습에 의아했다. 왜 이 남자가 제 옆이 아닌 앞에 섰는지도 알 수 없었다.

"우리 돈도 안 들고, 제일 연인 같은 짓 하나 할까?"

입꼬리를 말아 올리며 너무나 매력적으로 웃는 그의 모습이 그림 같았다. 연희는 그가 말하는 연인 같은 짓이 무엇인지 어쩐지 알 것만 같아 고개를 슬쩍 내저었다.

"그러지 말고 하지? 내가 뭐하려는 줄 알고?"

제 앞에서만 장난스러워지는 사람이라는 것도 오늘 알게 된 하나의 수확이었다. 한데 이건 장난스러운 것과 거리가 멀어보였다. 새언니의 말에 용기를 조금 더 얻어 자신을 좋다는 사람을 만나는 일을 미루지 않았을 뿐이었다.

더욱이 그 사람이 서현진이었고, 제가 좋다고 체코에서부터 한국까지 날라 온 사람이라면 그에 대해 알 만큼 안 뒤에 그가 말한 시작을 해도 늦지 않을 것이라 생각해서였다. 그러니, 지금 이 순간 그가 하려는 행동은 아직 연희가 마음의 준비를 하지 않은 행동이기도 했다.

마음의 준비가 필요한 일이기도 했다.

제 마음을 알았던 것인지 그가 저를 보고 한참을 웃더니 볼에 입을 맞추고 제 손을 잡아 성큼성큼 앞으로 걸어나갔다. 연희의 고운 두 볼에 붉은 홍조가 서린 것은 물론이었고, 작은 볼우물까지 곱게 패였다.

너무 빠르지도, 느리지도 않게 저를 배려해주는 현진의 걸음이 꼭 그를 닮아 있었다. 그와 함께 시작하겠다고 했지만, 아직 출발선에서 움직이지 못하는 연희는 그가 해주는 배려를 마음으로 느끼며 천천히 한 걸음씩 걸어 나갈 준비를 시작했다.

너무 느리지도 빠르지도 않은 그의 걸음처럼 그렇게.

경진은 벌써 이틀째 학원 앞에서 서 있는 남자의 모습에 안구정화라는 말을 실감하는 중이었다. 남자친구가 들으면 서운해도 별수 없는 일이었다.

더욱이 이 남자 뭘 해도 그림이었다. 그리고 매일 저렇게 학원 앞에서 기다리는 사람이 연희라는 것을 알았을 때 경진은 조금 속이 쓰렸다.

얼굴도 예쁘고 몸매도 좋았던 동갑내기 학원 친구가 저런 멋진 남자친구까지 있었을 줄은 몰랐다.

"어, 경진 씨. 여기 서서 뭐해요?"

드디어 나타난 주인공의 등장에 경진은 어색한 미소로 화답했다. 더워진 날씨 덕분인지 연희는 봄처럼 화사한 연한 핑크색 민소매 원피스를 입고 있었다. 그게 잘 어울려서 경진은 앞으로 학원에 올 때는 제가 가진 핑크색의 원피스를 입지 말아야겠다고 다짐했다.

"아, 전화 받느라구요. 그런데, 연희 씨는 오늘은 조금 늦게 나왔네요?"

"전 정리할게 좀 남아서요."

예의 바르고, 단정하고, 고운 마음을 지녀서 제가 아는 오빠들에게 소개시켜주고 싶었던 일 순위의 여자는 이제 물 건너가버렸지만 친구로 친하게 지내고 싶은 사람은 여전히 존재했기에 경진은 스스럼없이 말을 걸었다.

"오늘도 남자친구분 왔네요? 그런데 직장 안 다니는 거예요?"

실은 이게 제일 궁금했었다. 저렇게 그림 되고, 얼굴 되고, 심지어 입고 있는 옷도 전혀 싸구려 같지 않은 저 남자가 어떻게 학원 앞에서 서 있을 수 있는지 알고 싶었다.

"아…… 휴가라서요."

간단한, 그 싱거운 연희의 대답에 경진 역시 맥이 풀리는 기분이었지만 그녀를 향해 인사를 해보이고 걸음을 옮겼다.

"그럼, 남자친구분이랑 데이트 잘해요!"

오늘도 안구정화란 무엇인지 보여준 연희와 남자친구의 모습이 부럽긴 했지만, 제가 감당할 수 없이 넘치는 건 꼭 나중에 탈이 나고 만다. 경진은 그래서 지금 자신의 남자친구가 좋았다.

총총총 제게 다가오는 연희의 모습에 현진은 다시 웃음이 밀려왔다.

"늦었네?"

한동안 집에서 놀고 있던 차를 끌고 나온 현진이었다. 그는 연희를 조수석에 태우고 저도 운전석에 자리하고 나서야 입을 열었다. 저를 바라보는 연희의 모습은 정말 제가 생각했던 것보다 더 예뻤다.

하긴, 프라하에서 처음 마주했던 연희의 그 수수했던 모습에도 반해버렸던 자신이었으니 큰일 중에 큰일이었다. 앞으로 연희가 보여줄 이런 모습에 이렇게 다시 한 번 반하고, 또 반하다 보면 이 여자가 없이는 결코 괜찮을 리 없을 테니까 말이다.

"정리가 늦었어요. 다음 주에 선생님이 아는 곳에 가서 연습할 겸 이틀만 아르바이트해 보는 게 어떻겠냐고 하셔서 그거 고민하다가 조금……."

"이틀?"

능숙한 솜씨로 차를 몰아 한강둔치로 향하던 현진이었지만, 연희의 말을 놓칠세라 일일이 답하고 있었다.

"네. 이틀 정도 해보는 거 어떻겠냐고. 가면 아마 간단한 거만 시킬 거라고 말씀하시더라구요."

"어디에서 하는데?"

연희를 좋게 봐서 제안을 해주었다는 것은 분명 좋은 일이었다. 허나, 이걸 좋은 일로 받아들일 만큼 그의 마음이 넓지 않은 듯싶었다.

"고대 앞이라고 하던데……. 현진 씨는 고대 앞 많이 가봤어요?"

한 번도 안 가봤다던 연희의 중얼거림 뒤로 현진의 고민이 깊어갔다. 일단, 하지 않을 이유가 없으니 하겠다고 하는 것이 맞지만, 대학교 앞에 있는 카페에서 연희가 이틀씩이나 일을 한다니 별로 반가운 일은 아니었다.

혹여라도 저처럼 연희에게 반해서 쫓아다니는 놈들이 있다면 어쩐단 말인가.

현진은 이런 고민을 하는 자신을 발견하고 조금은 쓰게 웃을 수밖에 없었다. 연희는 아직 모르는 듯싶었다. 수수하게 입고 다녀도 예뻤던 그녀가 이렇게 꾸미고 다니면 얼마나 예쁜지를 말이다.

그건, 얼마 전 갔었던 바퀴벌레들의 결혼식에서도 증명된 사실이었다. 바퀴벌레 한 쌍과 하객으로 왔던 수많은 사람들의 시선들이 연희의 모습을 보고 있었음을 그는 알 수 있었다.

"그래? 나도 거긴 한 번도 안 가봤는데."

말도 안 되는 거짓말이었다. 미국에 가기 전까지 그 앞은 친구들과 저의 아지트였다. 근처에 있던 맛집들이 얼마나 싸고 좋았는지 이루 말할 수 없는 지경이었다.

"그래요?"

연희의 말을 들으며 그는 기분 좋은 웃음을 입가에 그려 넣었다. 연희의 곁에 제가 있다면 누가 감히 연희를 쫓아다닐 수 있겠냐는 생각이 들자 마음이 한결 편안해진 그였다.

✣

오래된 한옥을 개조한 집은 노후했고, 낡았다. 다래는 그 점이 가장 마음에 들지 않았다. 더불어 그녀는 이제 결혼한 지 일주일이 지난 새색시였다. 그건 조금 더 달콤한 새신부의 기분을 만끽하고 싶다는 말과 같았다.

"언니! 멀었어요?"

"금방 돼요."

이렇게 생활에 찌든 냄새를 풍기고 싶다는 말이 아니었다는 말이었다. 시아버지도 그저 예쁘다고만 말해 주실 뿐 어떻게 하는 게 예뻐해 주는 것인 줄 모르는 분이었고 시누이는 말할 것도 없었다.

처음부터 노골적으로 제가 싫다던 시누이였으니 다래는 시누이의 행동에 있어서는 별 기대를 하지 않았다. 하지만, 그럼에도 불구하고 정우가 저를 보호하는 듯이 앞에 나서지 않았다.

결혼한 지도 얼마 되지 않았고, 임신한 아내가 이렇듯 집안일에 종종거리면 응당 남편이 거들어야 하는 것이 옳은 일이었다. 허나, 그의 태도는 남의 집일 구경하는 꼴이었다. 그와 그냥 같이 살 때에는 결코 몰랐던 사실이었다. 다래는 이 상황을 어떻게 극

복할지 눈앞이 캄캄했다.

"여기요."

"뭐 이렇게 오래 걸려요?"

민다래 인생에서 이런 여자는 처음이었다. 시시콜콜한 일 하나 하나 전부 제 손으로 하지 않고, 모두 시키기만 했으며 남의 것도 자신의 것이고 제 것은 물론 제 것이라는 이런 여자를 더 참고 싶지 않았다.

"그럼 아가씨가 하던가요!"

다래가 결국 짜증을 못 이기고 소리치고 말았다. 시아버지의 눈이 커다래지는 것이 보였지만 다래는 오늘은 조금 강하게 나갈 필요가 있다고 생각했다. 그건 정우가 운동하러 나간 지금이 제격이었다.

아직 그의 앞에서 이렇게 언성을 높이는 일을 하지 않고 버티던 그녀였기에 지금이 아니고서는 어려웠다.

"뭐예요?"

"아가씨가 가져다 달라고 한 거 전부 다 시간이 오래 걸리는 음식들이었잖아요! 게다가 아가씨 손은 무슨 금이라도 발랐어요? 저만 왜 집안일 해야 해요?"

근데 이상한 건 이 짜증나는 아가씨의 태도였다. 갑자기 자신을 빤히 바라보더니 자리를 툭 털고 일어선 지은이 아주 해사하게 웃는 것이 아닌가.

"그건 말이죠. 언니가 잘못해서에요. 물론, 저한테 한 잘못은 아니지만요. 제가 아무리 못돼 처먹었어도 남의 남자는 빼앗지 않거든요. 근데 언니는 새언니한테서 그런 짓 했잖아요. 아주 짜증나는 그런 짓."

이게 뭐하자는 짓인지 몰라서 다래는 그저 가만히 지은의 행동을 바라볼 수밖에 없었다. 그리고 그녀는 몰랐다. 정우가 이미 집에 들어오고 있는 줄을 말이다.

"진짜, 언니 그런 짓 하고도 천벌 안 받을 거 같아요? 내가 비록 새언니한테 착한 시누이는 아니었지만. 새언니가 이런 짓하고 다닌 우리 오빠 참아내고 있는 줄 알았다면 나는 새언니 편이었다구요."

이제 확실한 지은의 행동에 다래는 할 말을 잃었다. 이제 하루도 빠지지 않고 얼굴을 맞대고 살아야 할 가족이 된 사람이 저를 비웃고 있었다. 그것도 남편의 동생이 저를 대놓고 비웃고 있었다.

"그래놓고 호텔에서 호화스럽게 결혼식? 더욱이 새언니까지 불렀다면서요. 보니까 어때요? 나도 지나가던 새언니 봐서 아는데, 그날의 신부보다 더 예쁘던데……. 새새언니는 어땠어요?"

"그거 내가 한 짓 아니거든요. 오빠도 분명히 하고 넘어간 문제를 왜 아가씨가……!"

"그걸 나더러 믿으라구요? 물론 내 믿음이 중요한 게 아니죠. 언니가 몰라서 그런데 현정우라는 인간이 제법 고지식하거든요."

지은이 말을 하며 제 어깨 너머를 가리키고 있었다. 처음에 영문을 모르던 다래가 고개를 돌리니 그가 서 있었다. 나갔을 때와 별반 다르지 않은 모습으로 그렇게 지금 벌어지고 있는 이 상황을 관망하고 있었다.

"그러니까. 우리 오빠가 어떻게 해줄 거라는 기대 버려요. 왜냐면 오빠도 알고 있긴 할 거거든요. 언니랑 한 짓이 얼마나 손가락받을 짓이었는지 말이에요."

유유히 사라지는 지은의 모습과 오버랩되듯 다가오는 정우의 모습에 다래는 후들거리는 몸을 똑바로 가누기 위해 마음을 다독였다.

"일찍 왔네?"

"응."

평소와 달리 짤막한 답이 돌아오자 다래는 서둘러 정우의 뒤를 쫓아갔다. 그가 기억하는 자신은 이런 여자가 아니어야만 했다.

그날 결혼식에 왔던 사람들의 기억에 남았던 건 아름다웠던 결혼식도 아니었고, 아름다웠던 신랑도, 신부도 아니었다. 그날 하객들의 기억에 남았던 건 사람들의 비난과 수군거림……. 그리고 신부보다 더 아름다웠던 전처의 등장이었다. 그런 전처와 같이 등장한 멋있는 남자에 대한 궁금증이 그날 왔던 사람들의 기억에 남아 있는 전부였었다.

그리고 다래는 정우가 그날처럼 화를 내는 것을 본 적이 없다. 불같이 화내던 정우의 마음 가장 아래에는 자신을 누구보다 좋아하는 마음이 있을 거라는 다래의 생각이 그런 짓을 가능하게 만들었다.

"오빠…… 오늘 일요일이고 아버님도 계시고 삼계탕 해보려는
데……."

"됐어. 하지마."

다시 뚝뚝 끊어지는 그의 말에 다래는 짜증이 솟았다. 이 정도
로 노력하면 받아줘야 하는 것이 당연한 일인데 오늘 그의 반응
은 조금 이상했다.

"아버지가 네 음식 참고 먹어주는 것도 한두 번이지. 그냥 앞으
로는 사다가 해먹어."

"하지만, 생활비가……!"

다래 역시 물러서고 싶지 않았다. 저도 간편하게 사다가 하고
싶었지만 그가 쥐여주는 생활비 때문에 할 수 없었다. 지금도 모
자라서 제 월급에서 조금 내놓아야 할지 고민이었다.

"그게 모자라?"

넌 그것도 하나 못 맞추냐는 눈초리에 다래는 일순 말을 잃
었다.

"연희는…… 아니다. 말을 말자. 그냥 모자라면 알아서 해. 아
니면 먹을 만한 음식을 좀 만들던가."

"오빠는 말이면 다 되는 줄 알아? 내가 얼마나 노력하는데! 나
싫어하는 아가씨에게도 얼마나 잘하려고 노력하는데! 오빠가 나
한테 이러면 나는 어떡하라고!"

"내가 왜 집안일까지 알아야 해!"

높아진 그의 언성에 다래의 두 눈이 커다래졌다.

"오…… 오빠!"

놀란 다래의 음성이 들쑥날쑥하고 있었다. 다래가 너무 놀란 나머지 침대맡에 털썩 걸터앉고 말았다.

"집안일은 네가 알아서 해야 하는 거 아냐? 연희는 내가 이렇게 하자고 그러면 아무 말도 없이 다 해줬어. 너 내가 하자는 건 뭐든 다 할 자신 있다며. 게다가 별로 어렵지도 않은 일들인데 왜 그래? 그것도 못하면서 애 엄마는 어떻게 되겠다는 거야."

차가운 기색이 뚝뚝 떨어지는 그의 말에 다래는 놀랐다. 결혼식날에 불같이 화를 낸 적이 있긴 했지만, 이렇지는 않았었다. 이렇게 저를 향해 차가운 얼굴로 화를 내지는 않았던 그였다.

"오빠…… 왜 그래……."

"진짜! 삼계탕을 해서 너 혼자 먹든 말든 알아서 해! 사이좋게 지내지는 못할망정 싸우면 어쩌자는 거야."

화장대 위에 놓여 있던 차키와 지갑을 챙겨 저를 스쳐 지나가는 그의 모습에 다래는 연희가 귓가에 속삭이듯 내뱉던 말을 기억하고 말았다.

'미련? 아쉬워? 누가, 내가? 난 다래 씨가 저런 인간 내 인생에서 없애줘서 고마운 사람이야. 물론, 시어머님께서 나를 예뻐해 주시기는 했어. 한데 말이야. 그 집안에서 돌아가신 시어머님 빼고는 볼 거 별로 없는 거 알아?'

돌아가신 시어머님이 어떤 분이었는지 모르겠지만, 괜찮았던 분이라는 건 확실한 듯싶었다. 정우의 전처가 그런 말을 할 정도라면 그건 확실한 것이 맞았다.

'그 집안 어디 한번 겪어봐. 그 모든 일을 겪어보고도 현정우가 탐이 난다는 소리가 날지. 난 그게 궁금해. 더불어 다래 씨가 나를 수차례 만났다는 걸 저 인간이 알면 어떤 반응일까.'

그리고 다래는 느끼는 중이었다. 연희의 말처럼 그의 집에서 기댈 수 있는 곳이라고는 그밖에 없었는데 그가 그런 저를 귀찮아했다. 더욱이 그는 지금 저를 의심하는 것이 분명했다.

그가 이혼하기 전에 그의 아내를 만나지 않았다던 제 말을 믿지 않기 시작한 것이 분명했다.

04. 그녀의 이유

　엄청 곤란한 얼굴로 앞에 서 있는 현진을 보자마자 연희는 알아차릴 수 있었다. 문제가 생겼다는 것을 말이다.

　그 정도로 연희는 단 2주일 만에 그를 너무 잘 알게 되었다. 그리고 그녀는 자신도 모르는 사이 아주 조금 출발선에서 발을 떼고 있는 중이었다. 매일같이 그를 만나는 그녀였으니 모를 리 없었지만, 오늘은 유달리 곤란한 얼굴인 그를 놓칠 리 없었다.

　"현진 씨. 곤란한 일 있는 거죠?"

　잠시 전화를 받으러 나갔다 온 사이에 벌어진 변화이니 연희는 쉬이 예측할 수 있었다. 조금 전에 걸려왔던 전화가 그에게 고민을 안겨다 줬다고 말이다.

　"게스트하우스에 조금 문제가 생겼나봐."

　"음…… 그럼 프라하에 가봐야 하는 거 아니에요?"

　실감 나지 않았던지 연희의 입에서는 그 말이 쉬이 튀어나왔다. 그 말에 현진의 미간이 잠시 찌푸려지고 말았다.

"나 갔으면 좋겠어?"

커피숍 내에서도 지나다니던 사람들이 다 보이는 창가에 자리한 두 사람이었다. 현진이 불쑥 연희와 입술이라도 닿을 거리까지 고개를 들이민 것이 당황스러웠던 건 그 때문이었다.

"에?"

놀란 연희는 답을 하지 못했다.

"나 가면 한 일주일은 못 오는데?"

그제야 실감한 연희의 두 눈에 스친 당혹스러운 기색을 읽었던 것인지 현진의 입꼬리가 조금 말려 올라갔다.

"나 내 여자친구라는 표시 오늘 하루 마음껏 해도 되지?"

그의 말에 연희의 고운 두 볼에 홍조가 서렸다. 이상하게 몸을 간질이는 쑥스러운 마음을 감추기 위해 했던 그 행동이 그에게는 무언의 동의로 다가갔던 모양이었다.

그렇지 않고서야 제 입술에 그의 입술을 내려놓을 리 없으니 말이다.

놀란 두 눈이 아주 조금 저보다 더 놀란 사람들의 시선을 끝으로 감겼다. 어쩐지 그래야만 할 것 같았다. 그리고, 연희는 이내 프라하에서 현진에게 맨 처음 느낀 그 미묘했던 감정이 무엇이었는지 알아가고 있었다.

그건, 달콤한 이런 기분이었다. 그걸 모르고 지냈던 2년, 아니 그보다 더 넘은 그 시간들 덕분에 알아차리지 못했던 것뿐이었다. 어느새 제 얼굴을 감싸 쥔 그의 큰 손이 자신의 볼을 툭툭 두드리고 있었다. 연희의 두 눈이 떠지며 마주한 처음은 그의 얼굴이었다.

"이제 이연희는 내 거 맞지? 나랑 같이 손잡고 걸어갈 그런 사람 맞는 거지?"

웃고 있지만, 어딘지 모르게 불안해하는 것만 같은 그를 위해 연희는 조금 먼저 다가가기로 마음먹었다.

"이미 잡았잖아요."

"그러니까."

"그러게요."

아직도 떨어지지 않는 서로의 체온을 느끼며 연희는 그를 향해 웃어주었다. 그가 제게 보여주는 사랑과 그 믿음으로 인해 천천히 바뀌는 중이었다. 올해 초 버려졌다는 그 사실에 아파하던 이연희가 아닌 빛나는 마음을 가진 이연희로 그렇게 천천히 바뀌는 중이었다.

맞잡은 손이, 그의 손이 닿은 제 볼이 마치 제 것이 아닌 것처럼 뜨거워지고 있었다. 너무 빠른 것은 아닌가 싶은 마음이 아주 없는 것은 아니었지만, 연희는 그럼에도 이 손을 놓치고 싶지 않았다. 서현진이라는 사람은 믿을 수 있고, 마음을 줘도 좋을 사람 같았다. 연희는 현진의 손을 꽉 마주잡았다.

에스프레소와 아메리카노를 내려 정훈에게 가져다주었다. 오늘 처음으로 제가 만든 커피가 사람들의 입으로 들어갈 것이고, 오늘 처음으로 그가 없는 하루가 시작되고 있었다.

"도경이가 가르치는 학생 중에 제일 우등생이라더니 진짜네요?"

"괜찮으세요?"

"도경이가 알바비 많이 주라고 한 이유가 있네요. 좋아요. 우리 이틀 동안 같이 잘 일해봐요. 더불어, 바리스타 자격증 손에 쥐면 우리 가게로 올래요? 월급 다른 데보다 잘 쳐줄 자신 있거든요."

정훈의 말에 연희는 싱겁게 웃을 뿐이었다. 머리카락이 흐르지 않게 핀을 꽂은 연희의 모습을 보던 정훈의 눈빛이 아주 조금 반짝였다. 그런 그의 모습을 모른 채로 연희는 오늘 하루 열심히 커피를 내릴 생각에 조금 들떠 있었다.

"연희 씨. 혹시 남자친구 있어요?"

정훈이 건네 준 앞치마를 매던 연희가 일순 손을 멈추고 말았다. 어떻게 대답해야 할지 갈피를 잡을 수 없었다.

"애인 없어요? 만나는 사람 말이에요."

그런 제 고민은 쉬이 끝났다. 그것도 질문한 사람에 의해서 말이다. 연희는 정훈의 장난스러운 눈을 마주보며 입을 열었다.

"있어요. 아주 좋은 사람."

새언니가 자신에게 했던 말이 떠올랐다.

제 오빠가 믿을 수 있는 사람이라 선택했다던 언니의 말이 현진이 믿을 수 있는 사람이라고 말해주는 것만 같았다. 연희는 지금 이 순간 그렇게 느꼈다. 그래서 믿을 수 있다고, 그래서 그녀는 그를 '아주 좋은 사람'이라고 말했다.

"아쉽게 됐네요. 실은 여기 대학교 근처라 조금만 예쁜 여자가 일하러 오면 난리가 나거든요. 그건 오로지 남자친구가 없다는 가정하에 말이죠."

정훈이 해주는 이야기에 연희는 놀랄 수밖에 없었다.

"예?"

놀란 그 마음 그대로 불쑥 튀어나온 음성에 당황한 사이, 정훈이 사람 좋은 웃음을 보이며 아직은 한적한 카페를 정리하고 나섰다.

"그런데 뭐 연희 씨는 예쁘긴 하지만, 남자친구가 있으니 저 젊은 녀석들의 레이더망에서 제외일 거예요. 뭐 이제까지는 그랬지만 말이에요."

"제가 뭐가 예뻐요."

자꾸 예쁘다고 말해주는 정훈의 말에 몸이 배배 꼬이는 기분이었던 그녀는 그의 말을 부정하기 시작했다. 아니, 그것보다는 그에게 사실을 말해주고 싶었다. 어느 여자나 조금만 꾸미고 나서면 이 정도는 평범한 것이라고 말이다.

"어라. 연희 씨, 진짜 그렇게 생각하는 거 아니죠?"

조금은 진지하게 웃는 정훈의 모습에 연희는 고개를 끄덕였다. 스스로를 떠올리던 연희는 이내 그럴 수밖에 없었다. 자신이 올해 30살인 평범한 여자라는 생각을 버릴 수가 없었다. 그것도 아팠던 마음을 놓은 지 얼마 되지 않은 그런 여자 말이다.

"이거 큰일이네⋯⋯. 혹시 남자친구가 되게 불안해하지 않았어요? 남자친구 오늘 여기 와요?"

"불안해하긴 했지만, 저 진짜 대한민국 평균이라니까요. 자꾸 그러시면 진짜인 줄 알아요."

연희가 너스레를 떨며 서둘러 대화 주제를 바꿔보려 노력했다. 덧붙인 그녀의 말에 정훈의 두 눈이 커다래졌다.

"오려고 했는데, 일이 생겨서 프라하에 갔어요. 일주일 뒤에 다시 와요."

"일주일씩이나? 그 남자친구 연희 씨 엄청 믿나봐요. 난 믿어도 불안해서 못 갈 것 같은데⋯⋯. 아무튼, 연희 씨 건투를 빕니다."

대화 주제를 바꾸려던 그녀의 노력은 허사였지만, 정훈의 입에서 '믿는다.'라는 말이 튀어나왔을 때 느꼈던 기분은 정말 이상했다.

그가 저를 위로해주었던 프라하와 명동에서 느꼈던 그런 기분과 달랐다. 그 순간 연희는 그가 자신을 믿는 만큼, 저 역시 그를 믿어보기로 했다.

이제야 그의 말을 따르기 시작한 그녀였다.

그가 제안했던 '사랑의 조건'을 하나씩 해볼 생각이었다. 이제 그라는 사람이 어떤 사람인지도 알았고, 그가 한 번 한 말은 곧 죽어도 지키는 사람이라는 것도 알았다. 더욱이 저를 위해 무엇이든 할 사람이라는 것도 알았다.

그런 현진의 마음 그 아래에 자리한 것이 자신을 향한 사랑이라는 그 마음이 아니라 믿음과 신뢰라는 생각이 들자마자 연희는 그를 향해 움직일 수 있었다.

그가 보여주겠다던 사랑이, 무엇인지 깨달은 그녀였다. 그는 제게 '사랑'이란, 신뢰와 믿음을 가장 아래에 두고 하는 감정적 놀이임을 알려주고 싶었다. 그런 신뢰와 사랑을 확인하지 않은 채로 단지 사랑한다는 그 마음에 현정우와 결혼을 해버렸던 제가 바보 같았었다.

　이제라도 알아차렸으니, 서현진이라는 사람이 제 곁에 있으니 너무나 좋았다. 언제라도 제가 부르면 와줄 수 있는 사람이 제 사람이었으니 좋을 수밖에. 연희의 입가에 고운 미소가 하루 내내 걸려 있었다.

　"그래서 오늘 어땠어? 힘들지는 않았어?"

　이제 막 손을 잡은 연인을 놓고 먼 타지까지 다시 오기까지 그의 마음은 편하지 못했다. 더욱이 그 연인이 누가 봐도 고운 사람이었을 때는 더 불안했다. 하지만, 현진은 연희의 마음을 믿었다.

　연희에게 말한 '사랑의 조건'이란 그런 것이었다. 연희에게 사랑이 무엇을 바탕으로 이뤄지는지 알려주는 것. 바로 그것이었다. 연희는 마음속에 도사린 무서움과 두려움으로 인해 다른 사람에게 다가가는 것을 망설이는 것일 뿐 사람을 신뢰하지 못하는 부류가 아니었다. 그는 연희의 음성을 기다리며, 잠시 생각에 빠졌다. 그녀가 자신을 만나는 것이 이른 감이 있다는 생각에 천천히 알아가려는 모습이 보였다.

　한편으로 이해가 됐지만, 또 다른 한편으로 조급한 마음이 들었다. 이중적인 자신의 마음에 그는 웃음이 났다. 스스로가 이런 마음을 가질 수 있다는 사실에 당혹스러우면서도 기분이 나쁘지 않았다.

-할 만했어요. 현진 씨는 오늘 어땠어요?

수화기 너머로 들리는 목소리에 현진은 웃음을 멈출 수 없었다. 사장이라는 사람의 목소리인 듯싶었는데……. 첫째로는 그가 연희에게 장난을 치는 듯 '남자친구'라고 했기 때문이었고, 두 번째는 사장의 말에 연희가 그렇다고 맞장구를 치고 있었기 때문이었다.

"나 괜찮아. 그보다 오늘 있던 일들 좀 말해봐. 나 별로 안 보고 싶은 거야?"

-보고 싶어질 때쯤 온다면서요. 기다릴게요. 나 그런 거 잘해요.

연희의 말에 현진은 웃을 수만도 없었다. 기다리는 일을 잘한다는 연희의 그 말이 왜 마음을 아프게 한 것인지…….

"기다리게 안 해. 34년 만에 만난 사람이라고 말했잖아. 난 내 옆에 늘 연희가 있기를 바라는 사람이니까."

이연희에 관련되면 이렇게 낯간지러운 말도 서슴지 않고 할 수 있는 자신이었다. 옆에서 엉클어진 공사문제를 처리하던 명우가 손을 들어 팔을 벅벅 긁는 모습을 본 현진이 그를 향해 인상을 팍 구겼다.

-……음. 근데 나 오늘 남학생들한테서 헌팅이라고 해야 하나? 그거 제법 많이 당한 거 알아요? 나 그런 거 처음이라 너무 신기한 거 있죠.

헌팅을 당했는데 신기했다는 연희의 말에 현진은 손을 들어 이마를 짚고 말았다. 그런 제 옆에서 즐거운지 두 손을 들어 만세라고 방방 뛰는 친구 녀석은 전혀 도움이 되지 않고 있었다.

그리고 그 순간 손에 들고 있던 서류뭉치로 명우의 뒤통수를 내리치며 연희의 말을 듣고 있었다.

-그런데…… 걱정하지 말아요. 나 남자친구……. 아니, 애인 있다고 그랬거든요. 우리……, 애인 맞는 거죠?

아프다며 궁시렁거리는 명우의 말이 들리지 않았다. 현진은 제게 성큼 다가온 연희의 그 모습만이 들리고, 보였을 뿐이었다. 눈앞에 있었다면 당장 품 안에 끌어안고 귓가에 속삭여주었을 것이다.

애인이라고…….

"연희야."

이름만 불러볼 뿐이었다. 지금 당장 마주할 수 없고, 만질 수 없는 사람에 대한 그리움을 표현하는 그 길은 그저 불러보는 일이라는 것을 그는 오늘 처음 깨달았다.

-나, 오늘 처음 알았어요. 현진 씨가 나한테 왜 그런 조건을 걸었는지. 근데 나는 현진 씨가 매일매일 나한테 배려해주고 보여준 모든 것들에 따르기만 했지 돌려주지 않았더라구요. 그러니까……. 조금 느리더라도 내가 갈게요. 천천히, 그렇게 현진 씨와 나란히 걸을 수 있도록 그렇게 할게요. 현진 씨가 나를 믿어줘서 그래서 나 너무 좋아요.

연희의 마지막 말에 현진은 환히 웃을 수 있었다. 제가 그녀를 믿고 있다는 걸 알아주어서 참 고마웠다.

"응. 그래, 그렇게 해. 내가 기다릴게."

-참, 나 여기 얼른 정리해야겠다. 내일 다시 전화할게요. 일 잘

마무리하구요.

"그래, 집에 조심해서 들어가고."

사랑해, 라는 말은 일부러 하지 않았다. 아직 아팠던 그 마음이 온전히 나은 것인지는 알 수 없었기에 그는 일부러 그 말을 하지 않고 통화를 마쳤다. 여전히 뒤통수를 문지르며 다가온 명우의 눈이 호기심으로 반짝였지만 현진은 그런 친구를 무시하며 다시 도면을 펼쳐들었다.

아버지에게 말하지 않은 사실 하나, 가족들도 몰랐던 사실 하나가 있었다.

아버지에게서 완전한 독립을 선언하려는 그가 벌인 짓이 지금 프라하에 벌어지는 중이었다. 아버지의 그림자를 완전히 거둬낼 수 있는 최후의 행동을 조금 빨리 시작했을 뿐이었다. 그 시작을 당긴 일이 무엇이었든 언젠가는 할 일이었다.

"야! 내가 좀 고소해했기로써니. 뒤통수를 때리냐!"

"됐고. 얼른 다시 도면이나 펼쳐봐. 이게 왜 지금 문제가 된 건데?"

외관에 손댈 수 없는 프라하에 호텔이 들어서기란 어려운 일이었다. 그래서 더욱 공사에 신경을 쓴 것이 사실이었다.

"체코 정부에서 갑자기 또 장난질 부리는 거야. 우리는 그냥 이거 다시 확인했는데 문제가 없었다고 제출만 한 번 더 하면 되는 거라고."

명우의 말에 현진이 인상을 구겼다. 이럴 거 자신은 왜 불렀냐는 무언의 시선이 명우를 움찔거리게 만들었다.

"야, 내가 아버님한테 절대 입 안 여는 조건으로 너 여기서 독립하는 것도 도와주고 있는데, 미래의 제수씨 될 사람에 대한 이야기도 못 듣냐?"

"형수님이지."

치사하다며 툴툴거리는 명우였지만, 현진은 누구보다 잘 알고 있었다. 제가 가장 필요할 때면 언제나 도와주는 친구라는 것을 말이다.

"그래, 내가 너 스폰까지 빠방하게 연줄 동원해서 닿게 만들어 줬는데 형수님이 누구인지도 못 들어? 엉?"

"조만간 여기로 데려올 거야. 그때 네 두 눈으로 직접 봐."

아무도 이연희라는 여자에 대한 아픈 기억 따위 모르는 이곳으로 데려오고 싶었다. 그래서 더 밝고, 더 재미있는 새로운 시작을 할 수 있다면 당장이라도 그렇게 하게 만들고 싶었다. 하지만, 그건 연희에게 하면 안 될 행동이었다.

이미, 사랑이라는 이름으로 상처받은 연희에게 제가 하는 사랑은 어린아이들이 하는 것과 같은 장난 놀음이 아니라는 것을 확실히 보여야만 했다.

"그래?"

"그래. 그러니까 일 좀 하자."

"오케이! 그럼 내 입은 그때까지 꽉 닫고 있겠어."

명우의 호탕한 대답에 현진 역시 다시 일에 집중했다. 공사에 얽힌 문제만 해결하고 나면 프라하에 자리 잡으며 시작했던 이 계획은 순조롭게 진행될 것이 분명했기에 그는 기분이 좋았다.

얼른 이 일들을 마무리하고 연희의 얼굴을 마주하고 싶었다.

제가 반한 사람이 제 마음에 화답하겠다고 한 그 밤 현진은 오랫동안 설레었다.

정훈은 연희가 이런 분위기도 풍길 수 있는 사람이라는 걸 눈으로 보고서야 알아차렸다.

"연희 씨…… 저분이 남자친구는 아니지?"

"그럼요. 절대 아니에요. 저런 미친놈이 좋은 사람일 리 없어요."

조금은 과격한 말이 나왔다. 그런 연희의 모습이 의외인 것도 사실이었지만 그는 크게 신경 쓰지 않았다. 벌써 8시간째 같은 자리에서 움직이지 않고 연희를 보고 있는 남자의 끈기가 대단하다고 생각하면서도 정훈도 긴 시간 내내 자리를 지킨 덕분에 불편해지기 시작했다. 결국 그가 연희에게 먼저 입을 열었다.

"그럼, 연희 씨 일은 여기까지니까 정리하고 들어가요. 나중에 가끔 놀러 와줘도 좋고."

"네."

웃으며 대답하지만, 어딘지 어색한 연희의 모습은 온종일 그녀를 기다리던 저 남자로부터 비롯된 것이 분명했다.

호기심이 발동했지만, 그는 애써 눌러 참았다. 그리고 정갈하게 뒷정리까지 하고 남자를 향해 가는 연희의 뒷모습에서 시선을 떨어뜨리지 못한 그였다.

연희는 가게에서 일을 했던 것이 처음이라 몹시 피곤했고 당장 집에 가서 쉬고 싶었다.

"어쩐 일이야?"

두 번 다시 보고 싶지 않은 얼굴이었다. 자신이 원한 건 현정우가 아니라 서현진이었다. 제가 바랐던 일은 그의 일이 무사히 마무리되어 하루빨리 자신에게 돌아오기를 바라고 있었다.

"앉아. 우리 얘기 좀⋯⋯."

"가. 나 할 말 없어. 게다가 네가 날 왜 먼저 찾아?"

"그게 아니라⋯⋯."

"너 잊었니? 나 남자친구 생겼다고."

연희는 뒤돌아서서 현정우로부터 멀어지려 했다. 분명, 연희는 그러고 싶었다. 한데 그가 제 앞으로 서둘러 다가왔다. 어느새 자리에서 일어나 그녀 앞을 가로막은 그가 조금 천천히 입을 열었다.

"진짜 다래가 널 만났었어?"

아, 이 남자가 찾아온 이유가 민다래 때문이라는 걸 알자마자 연희의 입가에 조소가 걸리고 말았다. 왜 지금에서야 눈치를 챘는지 모르지만, 연희는 차가운 미소를 보이며 현정우의 시선을 받아쳤다.

"언제를 말하는지 모르겠지만. 너랑 같이 산다던 그 시점부터였나, 나를 찾아와서 당당히 이혼하라던 여자였어. 우리 이혼하기 전에도 찾아왔었고. 물론, 너는 몰랐던 모양이지만."

안색이 어두워지는 정우의 모습에도 연희는 전혀 불쌍하지 않았다. 앞으로, 그리고 남은 날들을 전부 통틀어 다시 마주하고 싶지 않을 뿐이었다. 나는 이 남자를 믿었는데, 이 남자는 나를 믿지 않았었다는 그 시간만으로도 연희는 마음이 아렸다.

그 시간 동안 혼자 내내 현정우의 등만 바라보고 있던 제가 너무나 안타까워서…….

"이제 가봐도 될까? 나 누구랑 다르게 날 믿어주는 사람이 있거든."

"그 자식은 그렇게 깨끗한 줄 알아? 세상 모든 남자가 깨끗한 놈들만 있다고 생각해? 그거 착각이야. 그 자식도 그 가면 하나 벗기면……!"

결혼식까지 잘 마친 사람이 저를 찾아와서 왜 이러는 줄은 모르겠으나, 연희는 그가 현진을 끌어내리는 말을 하는 것을 참을 수 없었다.

"그 사람은 너랑 달라. 그 사람은 너와 다르게 믿는다는 말이 무엇인지를 아는 사람이야. 너 그런 거 없잖아. 그러니까, 네 아내에게 묻지 않고 날 찾아와서 물어본 거 아니겠어? 그런 사람하고 너 비교하기에 너무 차이나."

진심이었다. 감히라는 말을 자주 쓰던 그의 표현대로 감히 현정우라는 남자와는 비교도 되지 않을 만큼 좋은 남자였다.

서현진이라는 사람을 만나고 함께 시간을 보낸 지 두 달이 다 되어가는 지금 제가 느끼는 그에 대한 마음은 그 무엇으로도 흔들 수 없었다.

"미련스럽고 바보 같은 말들 들어가며 호화스럽게 다시 결혼식을 올렸으면 네 아내한테 가서 물어. 난 네 얼굴 다시 보기 싫으니까."

문을 열고 나서려던 걸음을 붙잡은 것은 조금 어둑해진 정우의 목소리였다. 독하게 저 남자에게 자신도 할 말 제대로 해보자던 연희의 마음이 살짝 흔들린 것은 그 때문이었다. 그답지 않게 목소리가 어두웠다.

"왜 말 안 했어?"

무엇에 대한 말인지 모르지 않았다. 그럼에도 불구하고 연희는 가만히 그를 바라보았다. 그리고 정우의 어깨 너머로 정훈이 바라보고 있음을 깨닫고 말았다.

남의 영업장에서 너무 민폐였다.

"말했다면 어땠을 거 같아? 나를 단 1퍼센트도 믿지 않는 네가 어떻게 했을 거 같니. 시답지 않은 소리 나한테 하지 말고 이제 네 가정이나 잘 챙겨."

무엇이 충격이었는지 모르겠지만, 스쳐 지나가며 본 정우의 표정은 얼어 있었다. 연희는 이제 더는 아파했던 마음 한 조각의 기억도 남지 않고 있음을 오늘 알 수 있었다.

이렇게 그와 예전의 일을 들춰냈음에도 마음이 아프지 않았다. 과거의 아픔 때문에 아려오지도 않았다.

그저 현진이 보고 싶을 뿐이었다.

"끝이지?"

"어."

명우의 말에 현진은 웃음을 참을 수가 없었다. 드디어 7시간이라는 차이를 지나 같은 시간에 지낼 수 있게 된 연희를 마주할 수 있기 때문이었다.

일주일이 걸린다고 알고 있는 연희의 앞에 깜짝 놀랄 만큼 갑자기 나타날 생각에 현진의 마음이 바빠지고 있었다.

"한데 말이다. 저기……."

명우의 목소리가 심상치 않았다. 그저 흘리기엔 친구의 이런 모습은 사고치고 한 그것과 닮아 있었기에 현진은 명우의 모습을 관찰했다.

"왜?"

"내가 실수를…… 한 것 같기도 싶거든."

무슨 말인가 싶어 명우가 하는 양을 지켜보니 그가 서둘러 말을 이어나갔다.

"내가 어제 술 딱 한 잔 마시고, 우리 여보한테 네 님에 대해 말했는데……. 그게 아무래도 원진 누님 귀에 들어간 모양이야."

이건 생각하지도 못한 일이었다. 이게 대체 무슨……. 현진은 구겨진 자신의 표정을 수습할 생각도 하지 못했다.

"진짜 미안하다. 내가 입을 딱 닫는다고 해놓고 면목이 없다……."

"괜찮아. 어떻게 아시겠어."

"그 원진 누님인데? 더욱이 한 번 본 적 있다며……."

잊고 지낸 사실 하나를 깨닫게 해준 명우를 바라보던 현진은 그제야 서울로 돌아갈 준비를 더 서둘렀다.

서울로 돌아가려는 현진의 마음이 급했다. 아직 완연한 봄이 도래하기 전인 프라하에서 현진은 조급해지고 있었다.

정말 맙소사였다. 학원에서 기분 좋게 나와 경진과 함께 명동에 있는 백화점에 들렀던 길이었다. 정말 우연히 마주친 사람이 전남편의 아내라고는 생각하지 못했다.

애초에 백화점에서 일한다던 다래의 말을 귀담아듣지 않았던 제 탓이 컸다. 발길을 돌려 나가려던 저를 붙잡은 것은 언젠가 들어본 적 있는 목소리였다.

그리고 그 목소리는 이런 상황에서 마주하고 싶지 않은 것이기도 했다.

놀란 것은 저만이 아니었다. 자신과 함께 화장품을 사기 위해 백화점에 온 경진 역시 마찬가지였을 것이 분명했다.

"아…… 네."

"나 기억해요? 우리 프라하에서 왜 게스트하우스에서 만났었잖아요. 그죠?"

해맑게 웃는 원진의 모습에 연희는 어색하게 웃을 수밖에 없었다. 현진이 없는 지금 그의 누나는 부담스러운 존재였다. 연희는 백화점에 오는 게 아니었나 싶은 마음이 슬며시 일어났다.

"내 소개 다시 할게요. 현진이 누나 서원진이에요. 우리 잠깐 차 한 잔 마실래요? 너무 부담스러워하지 말아요. 그냥, 반가워서 그런 거니까."

그의 이름을 말하며 다시 소개를 한 원진의 말을 그대로 받아들일 만큼 연희는 순진한 편은 아니었다. 조금 더 지체하면 안 좋은 일이라도 생길까 봐 그러자고 답했다. 그때 들린 음성은 다시 듣기 싫은 이의 것이었다.

"네. 편하신 데로 가요."

"어머! 연희 씨!"

연희는 어떻게 할 새도 없이 다래가 불쑥 끼어드는 것을 막지 못했다.

"지난번에 결혼식 와줘서 너무 고마웠어요. 초대했다고 전남편 결혼식에 진짜 올 줄 몰랐지만 말이에요."

감사의 말이 아닌 비아냥거리는 말에 연희는 얼어버렸다. 제일 보이고 싶지 않았던 부분을 다른 누구도 아닌 그의 가족에게 보였다. 이렇게 오해할만한 상황으로 보이고 싶지 않았던 연희였다.

언젠가 현진의 가족을 만나야 한다면 제 입으로 말할 작정이었다. 나는 이런 과거가 있었던 사람이라고……. 그럴 생각이었던 그녀였다. 결코 이런 식은 아니었다. 놀란 원진의 표정이 말해주고 있었다.

연희는 제가 가장 우려하던 상황에 지금 자신이 내던져졌음을 직감했다.

"그때 같이 왔던 남자친구는 어디 갔나봐요? 연희 씨가 그렇게 왔다간 덕분에 오빠가 오해를 조금 했지만, 우린 정말 잘 지내거든요. 뭐, 다른 의미는 없고 오늘 우연히 마주친 것도 인연이라고 반가워서 말이에요."

얼어버린 저를 두고 더 이상 말을 어떻게 해야 할지 혼란스러워하던 원진이 연희의 앞에 서 있었다. 원진은 서둘러 핑계를 대고 떠났고, 연희는 그녀의 모습에 보편적인 사람들의 시선을 느꼈다. 더욱이 경진은 많이 놀란 듯싶었다.

억울한 마음에 그러면 안 되는 줄 알고 있었지만, 연희는 다래의 뒤를 쫓아가 말했다. 제가 겨우 찾은 행복을 방해하는 다래는 여전히 연희에게 이해하기 힘든 사람이었다.

"현정우가 지난 일요일에 나 찾아온 거 알아요?"

"뭐예요?"

"그 멍청한 남자가 다래 씨가 나 만난 적 없는지 물어보더라구요. 그래서 대답해줬어요. 솔직하게……. 그리고 다래 씨가 그 남자 두 번 다시 내 앞에 나타나지 않게 해줄래요? 나 보다시피 남자친구도 있고, 새롭게 시작하는 중이거든요."

이런 막장드라마 같은 상황에 대해 현진의 가족이 몰랐으면 싶었던 것이 솔직한 심정이었다. 연희는 손에 난 땀을 청바지에 쓱쓱 문지르며 다시 입을 열었다. 다래의 독기어린 시선을 받아치며 연희는 담담했다.

이건 서현진이라는 사람이 제 곁에 있어주어 가능한 일이었다. 물론, 지금 그의 가족이 자신을 오해하게 생겼지만 그건 함께 풀어나가면 될 일이다. 연희는 현진을 믿었다.

단단한 믿음이 그녀의 안에 흔들리지 않은 나무처럼 뿌리내렸다.

이런 상황에 처한 자신을 좋아한다는 그에게 많이도 미안했지만, 이제 와서 그를 놓을 수 없을 것 같았다. 지금 자신은 그를 좋아하고 있었고, 신뢰하고 있었다. 많은 부분 그와 함께 하는 시간을 꿈꾸고 있었다. 그러기에는 그녀 스스로가 그를 너무 많이 의지하고 있었다.

자신보다 더 현진을 믿었다.

"알지 모르겠지만, 그 집안 식구들 집안일에 대해서 손 하나 까딱하지 않는 사람들이에요. 더욱이 다래 씨가 믿는 그 남자는 말할 것도 없이 보수적인 남자이구요. 나는 그런 남자 미련 없어요. 그러니까 나한테 이러지 말고, 그 남자에게 해요. 현정우라는 그 미련스러운 남자에게 하는 게 더 효율적일 듯싶어요. 그럼 수고해요."

결국 사려던 화장품도 사지 못했고, 현진의 누나에게 좋은 첫인상을 심어주지 못했지만 연희는 마음이 무겁지 않았다.

진짜 앞으로 나갈 수 있을 것 같아 그녀는 괜찮았다. 여전히 사람들의 시선은 비슷하겠지만⋯⋯. 그럼에도 그녀는 괜찮다고 그를 향해 말할 수도 있었다.

이제 정말 앞으로 걸어나갈 수 있을 것 같았다. 상처 한두 번쯤 받겠지만, 그럼에도 연희는 괜찮았다. 현진을 볼 수 있어서 괜찮았고, 그가 있어서 괜찮았다.

믿을 수 있는 사람을 좋아하게 되어 괜찮았다.

이제는 정말 다 괜찮았다.

지는 노을을 바라보며 원진은 엄마인 수나의 모습을 천천히 쫓고 있었다. 원진은 결국 입을 열 수밖에 없었다. 연희에게 어떤 사연이 있는 줄은 모르겠으나, 현진이 하고 싶은 건 곧 죽어도 해내는 성미라는 것을 볼 때 알고 맞는 매가 훨씬 나을 것 같았다.

"엄마……."

얼마 전 제 남편이 보성에 내려갔다가 사온 녹차를 마시던 엄마의 눈이 저를 향했다.

"왜?"

엄마의 투박한 물음은 지난날 엄마의 속을 무던히도 끓게 만들었던 탓이라는 걸 알고 있었다.

"현진이가 여자가 생겼어."

그리고 그건 이제 동생인 현진이 마저 하게 될 짓이기도 했다. 부모님의 가슴에 못을 박는 짓이 자신에게도 얼마나 아픈 짓인지 잘 알고 있는 원진으로서는 안타까웠다. 한 번 더 아파해야 할 엄마가 안타까웠음은 물론이거니와 스스로에게 상처를 낼 동생 역시 안타까울 따름이었다.

"그래? 누구? 어떤 집 아가씨라고 그러니?"

아들이 하는 일이 다 마음에 드는 건 아니지만 그럼에도 찬성을 하는 엄마였다. 허나, 이번에는 다를 것이 분명했다. 제가 놀란 마음을 다스리지 못한 만큼 엄마 역시 놀라지 않을까 싶었다.

"근데 문제가 하나 있어."

이연희라는 여자를 처음 봤을 때, 동생과 잘 어울린다고 했던 그 오지랖 때문에 이어진 것이라면 원진은 제 오지랖을 탓하고 싶었다. 하지만, 현진은 그런 성격이 아니었고 한 번 마음먹은 것은 끝까지 하는 성격이었다. 그게 문제였다.

"결혼을 한 번 했었던 사람인 것 같아. 어느 집 아가씨인지는 모르겠고. 나는 이름밖에 몰라."

서현진, 드디어 다시 폭탄을 던진 제 동생에 대해 원진은 원망하고 싶은 마음은 없었다. 언제부터인지 모르겠으나, 동생의 이런 행동들을 이해할 수 있었다. 그건 아픈 제 마음을 추스르고 점점 나이가 먹어가며 할 수 있는 범위의 이해였다.

하지만, 엄마는 달랐다.

엄마는 엄마이니까.

"엄마……?"

원진은 못내 걱정스러운 마음에 수나를 불렀다. 평온한 엄마의 모습에 원진은 더 불안했다.

"그 아가씨 번호 있니?"

"어?"

있긴 있었다. 그때 혹여라도 도움이 될까 싶어 동생의 책상 위에 가지런히 있던 메모를 하나 더 적어놓았던 그녀였다.

"어? 어. 있어. 근데 왜?"

"번호 다오."

수나의 말에 원진은 선뜻 내어주기가 겁이 났다. 가족에게는 한없이 좋은 엄마일지 몰라도 다른 사람에게는 잔인할 수도 있었기에 원진은 선뜻 주지 못했다.

"내가 약속 잡을게. 같이 나가."

엄마를 믿지 못해서가 아니었다. 엄마들의 자기 자식만을 위하는 그 마음을 믿지 못해서였다. 주변을 부유하는 공기가 어두웠다.

걸려 올 것이라 생각했던 전화였다. 그 시기가 **빨랐을** 뿐이라고 연희는 저를 그렇게 다독였다. 그가 오기 전까지 현진을 믿고 기다리자던 마음을 다시 다잡으며 연희는 그렇게 그의 어머니를 만나러 압구정으로 나왔다.

"이연희라고 합니다."

문제는 시기가 빨리 왔다는 것이다. 이제 막 만나기 시작했고, 이제야 제가 그와 겨우 같은 걸음으로 걷기 시작했는데…….

"나 현진이 엄마예요. 앉아요."

자리에 앉자 그의 엄마와 누나가 제 맞은편에 자리했다.

"다른 게 아니라 내가 보자고 했어요. 얘는 현진이가 워낙 철저한 아이니까 그냥 두고 보기만 하라는데……. 내가 엄마라서 그렇게는 있지 못하겠더라구요."

엄마라는 그 말에 연희는 왈칵 눈물이 차오를 뻔했다. 제 엄마가 걱정한 것이 바로 이것이었을 테지……. 그 생각에 연희의 마음이 다시 한 번 소금을 뿌린 듯이 따끔거렸다. 그와 만나는 것이 성급했던 것으로 보일 수 있을지도 모른다고 생각했다. 하지만, 연희는 현진과 만나는 지금이 그 어느 때보다 행복했다. 그래서 그녀는 모든 우려를 일축하고 그가 내민 손을 마주 잡았다.

"네."

그리고 제가 할 수 있는 말도 많이 없었다. 그가 어떤 환경에서 자라왔는지는 모르겠으나 저보다 더 유복하게 자란 것은 확실했다. 그의 엄마의 행동들과 말투 그리고 차림새가 그것을 말해주고 있었다.

"그러니까 내 말은 미안하지만, 우린 흠이 있는 아이……. 적어도 나는 우리 현진이 짝으로 맞아들이고 싶지 않아요."

정중했지만 가슴을 아프게 하는 소리를 조근조근 하는 그의 어머니 앞에서 연희는 아무런 말을 할 수가 없었다. 이미 며칠 전 상황을 보고 오해한 그의 누나가 말을 전했을 것이 분명했기에 연희는 어디서부터 말을 꺼내야 할지 몰랐다.

차라리 무엇이라도 물었다면 좋았을 텐데 그의 어머니는 그러지 않았다.

"제가 다른 사람과 한 번 인생을 살았기 때문일까요."

"그렇지 않다면 거짓이겠지요."

솔직한 그녀의 말에 연희의 시선이 자연스레 바로 앞에 앉아 있던 수나에게로 향했다.

"제가 잘못한 일이 없었는데도 불구하고 저를 보실 마음은 없으신가요? 현진 씨와 만나는 사이인데도 그러세요?"

그가 서울에 없는 날이 왜 이렇게 길고 긴 줄 모르겠다며 연희는 마음을 추슬렀다. 그를 기다리겠다며 말을 꺼낸 그녀였다. 그와의 약속을 지켜보일 것이다. 언제나 자신을 위해 행동하고, 자신을 생각해주던 그를 위해 이연희만의 고집을 부릴 거다.

설령 그것이 그의 어머니를 상대하는 일이라고 할지라도 말이다.

"이연희 양이라고 했죠? 연희 양이 우리 현진이를 잘 모르니까 하는 말이에요. 그 녀석이 한 번 이거다고 하는 일에 뒤돌아보지 않는 성격이라 내가 이렇게 미안한 마음을 안고서 연희 양에게 이런 말을 하는 거랍니다. 어미인 내가 누구보다 그 녀석 성격을 잘 알아요."

"죄송하지만…… 어머니. 저도 지금 당장 어머니 부탁 들어주지 못합니다."

연희는 어른에게 이런 말 하면 안 된다는 거 알고 있었지만 할 수밖에 없었다. 예의가 없다고 해도 좋았고, 무례하다고 해도 상관없었다. 그를 기다린다고 말했었다. 무엇이든 제게 한 말을 지키려는 그처럼 연희는 자신 역시 약속을 지키고 싶었다.

"제가 현진 씨에게 약속을 하나 했어요. 무엇이든 저를 위해 해 주던 현진 씨에게 처음으로 한 약속이에요. 그 약속 지켜야 해요. 어머니께서 오해하고 계신 부분이 있으시다면 제가 다시 말씀드릴 수 있습니다."

아팠던 올 초, 그를 만났고 그에게 따뜻한 위로를 받았다.

"제가 결혼을 했었던 것은 사실이지만 혼자가 된 이유는 제가 가정에 소홀해서가 아니었습니다."

누구보다 아팠던 시간을 결코 꺼내보이지 않던 연희였다. 하지만, 이제 막 시작된 인연이 욕심이 나는 것 역시 사실이었다.

욕심나지 않는다면 거짓일 것이다. 원진과 그의 어머니가 놀란 기색을 숨기지 못하고 저를 바라보고 있었다. 연희의 입이 다시 움직였다. 그의 마음을 알기에 연희가 이렇게 더 단단해져 가고 있었다.

그녀 스스로도 그 점을 가장 잘 알고 있었다. 이번에는 제가 그와 잡은 손을 놓고 싶지 않았다.

"제가 산 가정생활을 말씀드리기 저도 꺼려지지만, 이로 인해 걱정을 덜어 놓으실 수 있다면 그렇게 하겠습니다. 제 잘못이 아니었어요. 어느 부분을 어떻게 말씀드려야 마음을 놓으실지 모르겠습니다."

저를 바라보는 현진의 어머니가 보내는 시선에는 미안한 마음과 안타까운 마음이 섞여 있었다. 그 눈빛에서 현진을 걱정하는 모성을 느낄 수 있었던 연희는 더 말할 수 없었다. 그저 가만히 시선을 마주할 뿐이었다.

이미 식어버린 국화차가 앞에 놓여 있었지만 누구도 마실 생각을 하지 않고 있었다. 이내 그의 어머니가 자리를 털고 일어섰다. 그녀는 배웅하기 위해 같이 움직였다. 그것이 예의였고 당연히 해야 할 일이라고 생각했기에 움직였던 것이다.

"연희 씨, 우린 먼저 가볼게요. 너무 마음 상해하지 말아요. 현진이가……. 그러니까 조금 고집스러운 구석이 있어서 엄마가 걱정하신 것뿐이에요. 원래 저런 분 아니니까 너무 마음에 담아두지 말아요."

"네. 들어가 보세요."

"미안해요. 내가 엄마에게 먼저 말을 하는 게 아닌데……."

공손히 인사를 건네고 그들이 사라지는 모습을 마주했다. 땅거미가 내려앉기 시작한 거리는 사람들로 여전히 북적였고 활기가 넘쳤다. 연희는 지금 제 곁에 없는 사람이 이 순간 가장 보고 싶었다.

그녀의 마음이 그를 향해 한 걸음 다시 걸어가고 있었다.

"아줌마, 물 좀 가져다주세요!"

원진은 먼저 엄마에게 화가 날 수밖에 없었다.

"엄마! 어떻게 얘기도 안 들을 거면서 약속을 잡으래? 어떤 사람인지, 왜 그렇게 됐는지 들어보려던 거 아니었어?"

엄마가 연희를 만나겠다고 먼저 나섰을 때는 사람을 먼저 보려고 노력하기 위해서였는 줄 알았다. 원진은 엄마라면 있는 그대로의 사람을 먼저 볼 줄 알았다.

"현진이 불러야겠다. 현진이한테 전화 좀⋯⋯. 아니다. 내가 하마."

여전히 덤덤한 제 엄마를 보며 원진은 그 자리에 무너지듯 주저앉았다.

"다른 사람은 몰라도, 엄마랑 나는 이러면 안 되는 거잖아. 적어도 엄마⋯⋯. 엄마는 그러면 안 된다고 생각해."

원진은 저로 인해 마음고생이 심했었던 엄마가 다시 한 번 속을 끓여야 한다는 것이 못내 아팠지만 그래도 할 말은 해야겠는 그녀였다.

"연희 씨 보면서 엄마 딸이 생각나지도 않았어? 그렇게 내 가족 일이 아니니까 괜찮다고 할 수 있는 거야? 안타깝지 않았어?"

"그 경우랑 이거랑 같아!"

높아진 수나의 언성에도 원진은 묵묵히 그렇게 있을 뿐이었다. 물론, 동생이 잘했다는 것은 아니었다. 하지만, 사람을 보지도 않고 단번에 싫다고 말한 엄마도 잘한 행동은 아니었다고 원진은 그렇게 생각했다.

"같아! 같다고! 내가 겪은 상황이 더 심각했으면 했지. 덜한 게 뭐야!"

이미 지나간 일을 꺼내는 일이 얼마나 아픈 줄 엄마도 잘 알면서 연희의 입에서 지나간 과거의 일이 나오게 만들었다. 그 자리가 가시방석 같았던 원진은 다시 한 번 엄마에게서 시선을 떨어뜨리지 않고 올려다보았다.

"달라 다르다고! 지금이랑 그때랑 같아?"

"어떻게 그럴 수가 있어? 아무리 엄마라지만, 엄마는 자기 자식이 제일 먼저라고 하지만, 어떻게 그럴 수가 있어? 엄마는 잊은 거야? 연희 씨를 보면서 내가 보이지가 않았어? 안타깝지가 않았어?"

원진이 말하고 싶었던 것은 이것이었다. 결국 이혼으로 치닫고 말았었던 처음 맞이했었던 자신의 과거가 떠올라 내내 안타까웠던 그녀였다.

"생각나서 그래서 안 된다는 거야! 너는 네 동생이 그렇게 굴곡 있는 여자랑 결혼하면 좋겠어? 지금 당장 결혼 소리를 안 했다고 해서 그냥 내버려두라고? 넌 네 동생을 그렇게 몰라?"

말도 안 되는 억지였다. 엄마의 말은 정말 말이 안 되는 것이었다.

"현진이는 한 번 이거다……. 이 사람이다 하는 무언가가 있다면 절대 포기하지 않을 녀석이라는 걸 네가 왜 몰라!"

수나의 말은 틀리지 않았다. 현진이는 그런 아이였다. 제 생각에 옳은 길이라고 믿는 것들은 죽어도 하고야 마는 그런 성격이었다.

그러니 그 똑똑한 머리로 하는 짓이라고는 게스트하우스 운영이나 하는 것이겠지만……. 그건 그 나름대로 괜찮은 일이기도 했다. 아버지의 그늘에 가리지도 않고, 온전히 제 힘으로 크겠다는 현진이의 생각은 그녀의 생각에도 제법 괜찮아 보였다.

"엄마…… 진짜 웃기는 거 알아?"

결국 엄마를 설득할 힘은 제게 없음을 안 원진이었다. 제가 봤었던 이연희라는 여자가 꽤 괜찮은 사람이라고 엄마에게 아무리 말한들 듣지 않는다면 무용지물이었기에 원진은 그저 안타까운 말만을 뱉어낼 뿐이었다.

"내가 석호 씨랑 결혼하려 했을 때……. 나 싫어하던 석호 씨네 집안사람들 보고 엄마가 뭐라 한 줄 알아?"

아마, 기억에서 지운 듯한 엄마의 모습에 원진은 덤덤히 말할 뿐이었다. 오늘 제가 엄마에게 이렇듯 아프게 소리치듯 말한 이유 역시 이 때문이었다.

"사람은 보지도 않고 싫다고 한다고 못 배우고 무식한 사람들이라고 그랬어. 엄마, 기억 안 나?"

원진은 그 말을 하며 아직 그 자리에 못 박힌 듯 서 있는 엄마를 바라보았다. 엄마는 결국 얼굴을 일그러뜨리고 말았다. 기억하기 싫은 과거 한 자락이 지금 뒤바뀐 상황으로 오버랩되고 있었다.

벌써 수없이 많은 날들이 지나 과거가 된 일이었지만……. 이제는 거절하는 입장에 서 있는 엄마를 향해 원진은 사람의 진실을 보라고 말하고 있었다. 제 말이 먹혀들지 아닐지는 모를 일이지만…….

원진은 엄마에게 제 말이 먹혀들기를 바랐다. 연희를 보면 꼭 자신을 보는 것만 같았다. 원진은 그래서 더 미안했다. 현진에게 먼저 확인조차 하지 않은 채로 연희를 만났다는 것에 미안한 마음뿐이었다.

제가 겪어본 바로는 그런 말들이 상처가 되고 만다는 것을 알았기에 원진은 아직도 움직이지 않는 제 엄마를 바라보며 그대로 앉아 있을 수밖에 없었다. 노을이 예쁘게 내려앉고 있었지만, 원진과 수나의 눈에 그 모습이 들어올 리 없었다.

※

연애를 할 때도 조금 꽉 막힌 구석이 있는 남자라고 생각했지만, 가정에 대해 이렇게 가부장적인 남자라고는 생각하지 못했던 다래였다. 그랬기에 정우의 행동이 그녀에게 더욱 크게 다가온 것일 수 있었다.

"왜 이제 와?"

오늘도 늦은 그를 기다리다 지쳐 갈 무렵 정우가 방문을 열고 들어섰다.

"안 자고 뭐해."

다래는 오피스텔에서 저희 둘이 지냈던 그때가 많이 그리웠다. 그때는 한시라도 빨리 집에 들어오려 안달하던 그가 있었기에 많이 그리울 수밖에 없었다. 그리고 그때의 그는 참 많이 다정한 남자였다.

연애와 결혼은 다른 것이라지만, 자신들은 거의 반쯤 결혼한 것과 다르지 않았기에 다래는 정우가 바뀔 것이라고 상상조차 하지 못했다. 결혼식에서 연희에게 그런 말을 들었더라도 그녀는 코웃음을 칠 뿐이었다.

"오빠, 기다렸지. 이리 줘. 내가 정리할게."

"됐어. 내가 할 테니까 넌 자. 내일 출근해야 하는 애가 피곤해서 어쩌려고 그래."

여전히 그가 말한 걱정스러운 음성에 다래의 입꼬리가 오랜만에 올라갔다. 그녀는 아직도 저를 믿고 있다고 생각하고 그의 말을 한 귀로 흘리며 정우의 재킷을 벗겨주려고 손이 슬쩍 정우의 어깨를 향해 올라갔다. 오랜만에 그렇게 좋은 기분을 느끼며 그의 품에 안겨서 기분 좋은 잠을 청할 수 있을 거라 생각했던 다래였다.

"오……빠?"

제 손이 닿자마자 툭 쳐낸 정우를 멍하니 바라보며 겨우 입을 열었다.

"내가 알아서 한다잖아. 자."

그의 목소리는 걱정스럽지도 않았고, 다정하지도 않았다. 그냥 무미건조했을 뿐이었다. 그 순간 다래는 가장 하지 말아야 할 짓을 선택했다.

"왜? 전처 만나고 왔어?"

제 입에서 왜 이 늦은 밤 이런 말이 튀어나왔는지 내일이면 후회할 것이 분명했지만, 다래는 지금 너무 화가 났다. 이렇게 노력하는 자신을 보지 않고, 전처를 만났었던 그가 너무 미웠다.

"우리 결혼식에 왔던 전처 모습이 그렇게 예뻤어?"

말없이 저를 차갑게 바라보는 그의 모습에도 그녀의 입은 계속 움직였다. 아직 태어나지 않은 뱃속의 아이에게 행복한 가정을 반드시 만들어주고 싶었다. 다래는 배에 손을 얹으며 다시 그와 시선을 마주쳤다.

"내 친구들이 그러더라. 오빠가 전처한테서 눈을 뗄 줄 모른다고. 오빠, 전처랑 다시 만나려고 그러는 거야?"

스스로가 생각해도 심각한 비약이었지만, 만일 제 말대로 그러는 것이라면 이런 건 일찍 막아야 했다. 더욱이 그녀는 이제 어떻게 할 수도 없이 그의 아이까지 가진 몸이었다. 왜였는지는 모르겠으나. 다래는 순간 어른들의 말이 떠올랐다. 한 번이 어렵지 두 번은 어렵지 않다는 말이 그녀의 머릿속을 헤집어 놓고 있었다.

"너! 지금 말이면……!"

화를 내고, 그 화를 어떻게 하지 못하는 그가 눈앞에 있었다.

그러니까, 연애의 그 환상 속의 남자도 제 사람이었지만 지금 그녀의 눈앞에 있는 이 남자 역시 제 사람이었다. 그러니 다래는 현실에 대한 파악을 하는 중이었다. 온전히 제 편이라 믿었던 이가 자신의 편이 아니라는 것을 알아차리기까지 그녀는 많은 시간을 소비해야만 했었다.

"그러는 오빠는 왜 이렇게 무관심해? 나 오빠 아이 가진 사람이야! 아가씨가 나 싫어하는 건 그렇다고 쳐도! 오빠는 나 좀 도와줘야 하잖아!"

짜증 섞인 제 음성에 그가 얼른 정신을 차려줬으면 하는 바람이었다.

"최소한 연희는 나더러 집안일에 신경 쓰라고 하지 않았어!"

그건 이 남자의 집에서 한 달이나 같이 지낸다면 알아낼 수 있을 만큼 눈에 보였다.

"이제 아내는 나라고! 나한테만 신경 쓰라고! 왜 그런 여자에게 신경 쓰는 건데!"

이제는 그의 곁은 온전한 제 차지였음에도 다래는 연희와 관련된 말에 유달리 날카로워지고 말았다.

"너! 근데 내가 연희 만났던 거 어떻게 알았어? 또 만났어? 이참에 그냥 다 말해. 나한테 거짓말한 거 전부 다 말하면 그냥 넘어갈게."

다래는 그가 저를 바라보는 시선보다, 그의 말에 더 놀랄 수밖에 없었다.

"없어! 지난주에 그 여자가 우리 백화점에 왔기에 본 게 전부라고……. 그러는 오빠는 그 여자 왜 만났는데? 뭐하러 만났는데?"

이제 막 결혼식을 올린 새신랑이 다른 여자를 만났다는 것 자체가 잘못이라고 생각한 다래는 정우를 향해 마음에 있던 말들을 와르르 뱉어버렸다. 그런데 그의 반응은 자신이 생각했던 것과는 달라도 한참 달랐다.

그저 자신을 걱정하고 사랑해주던 그를 바랐는데, 정우는 자신을 슬쩍 바라본 뒤 나가버렸다. 이 늦은 시간 어디를 가려는 것인지 물을 수도 없을 만큼 정우의 표정이 어두웠다.

그 순간 다래는 연희를 만났던 일과 그녀에게 이혼하라며 종용하던 일을 그가 알아버린 것만 같아 걱정스러웠다. 누구보다 자신이 착하다고 믿었고, 그녀의 말이라면 팥으로 메주를 만든다고 해도 믿을 사람이라고 행동했었다. 아마도…… 진실을 알아버린 것만 같아 다래는 달이 차오른 밤 홀로 생각에 잠길 수밖에 없었다.

다래가 속을 긁어놓은 덕에 집을 나왔지만 갈 곳이 마땅히 없던 정우는 결국 술집에서 술잔을 기울이고 있었다. 홀로 술을 마시다 들어갈까 싶었지만 그는 그것조차도 혼자인 게 싫어 친구를 불러냈다. 술집 안에는 술잔이 부딪치는 소리가 여기저기서 시끄럽게 울려대고 있었다. 정우는 속도 시끄러웠고, 이제 온전히 제 옆에 법적으로 있게 된 다래의 이중적인 모습에 할 말을 잃었다.

"미친 새끼."

더욱 그의 속을 긁어댄 것은 홀로 마시기 뭣해서 불러낸 친구의 거친 말들이었다. 정우의 시선이 술을 털어 넣는 친구의 모습으로 향했다.

"연희 씨를 동네 개 버리듯이 버려놓고 지금 뭐?"

"그러게……."

솔직히 다래가 싫다는 말이 아니었다. 그런 게 아니라 제 마음에 일어나는 이 감정이 무엇인지 알 수가 없었다. 이런 말을 친구에게 힘겹게 꺼냈지만, 돌아오는 대답은 차가웠다.

그렇다고 친구가 나쁘다는 말은 아니었다.

나빴던 것은 자신이라는 점을 결혼식장에서 저와 연희를 보고 수군거리던 하객들의 말을 듣고 그제야 깨달았다.

제가 사랑이라는 명목하에 다래와 했던 짓들이 결코 사회적 정서에 맞지 않는 일이었음을 그제야 알았다.

"사람 새끼가 할 수 없는 짓을 넌 잘도 해댔으면 지금 그 사람이랑 잘 살아야지. 뭐가 문제인데?"

"그냥, 마음이 조금 그래. 거짓말한 것도 좀 그렇고. 연희보다 아버지랑 지은이하고 잘 지내지도 못하고. 하는 일마다 잔소리에……."

그저 묻는 말에 쓰게 대답했을 뿐이었는데, 친구의 눈빛이 사납게 번뜩이고 말았다.

"너, 그런 말 지금 제수씨한테 한 거 아니지?"

친구의 그 변화를 모르겠던 그는 아무런 대답을 하지 못하고 친구의 모습만을 바라보고 있었다.

"네가 진짜 돈 새끼가 확실하지. 그런 말을 잘도 아내 되는 사람한테 하고 무사하길 바라는 거야? 내가 아버님하고 지은이를 모르겠냐. 그거 다 맞춰주고 너 좋아한다고 애까지 가진 여자한테 너 그러다가 벌 받는다."

"아버지가 왜?"

너무나 태연한 목소리였던지 놀란 것은 제가 아니라 친구 녀석의 음성이었다.

"너희 아버지랑 지은이 손 하나 까딱 안 하잖아. 그게 당연한 거라고 보고 자란 너는 그리 생각할지 모르겠지만, 요즘에 그랬다간 이혼감이다. 그거 참고 너 돌아올 거라며 기다린 연희 씨가 대단했던 거지. 나는 요즘에도 생각하지만, 어쩌다가 네가 그렇게 좋은 사람을 스스로 놓아버리고 지금의 제수씨를 만난 건지 이해하지 못하겠지만."

친구의 입에서 나오는 사실들에 정우는 멍했다.

"보통은 아닌 것 같던 제수씨의 모습에서 나는 조만간 네 입에서 제수씨가 못 살겠다고 나가버렸다는 소리 들을 줄 알았는데……. 아니었잖아. 그러니까, 너도 이제부터 잘하라고."

정우는 가만히 생각할 수밖에 없었다. 친구의 말들이 제 머릿속에서 정리될 때까지 생각이라는 것을 해야만 했다.

"너는 말이다. 매번 같이 잘못해도 너 혼자 깨끗하다고 생각하는 녀석이지 않냐. 그러니까 이번에도 네 머릿속에는 그런 생각이 들어 있겠지."

오랜 지기의 입을 타고 흐르는 소리가 참 생경하게 다가왔다.

정우는 이미 비어버린 소주병과 술잔으로 시선을 돌리며 귀를 막아버리고 싶었다.

"이번에는 다래 씨 혼자 잘못한 일이라고 그렇게 생각하는 거 아냐? 손바닥도 마주쳐야 소리가 난다고, 너도 좋아서 다래 씨랑 같이 살았으면서 말이다. 솔직히 다래 씨가 너 꼬시지 않았으면 연희 씨랑 그럭저럭 대충 살았을 거라고 생각하잖아. 그래서 지금 이 지랄인 거잖냐."

정확하게 집어내는 친구의 말에 정우는 한마디도 할 수 없었다. 다만, 새로 가져온 술병을 들어 입 안에 부어버릴 뿐이었다.

"그러니까 지랄은 한 번으로 족하다고. 더는 미친 짓 하지 말라고. 너 두 번 그런 짓 했다가는 아무리 나라 해도 너 안 본다."

서늘한 병철의 경고에 정우는 그저 묵묵히 제 앞에 놓인 술을 털어 넣기에 바빴다.

❋

서울에 도착해서 그는 제 생각이 얼마나 큰 착각이었는지 쉬이 깨닫고 말았다.

"다시 한 번 말해."

─그러니까, 네가 만나던 사람 어제 우리가 만났다고.

어제 하루였다. 핸드폰 배터리를 갈아 끼우지 못해서 전화를 받지 못했던 그 사이에 벌어진 일치고는 황당했다.

─연희 씨를 만났다고. 엄마랑 같이.

그러나 제 누이의 음성에 사실이라는 것에 이의를 제기할 수 없었다. 언제나 밝은 누이의 음성이 이처럼 어둡다면 그 말이 거짓일 가능성은 제로에 가까웠으니 말이다.

"왜 만났는데……."

이 말을 꺼낼 수밖에 없었다. 제 곁으로 한 걸음씩……, 느리지만 오던 연희가 다시 뒤로 돌아가버렸을까 봐 조바심이 난 것도 사실이었다.

—내가 우연히 들었어. 정말 우연이었거든. 연희 씨 결혼했었던 거. 그래서 만난 거야. 미리 말해두지만, 엄마가 반대하셔. 너 분명히 결혼할 거라고 데려온다고 하면서 처음부터 안 된다고 말하시려고 했던 것 같아.

누나의 말에 가장 먼저 떠오른 것은 연희였다. 아직 단단해지지 못한 마음에 상처를 하나 더 끌어안았을 그녀였다.

"그 사람 번호는 어떻게 안 거야?"

—프라하에서 네 책상 위에 있던 거 내가 적어왔거든.

현진은 들고 있던 여행가방을 그대로 놓쳤다. 그는 손을 들어 제 이마를 짚었다. 지금 가방 따위도, 누나의 걱정스러운 말도 중요하지 않았다. 말 그대로 제 인생에서 다시없을 여자를 놓치지 않기 위해 그는 우선 이 공항부터 빠져나가야 했다.

—현진아, 미안. 내가 너무 놀라서 엄마 행동은 생각도 못하고 말했어.

"알았으니까…… 끊어. 어머니한테는 나중에 들르겠다고 전하고."

-뭐? 너 집에 안 가? 서울 아니야…….

무어라 더 말하는 누나의 음성이 흘러나오는 휴대폰을 그대로 꺼버렸다. 연희가 있을 만한 곳, 자신이 더 잘 알았다. 그녀는 약속을 잘 지키는 사람이니까 제게 오기 위해 부단히 애쓰고 있을 것이다.

현진의 걸음이 다시 바빠지고 있었다.

예쁘게 내려앉는 노을을 뒤로하고 자신 앞에 서 있는 남자의 모습에 연희의 눈이 크게 흔들렸다. 지금 이곳에 없을 사람이라고 생각했기에 연희의 동요는 더 컸다.

청바지에 티셔츠만 입고 있었던 그녀였다. 허나, 그를 마주하고 있는 자신을 생각하기 전에 연희는 앞에 있는 사람이 진짜인지 확인하고 싶었다. 앞에 서서 이렇게 환하게 웃어주고 있는 이 남자가 진짜인지 확인해야 했다.

그녀의 손이 그의 볼에 닿았다. 스스로도 놀랄 만큼 연희는 언제 일어섰는지조차 자각하지 못하고 있었다.

"진짜다…….."

멍청하게도 제가 그를 맞이해서 한 첫마디였다.

"잘 있었어?"

그가 혹여 그의 어머니를 만났던 것인지, 아니면 무슨 일이 있었던 것인지. 그녀는 그제야 걱정이 밀려들어 왔다.

"잘 있었어요. 현진 씨는 잘 지냈어요?"

"나는 연희가 보고 싶어서 일도 엄청 빨리 끝내고 왔는데…….

우리 다음에 같이 가자. 보고 싶어서 안 되겠다."

낯간지러운 소리는 죽어도 못한다던 사람의 입에서 나오는 말에 연희의 고운 볼이 붉게 물들었다. 그건, 저물어가는 노을만큼 고왔다.

늘 언제나 그대로 있었던 것처럼 그가 제 앞에 서 있었다.

"그렇게 해요."

그와 함께 가는 여행이라면 어디든 괜찮을 것 같았다.

"우리 함께 가서 같이 살자."

연희의 두 눈이 화등잔만 하게 커졌다.

"네…… 네?"

놀란 제 마음이 들썩이며 튀어버렸다.

"우리 같이 살자. 나 진짜 이연희 없이 안 되려나 봐."

그의 진심이 제 마음을 두드렸다. 하지만……. 선뜻 대답할 수 없는 건 아직 미처 알아가지 못한 그의 모습 때문이라고 그녀는 스스로에게 변명 아닌 변명을 하는 중이었다. 연희의 큰 두 눈에 현진이 박히듯 차오르고 있었다.

"우리 만난 지 얼마 안 됐는데요."

"나한테는 이연희라는 여자를 믿기에 충분한 시간이야."

연애 때에도……. 심지어 4년이라는 결혼생활에서도 저를 믿지 않은 현정우와는 다른 사람이라고 생각했지만, 그는 정말 다른 사람이었다.

정우가 저를 믿지 않는 것이 처음에는 자신 탓인 줄 알았다. 하지만, 세월이 지나고 살아보니 그건 온전한 제 탓이 아닌 그의 성격 때문이라는 것을 알아차릴 수 있었다.

애초에 그는 다른 여자에게 눈길을 줄 구실이 필요했던 남자였다. 밖에서는 매너 좋고 사람 좋은 남자였을지 모르겠으나, 사실 그는 스스로의 바람기를 다스리지 못하는 사람이었다.

"나는 아직 모르겠어요……."

수그러든 음성이 미안할 만큼 그의 입가에 미소가 걸려 있었다.

"괜찮아. 나는 아직 나한테 오겠다는 이연희를 기다릴 테니까. 언젠가는 나랑 같이 갈 거지?"

언젠가, 라는 전제조건이 붙어 있었음에도 소리 내어 답할 수 없는 것은 다시 생각나 버린 그의 어머니 때문이었다. 연희는 그럼에도 그에게 가는 마음을 접고 싶지는 않았다. 그녀는 제 마음에 있는 작은 용기를 모아 고개를 끄덕였다.

그 작은 움직임에 그가 세상 그 무엇보다 환히 웃어주고 있었다. 그 순간 그가 저를 믿는다는 말이 무엇인지 알아차렸다.

제 말이라면 그 무엇이라고 해도 믿어주는 사람.

이제 그는 제 안에서 그런 존재가 되어버렸다.

"늦게 갈 수도 있는데요?"

너무 많은 것을 제게 주는 현진에게 미안한 마음이 든 연희가 조심스럽게 입을 열었다.

"괜찮아. 조금 늦으면 뭐 어때. 그렇게 기다리고 믿으면 너랑 남은 평생의 시간을 같이 있을 수 있는데. 정말 괜찮아."

연희는 이런 현진에게 차마 그의 어머니를 만났다고 말할 수가 없었다. 저를 믿는 그에게 해가 될 일은 하지 않았지만……. 그녀는 어쩐지 입을 쉬이 열 수가 없었다. 환히 웃는 그를 향해 제가 할 수 있는 것은 같은 미소로 화답해주는 일뿐이었다.

그것이 설령 쉬운 일이 아닐지라도 그녀는 그렇게 할 수밖에 없었다. 이제 이연희의 마음에 단단히 자리해버린 서현진을 놓치지 않기 위해서 그녀는 그와 같은 미소를 지어보였다.

절대 그 믿음을 놓지 않겠다는 듯이…….

05. 믿음, 그 중요한 마음

　모든 것이 멈춘 것처럼 조용했다. 그렇게 말할 수밖에 없을 정도로 지금 수나는 아무런 말을 할 수가 없었다.

　"사람 일이라는 건 모르는 거 아니겠니."

　보통의 엄마라면 만나는 것조차 반대할 사람을 제가 키워낸 아들이 만나고 있었으니…….

　이건 지극히 평범한 반응일 뿐이었다.

　"좋은 사람이에요."

　"나는 그렇게 이야깃거리가 많은 아이 싫구나."

　"다른 사람으로 인해 그리된 것뿐이에요. 저를 먼저 만났더라면 그런 일 겪지 않고 살 수 있었을 사람이에요."

　단호한 아들의 음성에 수나의 두 눈이 흔들렸다. 저렇게 머리 좋은 녀석이, 제 엄마를 상대로 지금 여자를 감싸는 모습이 좋아 보이지만은 않았다.

　"너는 그 아이가 꼭 널 만났을 거라고 믿니?"

너 아니어도 그 아이는 제 인생 얼마든지 살 수 있을 거라고 수나는 아들의 마음을 돌리려 애쓰는 중이었다.

"네. 사람에게 마음이 다쳐서 제 앞에 나타났든. 그렇지 않든."

아들의 이런 얼굴 마주한 적이 있었다. 오래전에 단 한 번 현진이 이런 얼굴로 자신과 남편인 정식을 마주한 적이 있었다.

이런 단호한 얼굴을 했을 때의 현진을 수나는 막아내지 못했었다. 그 쓰린 마음을 다스리지도 못한 자신을 바라보던 현진이 다시 입을 열었다.

"언젠가는 저를 만났을 사람이고, 저와 함께 남은 인생을 같이 살 사람이라고 믿어요. 저는 그 사람이 그만큼 좋은 여자. 좋은 사람이라고 믿거든요."

만나는 것 자체도 허락하지 못하겠다는 자신을 향해 현진이 기어이 결혼을 입에 담고 있었다. 수나는 어지러워진 몸을 지탱하기 위해서 옆에 놓여 있던 협탁에 손을 가져가 짚어냈다.

"그리고…… 연희가 이제 저를 믿으니까요."

믿음이라는 것이 얼마나 중요한지 말하지 않아도 잘 알고 있는 그녀였다. 그런 자신에게 아들은 한낱 어린 감정을 말하지 않았다. 사랑이 아닌 믿음을 말하는 아들은 쉬이 물러서지 않겠다고 말하는 것이었다.

수나는 아들을 보고 다시 입을 열었다.

"만일에 말이다. 내가 그 아이를 받아들인다고 한다 해도……. 네 아버지가 싫어하실 거다. 물론, 그 아가씨 집안에서도 너무 이르다고 말하겠지. 이래저래 너랑은 안 맞는다는……."

수나는 정말 치졸해지고 말았다. 그녀 스스로도 자신이 이럴 줄 몰랐었다. 원진의 말처럼 이러면 안 되는 사람이었지만, 그녀 역시 아들을 가진 어미였다.

"아뇨. 기다리기로 했어요. 34년 만에 제가 함께 있고 싶은 사람을 만났어요, 어머니. 저 그 정도로 쉽게 포기하지 않습니다."

단단한 산처럼 느껴진 아들을 막을 수 있는 건 무엇일까…….

수나의 고민이 깊어질 수밖에 없었다.

한성호텔 아들이 집을 놔두고, 한성호텔을 놔두고 다른 곳에서 잤다는 소문이 돌아도 별다른 상관이 없었다.

치기 어린 마음이라고 생각하지 않게 하는 것이 먼저였으나, 내내 변하지 않는 어머니의 행동에 현진 역시 할 말을 잃었다. 그 순간 집에 있기 싫었다. 어머니의 그 모습을 보면 연희가 견뎌냈을 시간이 떠올라서 그는 집에 더 있을 수가 없었다.

있고 싶었지만, 그러기에 그의 마음이 너무 아팠다. 어머니는 아들의 행동에 적잖이 당황하셨을 것이 분명했다. 자족적인 쓴웃음이 이내 그의 입가에 걸렸다. 당황뿐이셨겠는가.

아마 다시 저를 믿지 않으실 것도 분명했다. 그 믿음을 회복하기 위해서라면 오랜 시간이 흘러야 한다는 것 역시 분명한 결과일 테니 말이다. 현진은 천천히 시간을 가지고 준비하기로 했다. 아주 천천히…….

연희가 제게 오는 그때에 모든 준비가 끝나 있을 정도로 그렇게 천천히 준비해 나가기로 했다.

부모님 역시 연희를 알게 된다면 허락하실 거라는 믿음이 자리했기에 현진은 조급해지지 않았다. 어지러운 생각들을 간결하게 다듬은 그가 문득 그 사이로 떠오른 연희의 생각에 웃었다. 자신이 이토록 웃음이 많은 사람이었다니. 그의 손이 테이블 위에 올려놓은 핸드폰을 들었다. 경쾌한 두드림이 이윽고 들렸고 시선은 핸드폰 액정에서 멈췄다.

마치, 자석처럼 떨어질 줄 모르는 것처럼.

[잘 도착했어. 잘 자.]

연희에게 보낸 문자를 물끄러미 보던 그는 다시 웃었다. 이런 사소한 행동에서 웃음이 일어날 수 있게 한 그녀를 절대 놓을 수 없다. 그것이 설령 자신이 없는 그녀의 과거 때문이라고 한다면 더더욱.

현진은 다시 한 번 더 다짐했다.

❀

꼬박, 3일을 정신없이 공부했고 남은 3일은 정신을 차릴 수 없을 정도로 커피에 빠져 살았다. 온갖 종류의 커피들을 만들었고, 먹으며 공부하고 또 하고 지내고 있었다. 카페를 차리려던 생각으로 자격증을 취득하려던 그녀의 목적과는 달리 커피에 푹 빠져버렸다. 그리고 온종일 집에서 쉬며 엄마와 오랜만에 여유로운 점심을 맞이하려던 연희였다.

그런 제 휴식을 방해한 것은 잊고 지낸 그의 어머니였다.

'연희 양. 나 현진이 엄마예요. 내가 별로 안 반갑겠지만…….
오늘 우리 만날래요?'

무조건 자신이 싫다던 그의 엄마가 좋은 소리를 할 리 없었지
만, 연희는 그럼에도 나가는 것이 예의라고 생각했다. 그런 제
생각을 알았던 것인지 그의 어머니는 처음 만났던 날과 같지 않
았다.

"연희 양은 어떤 걸로……?"

점심이 제대로 될 리 없었지만, 연희는 선선히 대답했다. 그것
이 그녀가 그에게 가고 있다는 것을 보여주는 일이었으므로 그녀
는 최선을 다했다.

"저는 정식이면 괜찮습니다."

아직은 불편하다는 말을 전한 말투로 건넨 연희였다. 그런 자
신을 보는 그의 어머니의 입가에 잔잔한 미소가 걸린 것은 그때
였다.

"그럼 정식으로 주세요."

그녀의 말을 듣고 나서 인사를 하고 종업원이 사라지자 연희는
제대로 그분을 살필 수 있었다.

곱게 나이가 드시는 분이셨다. 아마, 그가 어떤 집안에서 컸는
지 몰라도 그의 어머니를 보니 돈 걱정은 하지 않고 살아온 집이
라는 것을 알아차릴 수 있었다. 저 역시 처음보다는 덜 긴장했다
는 증거였다.

그러니 그의 어머니의 얼굴을 이리도 마주할 수 있었다. 그때

보다는 손에 땀도 덜 차올랐다. 연희는 아직은 어색한 이 자리에 그림처럼 웃어보였다.

"연희 양."

"네. 말씀하세요."

다시금 저를 부르는 그의 어머니의 목소리와 행동에는 사람을 대하는 예절이 깃들어 있었다. 연희는 그 모습에 그가 어떤 집 아들인지 알고 싶어지지 않았다. 안다면, 분명 자신과 차이가 많이 날 것 같아서 싫었다.

그가 말하기 전까지 묻지 않겠다며 마음을 단단히 다독였다.

"우리 큰애가 연희 양에게 너무 모질었다고 그러더라고요. 나는 연희 양에게 그럴 수밖에 없었어요."

이해해달라는 말을 내포한 음성에 연희는 어떤 말도, 대꾸도 할 수가 없었다.

"연희 양은 모르겠지만, 우리 집은 아이들이 행복하다면 그거면 됐다……. 그렇게 여기고 마음을 비우고 살고 있어요. 그런데도 막상 내 자식이 겪었던 일을……."

숨을 고르듯 물로 입을 축인 그의 어머니를 바라보는 연희의 눈동자가 흔들렸다.

"다시 바뀐 입장에서 겪으려니 적응이 되지 않네요."

"죄송합니다."

덤덤하게 말을 건넨 그의 어머니에게 할 수 있는 말은 죄송하다던 말뿐이었다. 한데, 제 말에 손사래를 치며 희미하게 웃는 그의 어머니의 모습에 연희는 당혹스러웠다.

"연희 양이 죄송할 게 뭐 있나요. 인연을 제대로 만나지 못해 그리된 일인 걸요. 우리 아이도 말했고, 큰아이도 말하더군요. 연희 양이 처한, 가지고 있는 조건이 아니라 연희 양을 제대로 봤냐고."

저를 믿는다던 현진이 떠올랐다. 그의 어머니가 하는 말을 들으며 연희는 현진이 생각나고 있었다.

"내가 그 아이들의 답에 그렇다고 할 수가 없더라구요. 그렇게 가르치며 행복하게 살라고 한 것은 나인데 말이에요. 그래서 연희 양을 알아볼까 싶어요. 연희 양이 이런 나를 좀 도와줄래요?"

덮어놓고 싫다고 하지 않겠다는 말을 지금 제 앞에 앉아 있는 이가 말하고 있었다. 연희는 쉬이 목소리를 높여 답할 수 없었다. 이렇게 쉽게 넘어가기 시작하리라고는 생각지도 못했던 일이었다.

아마, 그가 먼저 어머니의 반대에 지쳐나갈 것이라고 생각했었다. 연희는 고개를 작게 끄덕였다.

"그럼, 우선 내 이야기를 먼저 할까요?"

작은 초대와 같은 그의 어머니의 음성을 시작으로 연희는 가족사를 들었다. 들으면서 연희는 알아차릴 수가 있었다. 지금 이분은 제가 온전한 자신의 이야기를 들려줄 때까지 마주 앉아 기다려 주고 있었다.

연희는 이제 더는 아프지 않은 지난 이야기를 꺼내보이기 시작했다.

"20대에 다른 사람들이 그렇듯, 연애라는 것을 했습니다. 그리고 그렇게 하루라도 만나지 않으면 죽을 것 같다며 두 손을 꼭 붙잡고 다니던 남자와 결혼을 했어요. 결혼을 하고 1년. 그 1년은 가정에 충실한 남자처럼 보이더라구요."

묵묵히 제 말을 들어주는 그의 어머니가 앞에 있었다. 저를 알아가겠다고 말하는 그의 어머니에게 거짓 없는 진실만을 들려주려 연희는 노력하는 중이었다.

"그리고 남은 1년은 가정을 등한시하더라구요. 그렇지만 저는 기다렸습니다. 저를 사랑한다고 말했던 그 사람을 믿었으니까요. 하지만, 그 사람이 저를 믿지 않더라구요. 그래서 제가 보여줄 수 있는 최선을 다해 시댁을 챙겼고 그 사람이 알아주기를 바랐었습니다."

언제부터였을까……. 아픈 자신의 마음을 말해도 괜찮은 것은 언제부터였을까.

"그리고 그즈음 그 사람의 외도가 시작되고 있었다는 걸 저는 뒤늦게 알아차렸고, 아팠지만……. 기다렸습니다. 제가 믿고 자리를 지키면 다시 돌아와 행복한 가정을 꾸릴 것이라고 말이에요. 한데, 아니더라구요. 그렇게 4년이라는 결혼생활을 보내며 그 사람은 제게 믿음을 보이지 않았던 것이 아니라 자신이 밖으로 나돌 수 있는 구실을 만든 것뿐이더라구요."

연희의 음성에 이제 어떤 슬픈 빛도 찾아볼 수 없었다. 그런 연희가 그의 어머니를 마주하며 조용히 웃고 있었다.

그림같이 그렇게.

아픈 기억을 끄집어냈음에도 연희는 이제 괜찮았다. 제 입으로 현정우와 살아온 시간을 말했지만 괜찮았다.

그래서 웃을 수 있는 연희였다.

슬픈 기운을 찾아볼 수 없는 음성에 수나는 머리가 어지러웠다. 원진의 말처럼 같은 경우였다. 아니, 제 말처럼 그보다 더 나쁜 경우였다.

현진이 미래에 제 짝이라고 하는 이 아이의 그 짧은 결혼생활은 제 딸아이가 겪어냈던 것보다 나빴다. 제 아이는 탐욕스러운 시댁과 중간 역할을 잘해내지 못한 사위의 행동에 지쳤고…….
그렇게 싸우기를 수차례, 결국 이혼이라는 선택을 하고 말았지만 이 아이는 버틸 수 있는 만큼 버텼다.

버티며 자신이 받을 수 있을 만큼의 상처를 그 마음에 다 끌어안아 아파했다. 이런 아이를 보듬고 살겠다고 말하는 아들의 모습에 수나는 무어라 쉬이 말할 수가 없었다. 좋은 사람이라는 현진의 말에 이의를 제기할 수도 없었다.

지금 제 앞에서 아픈 그 과거를 털어놓으면서도 그림 같은 모습으로 웃는 연희는 그 마음이 정말 고운 아이임이 분명했다.

잠시 한눈을 팔았어도 믿으니 믿는 만큼 그 사람을 기다렸을 아이라면 아들과 이어주어도 괜찮겠다 싶었다. 다만, 한 번 다른 이와 인연을 맺지 않았다면 기쁘게 맞이했을 것이다.

홀로 타지에 나가 있는 아들이 덜 외롭고, 기댈 구석이 있을 테니 정말 기쁘게 며느리로 맞았을 것이다.

"현진이는…… 연희 양이 고운 사람이라는 걸 내가 알았으면 했던 모양이네요."

그녀의 입에서는 뜻밖의 말들이 흘러나왔다. 그녀가 생각하지 않았던 말들이 잘도 흘러나오고 있었다.

"연희 양이 좋은 사람이라고 했던 현진이의 말을 내가 부정할 수는 없겠어요. 아니, 처음부터 연희 양은 공손하고 예의 바르게 행동했으니 어른들에게도 잘하는 사람이라는 것도 알 수 있었지만. 그래서 내 아이가 말하는 것처럼 좋은 사람이라는 건 짐작으로 해볼 수도 있었지만. 나는 연희 양의 입에서 나오는 이야기로 듣고 싶었답니다."

앞에 앉아 있었어도 내내 가만히 제 분위기를 살피던 연희의 두 눈이 크게 흔들리는 모습을 보며 말을 이어나갔다.

"만일 말이에요. 연희 양이 그렇게 한 번 다른 인연을 맺었던 사람이 아니라면 나는 정말 좋아했을 것 같다는 생각을 해요. 그래서 묻고 싶어요. 연희 양……. 우리 현진이가 연희 양에게 어떤 사람인가요."

제 물음에 현명한 대답을 하지 않기를 바라면서도, 하기를 바라는 건 엄마라는 사람의 이중적인 마음 때문이다.

"믿음을 주는 사람이요. 그 믿음을 바탕으로 함께 있고 싶어진 사람이에요. 어머님께는 죄송하지만 제가 현진 씨를 더 기다리게 만들 것 같아요. 저는 아직 이연희라는 사람으로 완전히 일어나지 못했고 그런 저를 기다려주겠다고 현진 씨가 말했거든요. 그래서 저는 현진 씨를 믿어요."

여리지만 단단한 그 답에 수나는 허탈한 말을 할 수밖에 없었다. 조건을 보지 말라던 딸아이의 말처럼 그 조건을 제외한다면 참 좋은 아가씨였다.

"큰아이가 놀라서 내게 연희 양의 얘기를 했던 것 같지만. 나는 오히려 잘됐다고 생각해요. 매도 먼저 맞는 게 낫다고 연희 양을 알아갈 시간이 충분했으니까 말이에요."

그리고 그녀는 다시금 입을 열었다.

"나를 도와줘서 고마워요. 아직 결혼 이야기도 안 나온 마당에 내가 너무 오버한다고 생각할 수도 있어요. 근데 말이에요. 그건, 연희 양이 이해해주면 안 될까요. 현진이는 고집스러운 구석이 있어서 나도 지레 겁을 먹었기 때문이랍니다. 혹여, 이상한 아가씨를 데려와서 고집을 피우지는 않을까 싶었던 엄마의 마음으로 이해해주겠어요?"

수나는 자신의 빨랐던 행동에 대한 미안함과 어색한 마음을 조금 들췄다. 수나는 제 말에 고개를 주억거리는 연희를 마주하며 아들을 찾아가야겠다고 생각했다.

어느덧 제 품을 벗어난 아들의 모습에 정식은 아무런 말을 할 수가 없었다.

"들어와라."

"싫습니다."

짧게 건넨 명령과도 같은 말을 들을 나이가 아니라는 것을 알지만, 그는 내심 이제 돌아올 때가 되지 않았나 싶기도 했었던 것이 사실이었다.

"굳이 제가 아니어도 매형이 잘하고 계신 것으로 아는데요."

"처음부터 이 자리는 네 것이었다."

한 마디도 지지 않는 아들의 모습에 정식은 어느덧 입가에 미소를 걸치고 있다는 사실도 몰랐다.

"제가 오늘 호텔로 찾아온 건 그 때문이 아닙니다. 정보를 하나 드릴 텐데…… . 혹시 말입니다. 지금 한성호텔에서 유럽으로 진출하려던 그 프로젝트가 체코와 협상 중입니까. 이미 프라하에 들어가기로 한 마젠느라는 호텔의 자리를 뺐고 한성을 밀어넣으실 계획이라면 멈추세요."

뜬금없는 아들의 말에 놀라기도 했지만, 정식은 사업가였다. 아들이 그런 말을 꺼낸 이유를 가늠하며 그는 덤덤히 앉아 있는 아들의 모습을 관찰했다.

"그런 말을 하는 이유는?"

"이미 체코 정부의 승인을 거쳐, 공사가 들어갔다고 합니다. 한성에서 지금 체코로 들어가게 하는 자금이 모두 헛수고라는 말이죠. 더 이상의 손실은 막으셔야 하지 않겠습니까. 적어도 지금 흘러간 자금은 아주 기초적인 것에 불과하니 별로 손해랄 것도 없으실 텐데요. 아닌가요?"

"내게 이런 말을 해주는 이유가 있을 텐데…… ."

혼잣말 같은 그의 말에 싱긋 웃어보이는 현진의 모습에 그는 손을 들어 커피 잔을 잡았다.

"나중에 말입니다. 아버지께서 저를 한 번 도와주시면 됩니다."

이때까지도 그는 도와달라던 아들의 말이 그저 자금 지원을 말하는 줄로만 알았던 정식이었다. 그는 선선히 고개를 끄덕이고 말았다. 아들의 장난스러운 미소를 보지 못한 채 말이다.

※

입가에 걸쳐진 미소를 어떻게 할 수도 없을 만큼 연희는 지금 기분이 좋았다. 그가 이렇게 의외의 구석에 목숨을 거는 사람인 줄은 몰랐다.

"그만 잊으라니까요."

연희는 내내 웃으면서도 그를 향해 위로의 말을 건넸다.

"그렇게 말하는 게 더 생각나게 한다니까."

"그런 거에 왜 그렇게 목숨 거는데요? 별거 아니잖아요."

조금은 놀리는 듯이 연희의 음성에는 장난스러움이 가득했다. 그런 자신을 보는 현진의 표정이 너무나 진지하다는 게 문제였지만 말이다.

"네 품에 그 큰 인형 안기고 싶어서 그랬지."

더는 안 되겠던지 목적을 말하는 그의 말에 연희는 기분 좋은 웃음을 터트릴 수밖에 없었다. 정말 의외의 구석에서 제게 웃음을 주는 사람이었다.

"유원지에서 다 큰 어른이 그런 거에 목숨 거는 거 별로 안 좋아요. 정 그러면 나중에 하나 사주면 되잖아요."

연희는 그와 지내는 이 시간들이 행복했다. 그는 자신의 모습을 거짓 없이 보였고 연희 역시 그처럼 제 모습을 거짓 없이 보였다. 다른 사람들이 보기에는 재미없겠다고 하겠지만 적어도 그녀는 이런 만남이 좋았다.

"그럼 이것도 리스트에 적어야겠다."

너무나 진지한 얼굴로 진지하지 않아도 될 일들을 말하는 현진의 모습에 연희는 고운 치맛자락을 흩날리며 그의 곁을 걷고 있었다.

"무슨 리스트요?"

"이연희 꼬시기 리스트. 나중에 프라하로 데려가려면 열심히 꼬셔야지."

"현진 씨."

진지한 그의 말에 연희가 입가에 웃음을 가득 머금은 채로 멈춰 섰다. 초여름의 선선한 날씨가 참 반가운 날이었다.

"진짜 이미지 깨는 거 알아요?"

"괜찮아. 이연희 앞에서라면 나는 별 상관없는 놈이니까."

"게다가 우리 1년 동안 만나는 사람들보다 더 많은 시간을 보내고 있는 것도 알아요?"

"알아. 그러려고 서울에 온 거야."

연희는 그를 나무랄 수도 없었다. 이제 그가 제 삶에서 보이지 않는다면 허전해질 것 같은 쪽은 자신처럼 보였다.

"나도 알아요."

"그러니까, 이연희는 아무런 불평 없이 서현진하고 만나도록."

바로 코앞에 닿은 얼굴에 연희의 두 눈이 깜박였다. 그의 장난스러운 말에 연희는 하늘에 닿을 듯 웃고 말았다.

늘 그렇듯, 보통의 연애가 그렇듯이 연희와 자신의 연애 역시 비슷했다. 다만, 연애라고 말하지 않은 것은 연희를 배려한 그의 마음이었다.

"현진 씨 집에 들어가요."

"다 큰 아들이 부모님 집에 얹혀 있는 것도 보기 안 좋아."

고집스러운 구석이 있다더니 진짜였다. 연희는 그의 어머니가 한 걱정을 충분히 이해할 수 있게 되었다.

"나 같으면 혼자 호텔에서 지내는 아들이 더 보기 안 좋을 것 같은데요?"

"연희야."

"현진 씨가 다 알고 있는 거 알아요. 나 현진 씨 어머니 만났었어요. 현진 씨가 프라하에 가 있을 동안 만났었고, 현진 씨랑 하루 안 만났던 날에 만났어요. 그런데 내가 말하지 않은 건 그런 일들이 있으면 현진 씨가 내 옆에서 물러나겠다고 할까 봐 겁먹고 하지 않았던 거예요."

현진은 그런 연희의 모습을 가만히 지켜봤다. 맞잡은 손을 놓을 생각이 없었지만, 그는 인상을 쓸 수밖에 없었다. 다른 사람도 아니고 연희의 입에서 나온 말에 그는 조금 심각해지고 말았다.

"연희야."

"나는 말이에요. 한 번 결혼했었던 게 자랑은 아니지만, 그런 나를 만나서 현진 씨가 이렇게 행동한다는 소리 듣고 싶지가 않아요. 어머님이 나를 싫어하시는데 더 싫어할 것만 같아서 나는 현진 씨 이렇게 밖에서 자는 거 별로 안 반가워요."

"연희야."

그는 연희의 이름을 입에 담았다. 말로는 자신을 싫어하는 어머니의 미움을 사고 싶지 않다고 했지만, 자신을 걱정해서 하는 말이라는 걸 쉬이 알아차릴 수 있었다.

"나는 내가 믿는 사람이 그렇게 하는 걸 보기 싫어요. 어른들한테도 잘했으면 좋겠고……. 나를 같이 생각해서 행동했으면 좋겠어요."

연희의 말에 현진은 더는 고집을 피울 수가 없었다.

"그래. 그렇게 할게. 걱정하지 마. 걱정 말고 집에 들어가서 쉬어."

연희와 만나는 그 시점부터 익숙해진 봉천동 입구에 서서 연희가 집으로 향하는 그 뒷모습을 바라보며 현진은 쓰게 웃었다. 어린아이 같은 마음을 잘도 알아보는 연희 때문에 다시 집으로 들어가야 했다.

그렇지만, 현진은 기분이 좋았다. 자신에게 다시 한 걸음 더 다가온 연희의 모습이 보였기에 그는 기분이 좋았다. 만나면 만날수록 이연희라는 여자가 얼마나 좋은 여자인지, 괜찮은 사람인지 알게 되어 그는 연희의 손을 놓을 수가 없었다.

서현진의 인생에서 이제 이연희라는 여자는 당연히 있어야만 하는 존재가 되는 중이었다.

아마도, 라고 그녀는 생각했다. 아마도 연희의 말을 들어 집에서 다시 지내는 것 같은 아들의 모습에 수나는 그만 할 말을 잃고 말았다.

그녀는 결국 물을 수밖에 없었다. 컴퓨터를 열심히 들여다보고 있는 아들의 등을 바라보며 수나는 입을 열었다.

"행복하니?"

그런 제 말에 일순 아들의 움직임이 멈췄다. 현진이 이내 고개를 돌려 자신을 바라보고 있었다. 수나는 조금 더 목소리를 높였다.

"그 아가씨랑 같이 있으면 좋으니?"

"예. 행복해요."

수나는 제 얼굴을 바라보며 답하는 아들의 모습에 더는 할 말이 없었다. 원진이 다시 한 번 결혼을 하겠다고 나섰을 때 그녀는 딸을 싫어하던 지금의 사돈댁을 속으로 무던히도 욕했었다.

아이도 없고, 흠이라고는 단지 사람을 잘못 만나 인연을 잘못 맺었던 것뿐인 딸을 그렇게 싫어하던 사돈댁이 무던히도 미웠었던 수나였다. 그런 제 처지를 비웃듯이 아들이 데려온 사람이 딸과 같은 조건의 사람이었다.

그런데 문제는 제가 그 당시 딸에게 하던 말이었다. 그건 제 마음 깊이 상처가 되어 남아 있던 말이기도 했었다.

사람을 보는데 조건을 왜 보냐고, 사람을 들이는 일에 왜 그 사람이 어쩔 수 없이 가져야만 했던 조건을 보냐고 그녀는 딸을 끌어안고 울었던 이였다.

영악한 아들은 그런 제 마음까지 알아차렸지만, 수나는 드문드문 떠오르는 기억이 아파서 떠올리기조차 싫었다.

"좋은 아가씨 같더구나."

허락도 아니고, 반대도 아닌 애매한 말을 남긴 채로 수나는 아들의 방에서 나와버렸다. 그녀는 이제 더는 제가 데리고 살 아들이 아니라는 것을 머리로는 너무나 잘 알고 있었음에도 마음으로는 실천하지 못하는 그 이중성을 다스리려 노력하고 있었다.

그와 처음 마주쳤던 그 순간부터 시작한다면 그와 만난 시간은 석 달이 조금 넘어가고 있었다. 그 사이에 이렇듯 가까워졌다는 사실이 놀라웠지만, 연희는 과거의 이연희를 버리는 중이었다. 모두 버리지는 말고, 미련스러웠던 부분들만 버리는 중이었다.

"엄마. 우리 외식할까?"

"외식?"

"응. 그게 별로면 우리 날도 좋은데 마당에서 고기 구워먹을까? 새언니도 부르고 오빠도 부르고."

여전히 자신은 엄마에게 있어서 안타까운 딸일 테지만, 밝은 제 모습을 보고 엄마의 근심이 조금이나마 잊히기를 바라는 그녀였다.

"그래. 그러자. 연우도 부르고 새아기도 불러서 우리 고기나 실컷 먹자."

"응. 그래."

연희는 엄마의 기운 넘치는 답에 해사하게 웃어보였다. 현진의 앞에서처럼 어느덧 그녀는 가족의 앞에서 웃어도 어색하지 않았다. 이런 가족 간의 믿음과 신뢰를 보여주려던 현진의 모습에서 연희는 그를 더욱 단단히 믿을 수 있었다. 어떤 행동을 해도 믿을 수 있는 사람 그는 그런 사람이었다.

　"엄마, 내가 만나는 사람이 있어."

　쉬이 털어놓기 힘들었던 현진에 대한 말이었다. 그건 저로 인해 마음 아파했을 부모님에게 더욱 하기 힘든 말이었다.

　"그 사람이 나중에 같이 살자고도 했고, 기다리겠다고도 했어. 꼬박 2달이 넘어가는 시간 동안 내내 내 옆에 같이 있던 사람이야. 나는……. 내 눈에는 이 사람이 좋은 사람 같아 보여."

　놀란 엄마의 표정에서 어떤 것도 읽어낼 수 없었다.

　"전처럼 그렇게 나쁜 사람 데려오지 않을 거야. 그러니까 엄마, 조금만 나 덜 걱정하면 안 될까?"

　뽀드득 소리가 날 만큼 깨끗하게 씻어낸 그릇처럼 그렇게 제 삶 역시 깨끗했다면 하는 바람이었다.

　"좋아?"

　"응. 좋아. 너무 좋아서 엄마 딸 요즘에 그 망할 자식 생각도 안 나고, 생각이 나도 안 아파."

　연희는 마음 깊이 있는 속내를 꺼내보였다. 너무 빠른 건 아닌지 모르겠지만, 한 걸음씩 그에게 가고 있는 자신이 할 수 있는 하나하나를 해보이는 중이었다.

　"우리 딸이 좋으면 엄마도 좋아."

언젠가부터 자신이 좋다고 하는 것에 항상 웃으며 싫은 내색 한번 표현하지 않는 엄마였다. 그래서 더는 자신을 걱정하지 않으면 좋겠다는 생각이었다. 늘 머리로 생각은 하지만 쉽게 실천하기 어려웠다. 정말이지 그건 자신이 어떻게 해야 할지 몰랐다. 바랐지만 쉽게 하기 어려웠다. 연희의 입가가 미세하게 떨렸다. 웃음을 머금고 있는 그 입가가 여린 꽃잎처럼 흔들렸다.

"서현진."

누나의 부름이 반갑지만은 않은 것은 아마, 지난번의 일 때문이리라. 현진은 그저 묵묵히 제 할 일을 할 뿐이었다.

"내가 미안하다니까? 나 진짜 놀라서 그런 거라고. 엄마가 대뜸 그럴 줄 알았다면 내가 말했겠냐고. 나도 엄마한테 말하고 나서 번뜩 생각나더라고. 팔은 안으로 굽는다던 그런 말들이……."

"알았어. 근데 어쩐 일이야?"

제 방에까지 쳐들어온 누나를 향해 용건을 물었다. 보통의 남매라면 하지 못할 일이겠지만, 그들은 서씨 집안 남매였다. 이런 건 일상다반사였다는 말이었다.

"어? 아! 너 현수 알지? 걔가 이번에 프라하로 여행 가겠다고 하기에 너희 게스트하우스 소개해줬거든. 근데, 네가 저번에 말했잖아. 예약해야 한다고. 그래서 주소 달라고."

문자로 달라고 해도 충분히 전해줬을 텐데, 그럼에도 불구하고 제 방에까지 올라왔다는 건 미안했다는 말을 하고 싶어서일 거라고 짐작할 수 있었다. 현진은 메모지를 한 장 뜯어 홈페이지 주소를 적어 원진에게 건넸다.

그렇게 주소를 건네 준 현진이 다시 모니터를 뚫어져라 쳐다보기 시작했다. 저녁 내내 일에 매달리면 내일 온종일 연희의 곁에 있어도 문제가 없을 것이기 때문에 그는 서둘러 일을 처리하기 시작했다.

게스트하우스 예약부터, 올가가 홀로 꾸려나가고 있을 살림살이와 마젠느의 공사가 어디까지 진척이 되었는지를 알아보기 위해서 그는 이 밤 할 일이 많았다.

"우리 내일부터 그 다음 날까지 내내 같이 있자."

답이 없는 수화기 너머의 사람을 향해 현진은 서둘러 입을 열었다.

"연희야. 우리 여행 가자. 나 너랑 같이 여행 가고 싶고, 온종일 같이 있고 싶어. 우리 그렇게 보통 사람들처럼 같이 있자."

현진은 이제 꼬박 3달이 다 되어가는 저희가 만난 시간 동안 그녀를 충분히 알았다고 생각했다. 다른 사람이 들으면 너무 빠르다고 할 수 있겠지만, 시린 겨울의 끝에 만났던 연희와 이제 더위가 기승을 부리는 여름의 길목에서 같이 서 있으니 충분하다고 말할 수 있었다.

"우리 같이 바다도 보고, 같이 저녁도 만들어 먹고……. 그렇게 같은 공간 아래 같은 시간을 보내자."

이건 어쩔 수 없는 고집이었다. 현진은 조만간 프라하로 돌아가야만 했었고, 그런 그의 사정을 아직 모를 연희를 더 만나고 싫어하는 건 어쩔 수 없는 남자의 마음이었으니 말이다.

-그래요. 그렇게 해요.

연희의 입에서 허락이 떨어지자 현진의 입가가 귀에 걸린 듯이 곡선을 그리고 있었다. 홀로 프라하에 들어가기 싫지만, 그 역시 어쩔 수 없는 노릇이었다.

"그럼 내가 내일 데리러 갈게."

그는 연희에게 인사를 하고 전화를 끊었다.

차에 올라타는 연희의 모습에 내내 눈을 떼지 못했던 그가 천천히 연희의 안전벨트를 매어주며 입을 열었다.

"누나가 미안하데."

"전에도 말씀하셨어요."

"진짜 미안한 것 같더라고. 나한테 먼저 말하지 않고 어머니에게 먼저 말해서 미안한 모양이야. 그 덕분에 듣지 않아도 될 소리를 듣게 한 것 같다고……. 놀라서 그랬다고 미안하다고 전해주라고 그러더라고."

"괜찮아요. 그럴 수 있다고 생각해요."

여전히 고운 마음으로 화답하는 연희의 모습에 현진은 그녀에게 가볍게 입을 맞추었다. 생각지도 못했던지 놀란 연희의 두 눈이 너무 고왔다. 현진은 제 마음을 다스리며 차를 몰았다. 동해까지 가려면 아직 갈 길이 멀었다.

촤아아, 파도소리가 귓가를 울렸다. 5시간을 걸려 도착한 속초의 앞바다는 좋았으며 연희는 바닷소리가 정말 마음에 들었다.

그리고 그런 것들보다 더 좋았던 것은 제 곁에 있는 사람이었다.

"우선 이거."

언젠가 정 주고 싶다면 사달라고 말했던 커다란 곰인형이 그의 손에 들려서 연희의 품 안으로 들어왔다. 그녀는 인형을 받으며 그의 얼굴을 살폈다.

"이게 뭐예요?"

"곰인형이잖아."

"그러니까, 현진 씨. 왜 이거 주는 거예요?"

연희가 묻고 싶은 것은 이것이었다. 팔에 닿은 곰인형의 촉감은 상당히 좋았다.

"말했잖아. 이연희 꼬시기 리스트라고. 오늘 하루 내내 이럴 거야."

현진의 진지한 말에 연희는 웃음을 터트렸다.

"그러니까 나는 선물복 있는 날이라는 거네요?"

이렇게 내내 웃을 수 있게 된 것도 얼마나 감사한 일인지…….
연희는 그에게 고마워하면서도 일부러 장난스럽게 말하고 있었다.

"뭐, 나중에 똑같이 해주면 더 좋고."

"아, 맞다. 나도 줄 거 있는데……."

두 팔로 가득 품에 안아야 겨우 안을 수 있는 이런 크기의 곰인형을 어디서부터 사 온 것인지는 몰라도 연희는 이런 수고를 마다하지 않는 그가 좋았다.

그를 만나던 그 시작 무렵에 그가 제게 해주던 말 역시 좋았었던 그녀였다. 그 남자가 그렇게 다른 여자를 만난 건 네 잘못이 아니라던 현진의 말이 주문처럼 그녀의 머릿속에 머물렀다.

자신의 탓이라고 생각하던 연희의 생각을 바꾸겠다는 듯이 내내 단호하게 말했던 그의 음성이 자신을 독려했었다.

네 잘못이 아니다, 라고 그는 항상 그렇게 말했었다. 연희는 그의 앞에 바짝 다가서서 발뒤꿈치를 들었다. 충동적인 마음이라 해도 지금은 그를 향해 이렇게 하고 싶었던 연희였다. 겨우 그와 마주 볼 수 있게 되자 그녀는 그의 볼에 수줍게 입을 맞추고 서둘러 총총히 차로 달아나버렸다.

그럼에도 불구하고 현진의 기분 좋은 웃음소리가 제 귀에 들리는 것만 같았다. 연희는 품에 안긴 곰인형의 목덜미에 고개를 묻으며 차에 기대어 그를 기다렸다. 천천히 멀리서 걸어오는 그를 보며 그녀는 생각했다. 이제 어느덧 바짝 그의 곁에 붙어 있는 제 모습이 보이는 것만 같았다.

보글보글 맛있게 끓는 김치찌개의 간을 보며 연희는 오랜만에 설레었다.

"현진 씨?"

어느덧 다 끓은 찌개의 불을 줄여놓고 그녀는 테라스로 나갔다. 어느새 어디로 나간 것인지 자취를 감춘 현진의 모습을 찾기 위해 그녀는 테라스에 기대어 밖을 걷고 있을 것만 같은 현진의 모습을 찾아나섰다.

"연희야."

그런 저를 부른 것은 바로 제 어깨 너머였다. 고개를 돌리니 서 있는 사람. 제 엄마에게 말했듯 좋은 사람이라던 그 말은 정확했다. 그는 정말 좋은 사람이었다. 프리지어를 한아름 안고 있는 모습에 연희는 웃고 말았다. 고개를 돌려 저를 먼저 맞이한 것이 그가 아니라 수북한 꽃다발이라니 말이다.

"진짜 나 오늘 선물 받는 날인 거예요?"

"응. 내가 이연희한테 같이 프라하로 가자고 조르는 날이기도 하니까."

그의 말에 연희는 품에 가득 안은 프리지어 향기를 맡으며 그의 시선에서 눈을 뗄 수가 없었다.

"나랑 같이 가자."

"기다린다면서요."

짐짓 여우 같은 짓도 보이는 연희였다. 기다렸다는 듯 단번에 그의 손을 잡기에는 그를 좋아하는 제 처지가 현진에게 미안했다.

"기다리려 했는데……. 더는 못 기다리겠어. 이연희 없이 다시 먼 곳에 가야 하는 것도 싫고. 처음으로 반한 사람이 나를 멀리서 기다리는 것도 싫어. 나 이제 프라하로 들어가면 다시 한국에 들어올 수 있을지 없을지 몰라. 그래서 난 지금 당장 이연희를 데리고 가고 싶은 사람이야. 나, 그런 놈이야. 이연희와 같이 있을 수 있다면 무엇이든 하려는 그런 놈."

솔직한 그의 말에 연희는 기분이 좋았다.

"나 현진 씨 어머니에게 많이 미움 받을 거예요."

"괜찮아. 어차피 연희랑 같이 살게 되는 건 어머니가 아니라 나니까."

슬쩍 발을 빼는 그 모습마저 좋았다. 연희는 이제 제 시간에서 그라는 사람이 없으면 안 된다고 말하고 싶었다.

"현진 씨랑 너무 빠르다고 우리 집에서도 말이 많을 거예요. 부모님은 물론이고, 오빠도 걱정할 거예요. 아마, 현진 씨가 좋은 사람인지 알아보려고 수차례 만나자고 들 수도 있어요."

"그런 건 신경 안 써도 돼. 괜찮아. 이연희를 데려가기만 한다면."

단호한 그의 말에 연희의 입가가 말려 올라갔다. 제 인생에서 단 한 번 욕심을 부려보기로 연희는 그렇게 마음먹었다.

"그런데도……. 나 현진 씨 옆에 있고 싶어요. 언제나 나를 믿어주는 현진 씨 옆에 서 있고 싶어요. 나 그래도 되는 거 맞죠?"

"물론."

"나 현진 씨 손잡고 그렇게 같이 걸어가도 미안한 일 아닌 거 맞는 거죠? 나 그렇게 욕심내도 괜찮겠죠. 다른 사람이 나 뭐라고 하지 않겠죠."

어쩔 수 없는 연희의 근심이었다. 단 한 번도 결혼하지 않았고, 너무나 잘 살고 있던 그의 인생에 갑자기 뛰어든 것만 같은 제 존재가 달갑지 않은 그의 가족에게 미안해하지 않기 위한 변명이었다.

"그러지마. 말했잖아. 이연희를 내 옆에 있게 하기 위해서. 이

연희가 나를 사랑하게 하기 위해서라면 나는 유치한 조건마저 걸 수 있는 놈이라고."

"그러게요."

"그러니까."

간단한 그의 답에 연희의 입가가 더욱 올라가고 있었다. 저를 보는 그의 표정 역시 비슷했다. 선선한 여름의 바람이 부는 날 연희는 확실하게 그의 옆에 서게 되었다.

그가 건넨 반짝이는 반지가 연희의 손 위로 들어왔다. 반짝이던 파도만큼 아름다운 그 반짝임에 연희는 그의 손을 꽉 잡았다.

아픈 인연을 지나 새롭게 잡은 이 인연을 절대 놓지 않겠다는 듯이 그녀는 그의 손을 절대 놓지 않겠다고 마음속으로 수없이 되뇌는 중이었다.

총총히 밤하늘을 수놓은 별이 빛나고 있었다. 연희의 두 눈 가득 반짝이는 아름다운 별이 쏟아지듯 떨어질 것만 같았다. 적어도 현진의 눈에는 그렇게 보였다.

까만 연희의 시선에 비춘 별이 너무나 아름다웠다. 그는 제게 기대어 누워 있는 연희의 볼에 입술을 내렸다.

연희의 놀란 시선이 자신을 향했다. 하지만, 그는 웃기만 할 뿐 다른 말을 꺼내지는 않았다. 지금 이 순간이 너무나 좋았기에 달리 떠오르는 말이 없었다.

조금씩 현진은 연희를 품에 가득 끌어안았다. 아주 조금씩 천천히, 연희가 제게 기댈 수 있게 말이다.

"우리 이렇게 살면 좋을 것 같아요."

연희의 입에서 흐르는 말에 현진은 그 누구보다 환히 웃었다.

"나도 너랑 이렇게 살면 좋을 것 같아."

같은 마음이 되기가 얼마나 어려운지 일인지 안다. 그럼에도 같은 마음을 가질 수 있는 이 여자를 품에 안고 잠들 날들이 앞으로 수도 없이 기다리고 있다는 사실보다, 오늘 하루가 빨리 지나가는 느낌에 그는 연희를 안은 손을 풀어낼 수가 없었다.

누군가에게 안기는 기분은 마음을 간질이는 것과 비슷했다. 아니, 구름 위에서 노니는 기분과 비슷할 듯싶었다. 그런 생각이 연희의 머릿속을 온통 헤집어 놓은 것처럼. 그의 손길이 연희의 몸을 어루만지고 있었다. 다정한 그 손길에 그녀는 유달리 반짝이는 별빛을 볼 수 없었다.

그의 입맞춤이 길어지고, 숨이 한데 섞이고.

마음을 나누는 지금 이 순간의 행위와 시간이 연희의 마음에 새로이 각인되고 있었다.

그의 마음을 받았고, 그를 받아들이리라 생각했다. 그래서 지금 이 순간이 손으로 잡을 수 있다면 잡고 싶을 정도로 그녀는 아득히 떨어지는 기분이었다.

그가 제 안으로 조심스럽게 들어오자 인상이 살풋 찌푸려졌지만, 연희는 괜찮았다. 자신을 따스하게 안아주는 현진이었기에 괜찮았다. 그는 항상 자신에게 더없이 다정했으며, 사랑을 더 주지 못해 안타까워하는 남자였다.

허공에서 갈피를 못 잡던 손을 마주잡아 놓지 않은 그가 자신을 내려다보고 있었다. 연희의 입에서 솔직한 탄성이 흘러나온 것은 그때였다.

"아…… 하아……!"

※

처음은 그의 누이가, 두 번째는 그의 어머니가 직접. 그리고 세 번째는 그녀가 직접 청한 만남이었다. 연희는 직접 그의 어머니를 만나자 청했다.

고즈넉한 인사동 외곽의 찻집에서 마주한 그의 어머니는 여전히 고우셨다. 계절이 바뀌고 있는 것에 적응하시는 듯 가벼워진 옷차림마저 멋스럽게 소화하시는 분이셨다.

시원한 매실차가 저와 그의 어머니 앞에 놓였다. 연희는 그런 자신을 그저 바라보시기만 하는 그의 어머니를 향해 입을 열었다.

"제가 많이 부족하다는 거 압니다. 그렇지만 제가 어쩔 수 없이 처한 상황이 아니니 저를 봐주세요. 그렇게 해주세요. 많이 부족하지만, 현진 씨의 곁에서 노력하겠습니다."

내내 당당했지만, 내내 제 잘못이 아니라고 했지만 사회의 시선은 그게 아니라는 것을 잘 알고 있었다. 그래서 처음 만났을 때 무작정 제가 싫다던 그의 어머니에게 자신의 잘못이 아니라고 당당히 말했었다. 그건 그녀가 가지고 있었던 작은 자존심이었다.

지금 연희는 그 자존심을 죽이고, 그의 곁에 있고 싶은 욕심을 채우고 싶어하는 중이었다. 그가 자신의 손을 잡고 내내 같은 시간 함께 있고 싶다고 말했다. 그 마음이 비단 그만이 가지고 있는 것만이 아니었으니 연희는 고개를 숙여 그의 어머니가 마음을 풀기를 바랐다. 공손히 앉아 그녀는 다시 한 번 입을 열었다.

"어머니의 마음에 제가 정말 부족하다는 거 알아요. 마음에 들게 노력하겠습니다."

"현진이가 프라하로 간다든가요?"

그의 어머니의 음성에 연희의 고개가 들렸다. 별다른 표정이 없는 그의 어머니가 제 두 눈에 들어왔다.

"네. 일 때문에 곧 가야 한다고 그랬습니다. 저는 그 사람 따라가고 싶습니다. 제가 노력하겠……."

"그 녀석이 행복하다고 하더라구요. 연희 양이 심각한 잘못을 저지른 범죄자도 아니고, 솔직히 현진이가 다른 사람의 속도보다 상당히 빠르다는 건 나도 알고 있어서 조금만 느리게 했으면 싶지만……. 어쨌든, 어떤 방식으로든 연희 양을 만났을 거라고 호언장담하는 녀석이니 더는 말리고 싶지도 않아요. 내가 마주한 연희 양이 좋은 사람이라는 건 맞는 거 같으니까 말이에요. 그냥 나는 내 자식이 행복했으면 하는 엄마일 뿐이니까요."

그의 어머니가 하는 마지막 말에 연희는 마음을 아렸다. 엄마의 마음은 다 똑같은 것 같아서 마음이 아려왔다.

"다만, 당분간은 연희 양을 그렇게 좋아하지는 못할 것 같은데. 이해해줄래요? 싫어하겠다는 소리가 아니에요. 내가 적응할 시간이 조금 더 필요할 것 같아요. 나도 내 딸이 이런 말을 들었다면 화를 냈을 사람이면서도 연희 양에게 이런 말을 하네요."

자조적인 그 말에 연희는 그의 어머니를 이해할 수 있었다. 세상 모든 어머니들의 마음이 그럴 것이었다. 자기 자식이 먼저인 건 어쩔 수 없었다.

그래도 연희는 한결 가까워진 그의 어머니와의 관계가 마음에 들었다. 이런 말을 한다는 건 저를 진정으로 싫어하는 것이 아니었다. 그런 사람은 이렇게 말을 하지 않는다는 걸 그녀는 알고 있었다. 연희는 그 사실에 마음을 놓을 수 있었다.

연우는 온 집안을 헤집듯 아파했던 동생을 본 것이 불과 6달 전이라는 걸 잊지 않고 있었다. 그런 동생에게 다시 사람이 생겼다고 한다. 연우는 그 사실이 기쁘지만, 또 한편으로는 기쁘지 않았다.

솔직히 취향은 매번 비슷한 것이라 대개 비슷한 것을 고르기 마련이었다. 그건 사람에게도 해당하는 말이라고 연우는 믿고 있었다. 그러니 아무리 동생이라지만, 현정우와 비슷한 사람과 인연을 맺으려고 하는지도 모를 일이었다.

"아버지. 이번에는 제대로 봐야 해요. 그 자식도 우리 연희 그렇게 잘해줄 것처럼 데려가면서 사람 좋은 얼굴은 다 하더니 그거 결국 개자식이었잖아요."

거칠게 나오는 말을 막지 않은 것은 아직 다 풀리지 않은 화 때문이었다. 동생의 마음을 그리도 곪아 터지게 만든 그 미친 자식에 대한 마음은 평생에 걸쳐도 풀리지 않을 것이었다. 좋은 사람을 만나도 문득 스쳐 지나가는 일처럼 떠오를 수 있는 상처였다. 게다가 남편의 외도가 내내 동생을 괴롭혔다니 이 일은 연희에게 있어서 결코 지워질 수 없는 상처일 것이 분명했다.

"그래야지."

생각이 많아지신 아버지를 대신해서 연우는 다시 입을 열었다. 아내는 친정에 일이 있다며 저 혼자 집으로 왔었다. 그러지 지금 집에는 연희와 자신, 그리고 부모님만이 존재하고 있었다. 거실에 나란히 앉아서 저녁상이 다 차려지길 기다리는 아버지의 옆모습을 바라보며 그가 목소리를 냈다.

"우리 착한 연희, 누가 또 이용하려는 건지. 아니면, 달콤한 말로 꾀어내는 건지 제가 꼭 알아낼 거예요. 연희 그런 대접 받을 아이 아니에요. 연희가 얼마나 마음이 착한데요."

아무런 말이 없는 아버지를 보며, 연우는 다짐하듯 말을 뱉어내고 있었다. 저 역시 현정우가 보인 그 모습에 속았으니, 이번에 연희가 데려오는 사람에게 절대 속지 않겠다고 연우는 다짐하고 또 다짐했다.

그런 나쁜 이를 알아보지 못한 오라비의 안타까운 마음이 그의 안에서 끓는 중이었다. 그건, 어쩔 수 없었던 일이었음에도 연우의 마음은 쉬이 가라앉혀지지 않았다. 연희가 데려온다는 새사람으로 인해 기억난 현정우라는 이의 존재가 연우의 마음을 헤집어 놓고 있기에 그는 마음을 가라앉힐 수가 없던 것이었다. 그런 사람이라면 반드시 제 손으로 떼어놓겠다는 다짐을 한 번 더 굳게 다진 그는 아버지와 같은 모습으로 앉아 있었다.

오랜만에 가족이 모두 한자리에 모인 것도 처음이었지만, 아버지가 먼저 말을 한 것도 처음이었다. 현진은 입가에 미소를 그리며 제 몫으로 놓인 녹차가 담긴 찻잔을 들었다.

　"뭐하는 아가씨라고?"

　"지금 바리스타 공부하고 있어요. 카페에서 일하겠다고 하는데……. 프라하에서 하게 할 생각이에요. 거기도 카페라면 얼마든지 많으니까요."

　"나이가 어떻게 되는 아가씨냐."

　여전히 무뚝뚝한 아버지의 음성에 현진은 속으로 혀를 내두를 수밖에 없었다.

　"올해 서른입니다. 이런 건 직접 초대해서 물으시죠."

　그 아비에 그 아들이라는 말이 너무나 잘 어울리는 부자지간의 대화였다. 당사자들은 모르겠지만, 곁에 있는 이들은 이들이 얼마나 닮았는지 잘 알 수 있었다.

　"만난 지는 얼마나 되었다고?"

　"3달이요. 이런 건 그 사람 불러서 직접 하시죠."

　"뭐하러. 네 녀석은 어디다 쓰고."

　현진은 정식의 말에 결국 남은 질문에 선선히 답하는 편을 택했다.

　"너무 빠른 거 아니냐."

　걱정스러운 마음에 건넨 말이라는 것을 알고 있었다. 하지만, 지금 이렇게 말을 해도 결국 연희가 제 옆에 온전히 서 있을 수 있을 때는 겨울이 다 되어서일 것이 뻔했다.

"전혀요. 어차피 제가 아무리 서둘러 하자고 해도 빨라야 올겨울쯤에야 날 받아주실 거잖아요."

"아니 다행이다."

아버지의 면박과 같은 말에도 기분 좋을 수 있는 건, 허락에 가까운 어머니의 태도와 별다른 문제를 삼지 않는 아버지의 말이었다. 아버지가 반대를 하시면, 지난번 체코 정부 쪽에 해외 진출 프로젝트 때문에 돈을 쏟던 일을 멈추고 다른 나라로 눈을 돌리게 해줬던 일을 들춰낼까 생각했었다. 그 덕으로 한 번의 도움을 받을 수 있는 카드를 이미 손에 쥔 현진이었다.

"일간 그 아가씨 한번 보자."

"네."

연신 싱글벙글 웃는 제가 못마땅했던 것인지 아버지의 표정이 곱지만은 않았다. 현진은 그래도 좋았다. 제게 성큼 다가온 연희도 좋았고, 그런 연희가 제게 보여주는 마음도 좋았다.

그냥 다 좋은 밤이었다. 현진에게는 모든 것이 다 좋은 날이었다. 그리고 그는 연희도 저와 같은 마음일 것이라고 생각할 수 있었다.

싱그러운 백합을 샀다. 어쩐지 그의 어머니가 좋아할 것만 같은 꽃이었다. 연희는 청초하게 핀 백합을 품에 안고 길가에 서 있었다. 제 인생을 다시 희생하지 않아도, 이연희라는 사람으로 살아도 마음에 담은 사람과 함께 살아갈 수 있다는 것을 알게 해준 그를 기다리는 일이었다.

좀처럼 자신을 기다리게 하지 않는 그가 늦어지는 것이 이상했지만, 연희는 그 기다림마저 좋았다.

자신을 설레게 해주는 그 기다림이 싫지 않았다. 현진이 제게 해왔던 행동들을 하나씩 되짚어가며 연희는 그가 저를 얼마나 믿고, 얼마나 사랑하는지 새삼 깨닫는 중이었다.

"연희야."

이제는 너무나 익숙해진 그 음성에 그녀의 고개가 돌아갔다. 그가 늦었던 이유, 그건 그의 품에 있는 싱그러운 장미 때문이었다.

너무 **빨랐지만**, 그가 믿을 수 있는 사람이며 자신을 누구보다 사랑하는 사람이라는 것을 하나씩 알아가는 중이었다.

그 하나로 연희는 그와 같은 시선으로 세상을 바라볼 수 있을 것만 같았다.

"왔어요?"

"응. 무슨 생각해?"

"그냥, 나 좋아하실까 하는 그런 생각?"

그에게 말하지 않았지만, 그의 어머니는 어느덧 자신을 안쓰럽게 여기고 계셨다. 자신을 알고 싶다던 그날 이후부터였는지, 아니면 제가 먼저 고개를 숙이고 그의 옆에 있고 싶다 마주했던 날부터였는지 모르겠지만……

그의 어머니가 자신을 싫어하지도 좋아하지도 않는다는 것을 느낄 수가 있었다.

"좋아하실 거야. 이연희라는 여자는 그럴만한 대접을 받아도 충분한 여자니까."

"진짜요?"

"응. 정말. 너무 좋은 사람이라 내가 놓치기 싫어한 사람이니까."

"현진 씨가 그렇다고 말하면 믿을래요."

제 손을 꼭 잡은 그를 바라보는 연희의 두 눈이 빛났다. 생기를 잃었던 날이 있었던가 싶을 정도로 연희는 이제 그 어떤 것보다 빛이 났다.

어쩐지 일부러 연희를 집으로 부르지 않는 것만 같았다. 그건, 연희를 배려하는 어머니의 마음 때문이었을 것이 분명했다. 평범한 가정에서 태어나, 평범하게 살아온 너무나 좋은 사람인 연희를 알아본 어머니의 마음을 알아차릴 수 있는 현진이었다.

"어머, 고마워요."

의례적인 인사말이었지만, 어머니의 태도는 한결 부드러워져 있었다. 자리를 권하는 어머니와 격식 차리는 말들을 조심스레 받아치는 연희의 모습에 현진의 입가가 말려 올라갔다.

"앉아요."

아버지의 딱딱한 음성에 현진은 서둘러 연희를 자리에 데리고 갔다. 연희를 먼저 자리에 앉게 한 후에야 그 역시 자리에 앉았다. 그런 모습에 누나의 표정이 기괴해졌지만, 그는 신경 쓰지 않았다.

어차피 누이는 저와 연희에게 이미 잘못한 일이 하나 있는 사람이었다.

"우리가 보자고 한 건……."

어머니가 먼저 말을 하려고 하셨었다. 허나, 아버지가 한발 더 빨랐다. 적어도 현진은 아버지가 연희에게 하고 싶은 말이 있다고 느꼈다. 그렇지 않고서야 말을 하시는 분이 아니셨다.

"내가 보자고 했습니다. 연희 양이라고 했나요."

"네, 말씀 편히 하세요."

"예비며느리 얼굴은 알고 상견례 자리에 가야 할 듯싶어 보자고 했습니다. 연희 양, 오늘 그냥 식구들과 같이 점심 한 끼 먹는다고 생각해요."

아버지치고는 편한 말을 연희에게 하고 계셨다. 현진은 그게 또 좋았다. 오늘 서현진의 기분은 하늘을 찌르고도 남음이었다.

"네, 감사합니다."

연희의 고운 음성에 현진은 기분이 날아갈 듯, 그렇게 좋았다. 말로는 다 할 수 없을 정도로 현진의 입꼬리가 올라가 있었다.

식사가 끝나고 그의 아버지가 일이 있으시다며 자리를 떠나시며, 어머님 역시 따라 일어서셨다. 자리가 파했지만 어쩐지 집에 그냥 들어가기는 아까워 멀어지는 차를 바라볼 뿐 움직이지 않았다. 그런 연희에게 원진이 슬쩍 옆구리를 찔러왔다.

"그러니까, 우리 저 녀석한테 근사한 데서 커피 사달라고 안 할래요?"

"네?"

누나는 그녀와는 다른 성격의 소유자였다. 그게 좋으면서도 어쩐지 적응하려면 시일이 걸릴 듯하여 연희는 걱정스러웠다.

잘할 수 있을까……

"압구정에 새로 생겼다던 곳에 가자고 하려는 거지?"

그의 음성에 놀란 것은 제가 아니었다. 그의 누이였다. 연희의 고운 볼에 미소가 가득 머금어지고 있었다.

"너 거기 알아?"

당연히 알았다. 제가 공부를 핑계 삼아, 그곳의 풍미가 깊었던 커피를 마시고 싶었던 마음을 빌미 삼아 가자고 했었던 곳이니 말이다.

"연희야, 갈까?"

처음 시작처럼 그의 말에 성격이 그대로 묻어 있음을 인정했다. 그는 인정하지 않겠지만, 그의 말들은 그를 닮아 다정했지만, 다정하지 않은 척 굴었다.

그를 닮은 말투가 그녀는 참 좋았다. 다정하면서도 다정하지 않은 척, 굴려는 그가 어딘지 모르게 귀엽기까지 했다.

"가요."

앞에 놓인 이 큰 손을 잡았던 그 순간처럼 연희는 현진이 주는 온전한 마음을 느꼈다. 보는 눈이 있음에도 그녀는 모든 시선에 상관하지 않겠다는 듯 행동했다. 그런 시선에 일일이 상관할 것이었다면 이연희는 서현진의 옆에 있겠다는 생각조차 하지 못했을 것이다.

지은은 이런 좋은 날 해삼 같은 소개팅 남을 만난 것도 짜증 나서 죽을 일인데 뜻밖의 사람을 만나 기분이 저조해지고 말았다. 아니, 그녀는 눈앞에 펼쳐진 풍경에 지은은 배가 아팠다.

제 오빠의 아내였던 여자가 그 누구보다 즐거운 얼굴로 잘생긴 남자와 이야기를 나누고 있었다. 무엇이 좋은지 서로를 바라보는 두 눈에서 감추지 못하는 행복이 묻어나고 있었다.

지은은 그러면 안 되는 줄 알면서도 어쩐지 기분이 이상했다. 제 집에 오면 자신은 공주처럼 떠받들여졌고, 예전 새언니는 무수리와도 같은 존재였었다.

그런데, 오늘은 해삼 같은 소개팅 남 때문에 자신이 무수리가 되고 예전 새언니가 공주처럼 보였다. 지은은 정말 짜증이 솟아오르고 있었다.

"어머, 언니!"

그래서였다. 단지, 이런 어린아이 같은 마음으로 다시 한 번 이제 자신의 집과 아무런 상관이 없는 새언니를 보고 아는 척하는 것은 오직 그런 마음 때문이었다. 한껏 꾸며야 예쁘다는 말을 듣는 자신과는 달리, 수수하게 입어도 예쁘다는 말을 자주 들었던 새언니의 그 모습이 짜증 날 정도로 부러웠던 현지은의 못난 마음씨 때문이었다.

"아……."

놀란 것이 분명했다. 제 새언니의 이런 반응 지난 4년 동안 봐서 잘 알고 있었다. 지은은 이런 제 마음이 7살 난 어린아이 같은 투정이라는 걸 알지 못했다.

그녀는 알려 하지도 않았다.

"오랜만이에요. 여기 어쩐 일이에요? 선?"

미처 연희가 대답할 틈을 주지 않겠다는 듯이 지은은 쉴 새 없이 입을 놀렸다. 붉은빛의 입술이 못난 마음으로 번들거렸다.

"그러기에 너무 이르지 않아요? 이혼하자마자 남자 만나고 다니는 모습 별로 보기 좋지 않다고……."

연희가 곤란해하면 할수록 지은의 음성이 날뛰듯 즐겁게 변하고 있었다. 그런 지은을 가로막는 것은 당혹스러움에 물든 연희가 아니었다. 연희의 손을 잡고 일어선 현진이었다.

"그러는 현정우 씨는 이혼하자마자 결혼식을 했었죠."

서늘한 경고와도 같은 말에 지은은 뭐라 변명을 하고 싶었다. 하지만, 일말의 변명을 하기에는 제 오빠의 행동이 너무 잘못된 것임을 잘 알고 있었다. 알고 있었음에도 그녀는 인정하기 싫었다. 인정하면 어쩐지 지는 것만 같았다.

"연희 씨와 제 앞에서 그런 이야기는 삼가시는 편이 좋겠다는 생각은 하지 않으시는 모양이시군요. 앞으로 우리 만나는 일 없기를 바랍니다."

그렇게 잘생긴 남자가 연희를 데리고 커피숍을 나가는 모습은 지은은 멀거니 바라볼 수밖에 없었다.

멍청한 오빠 때문에 제가 오늘 이런 꼴을 당하게 되었다는 생각만을 하는 지은은 아직 덜 자란 어른이었다.

지은의 마음 들쭉날쭉 쑤시는 못난 심보가 가라앉지 않고 있었다.

같이 커피를 마시자던 원진이 시누이의 교통사고 소식에 서둘러 자리를 떠나고 마주친 달갑지 않은 존재가 현진의 기분을 상하게 한 것은 아닐까……. 연희는 말이 없는 현진의 곁에 나란히 앉아 그처럼 가만히 있었다.

"나는 화가 나."

그의 덤덤한 음성과는 달리 말은 억누른 화로 가득했다. 연희는 그런 현진의 옆모습을 그저 바라볼 뿐이었다.

"나는 연희를 그렇게 대한 저 사람들에게 화가 나."

"왜요."

"나라면 절대 그렇게 하지 않았을 테니까. 나는 좋은 사람에게 그렇게 행동할 만큼 한심하지 않으니까. 그래서 연희를 그렇게 대한 저 사람들을 다시 마주치면 어떻게 할지 모르겠어."

제가 내지 않은 화를 대신해서 내주는 그는 정말 자신을 많이 믿는 것이 분명했다. 이연희가 잘못 살았을 리 없으니, 저런 행동을 하는 사람들이 이해가 가지 않는다는 말을 하는 현진의 말에 연희의 눈이 곱게 휘었다.

"현진 씨……."

아직도 쉬이 저를 부르지 않는 그를 향해 연희가 다시 한 번 그를 향해 입을 열었다.

"현진 씨……. 우리 얼른 프라하로 가야겠어요. 그래야 현진 씨가 내 과거에 있던 사람들을 안 마주치죠."

"그래. 우리 얼른 가자."

두 번 다시 누군가의 손을 잡을 일은 없을 것이라 생각했다. 연희는 정말 그렇게 생각했었다. 제 옆에서 자신의 손을 으스러져라 잡고 있는 그를 마주하기 전까지 그녀는 그렇게 생각했었다.

하지만, 그건 서현진이라는 사람을 몰랐을 때의 이야기였다.

조금은 빠른 듯한 이 남자의 시계에 자신을 맞추는 건 너무 쉬운 조건이었다. 그의 옆에 있게 되는 일에 비한다면 너무나 간단한 일이었다. 더욱이 그의 시계가 자신의 것보다 빠른 이유는 이 연희라는 여자를 알아가고, 그 여자를 자신의 곁에 두고 싶어서 빨리 움직였다는 걸 안다.

"가요."

어느덧 그라는 사람을 알아가게 된 지 4달이 조금 덜 되어가는 이 시점.

사람들은 분명 그럴 것이다. 이혼한 지 얼마 안 된 자신이 새로운 사람을 만났다는 것에 입방아를 찧어댈 것이 분명했다. 그건, 정말 그에게 미안한 일이었다. 듣지 않아도 될 말들을 저로 인해 듣게 될 것이 분명했기에 연희는 진심으로 미안했다.

미안하지만, 그럼에도 연희는 그의 손을 꽉 마주 잡았다.

이 남자는 제게 선물같이 찾아온 휴식이자 안식이었다.

절망적이었던 자신을 꺼내준 사람이었고, 다독여준 사람이었다.

새롭게 시작할 수 있게 도와준 사람이었고, 사람을 믿는다는 것을 다시 한 번 가르쳐 준 사람이었다.

이제 이 손을 그가 제게 놓으라고 말해도 연희는 놓을 수 없을 것만 같았다.

그러기에는 그의 존재가 제 안에서 너무나 커져버린 탓이었다.

"언니, 나 물요!"

지은은 집 안에 들어서면서 요란스럽게 그 등장을 알리고 나섰다. 언제나 보는 그 풍경에 지은은 다시 한 번 더 짜증 났다. 자신의 무수리같이 행동하던 예전 새언니는 지금 공주와도 같은 대접을 받으며 압구정에서 그 잘생긴 남자와 거리를 활보하고 있을 터인데…… 제 꼴이 너무 한심했다.

이런 허름한 집에 보잘것없는 직장, 더불어 가진 것 없는 통장이 제 삶을 말해주는 것만 같아 짜증이 한층 돋아나고 말았다. 그게 누구의 잘못으로부터 비롯된 것이라는 생각은 하지도 않은 채로 그저 남 탓을 하기 좋아하는 그녀는 하지 않아도 될 얘기를 꺼내고 있었다. 누구에게 해도 되고, 하지 말아야 한다는 생각을 접은 그녀는 다래에게 연희의 이야기를 꺼내버렸다.

"내가 오늘 누구 본 줄 알아요?"

물을 가져다주는 새언니를 보며 지은은 잠시 골려주려던 마음을 접고 사실을 말하기에 급급했다.

"오빠 전처를 내가 압구정에서 만났다는 거 아니겠어요? 근데 웬 근사한 남자가 언니를 공주 받들 듯 모시고 다니잖아요. 얼마나 눈꼴 시리던지……"

어디로 간 것인지 집 안에 붙어 있지 않은 오빠의 부재를 그제야 눈치챈 지은이 말을 멈추고 새언니를 바라보았다. 그늘진 얼굴에서 오빠 내외의 싸움을 읽어낸 지은은 그만 입을 다물었다.

저는 이런 삶 살지 않으면 그만이라고 지은은 그렇게 생각하며 아직도 어두운 얼굴을 하고 거실에 있는 새언니의 모습을 곁눈질로 쳐다보고는 제 방으로 쏙 들어가버렸다.

정말 자신은 이렇게 무수리처럼 살기 싫었다. 공주처럼 늘 떠받들어지고 살 것이었다. 반드시 그렇게 살겠다며 지은은 두 눈을 빛냈다.

좋은 날이라고 생각하면서도 은주는 눈물이 가득 차오를 뻔했다. 그렇게 하지 않은 것은 오로지 풍요로운 저녁식사를 주고 싶은 마음 때문이었다. 이 자리에서 눈물을 보인다면 행복하다던 딸아이의 눈에서 눈물이 흐를 것이 자명한 일이기에 은주는 참았다.

"어머니, 좋으시죠?"

며느리인 경은의 말을 들으면서도 은주는 상을 차리기에 여념이 없었다.

"그럼. 좋다마다."

"그이도 현진 씨가 마음에 드는 모양이에요."

"그렇게 보이지?"

왁자지껄한 남자들의 말이 부엌까지 흘러들어왔다. 은주는 그 소리가 이렇게 듣기 좋은 소리인 줄 몰랐었다. 오늘 그녀는 그 소리가 어떤 소리보다 가장 듣기 좋은 소리라고 말하고 싶었다.

"여보."

상을 내가려 며느리가 아들을 부르는 소리에 부엌에 들어온 아들이었다. 그리고 그 곁에는 제가 생각하지도 못한 딸과 만난다던 현진이 있었다.

"현진 씨."

그에 덤으로 딸까지 부엌에 발을 디뎠으니 작은 부엌이 꽉 들어찬 것은 말하지 않아도 당연한 일이었다.

"자네가 왜 들어왔어. 나가 있어. 손님은 이런 거 하는 거 아닐세."

은주는 사람들의 눈으로 볼 때 가뜩이나 흠이 있는 제 딸을 좋아하지 못할 것 같은 그의 부모님에게 이런 말이 들어갈까 봐 전전긍긍했다. 그 역시 문제가 되지 않는다며 이미 그 부분에 대해서는 해결했다고 말하는 현진이 내심 믿음직스럽고 듬직하기까지 한 은주는 다시 한 번 연희의 곁에 있는 현진에게 시선을 쓱 던지고 딸의 모습을 바라봤다. 그 곁에서 내내 행복한 얼굴로 웃고 있는 모습이 보기 좋았다.

"괜찮습니다. 형님 혼자서 이거 못 들고 나가십니다. 제가 도와드리게 당연하죠."

"어머니, 두세요. 제가 이미 말려봤어요. 진짜 고집이 보통은 넘어요."

아들의 말에 은주는 당혹스러웠다. 아무리 그래도 손님에게 그런 일을 시킨다는 것이 영 찜찜해서 은주가 연희를 향해 입을 열려고 했다. 그런 제 입을 딱 다물게 만든 것은 넉살 좋은 현진이었다.

"당연하죠. 그러니까 형님 동생이 저 별로라고 해도 계속 붙어서 이렇게 인사 온 거 아니겠습니까. 아버님 시장하시겠습니다. 어서 들고 나가시죠."

현진의 마지막 말에 가족들 모두 웃음을 터트릴 수밖에 없었다. 좋은 사람인 척하려던 연희의 첫 인연과는 확연히 다른 현진의 모습에 은주는 안심했다. 저렇게 솔직한 사람이라면 믿을만하겠다고.

"현진 군, 이리 와서 앉게."

"네!"

상을 내려놓자마자 딸아이의 손을 잡아끌고 경수의 곁으로 다가가 앉은 현진의 모습에 은주는 좋았다. 저녁 내내 웃음이 끊이지 않게 해준 그 성격도 좋았고, 제 딸을 귀히 여겨주는 그 마음도 좋았다.

그 마음이 진심이라면 더 바랄 게 없던 그녀였다.

"술 한 잔 받으시겠나?"

"외람되지만, 차를 가져왔습니다. 그래도 권하신다면 받겠습니다."

좋은 사람의 탈을 쓰려고 무엇이든 넙죽넙죽하던 사람과는 다른 모습이었다. 분명한 선을 그었고, 할 수 있는 만큼의 것을 하려는 모습이었다. 그게 마음에 든 경수는 혼자 술잔을 기울이면서도 기분이 좋았다.

"그럼. 술은 나 혼자 마시지 뭐. 현진 군, 알고 있겠지만 나는 말일세. 우리 연희가 참 많이 행복했으면 좋겠네."

남편의 말처럼 은주 역시 바라는 것은 그것 하나였다.

"저는 연희를 행복하게 해주겠다고 호언장담하지 못하겠습니다. 다만, 저는 연희를 믿고 그런 저를 믿게 될 연희와 함께 잘 살고 싶습니다. 그 어떤 경우에도 제 곁에 있는 사람을 우선으로 생각할 것입니다."

딸을 달라는 사람의 입에서 허황된 말은 단 한마디도 나오지 않고 있었다. 참, 사람 믿게 하는 말을 잘도 하고 있다는 걸 본인은 모르고 있는 눈치였다.

"아버님과 어머님께서 연희를 귀하게 여기시는 그만큼 저 역시 연희가 귀합니다. 제가 한눈에 반했지만 너무나 좋은 사람이었던 연희가 없다면 저는 이제 혼자 있을 수 없습니다. 그럼에도 불구하고 호강시켜주겠다고도 할 수 없습니다. 지키지 못할 약속은 하지 않기에 그런 말은 드릴 수가 없습니다."

호강시켜주겠다는 그 흔한 단골 멘트조차 하지 않는다는 사람이라니……. 은주는 그럼에도 이상하게 현진이 점점 마음에 들었다.

"하지만 제가 할 수 있는 최선을 다해 연희에게 좋은 것을 보게 하고 싶습니다. 원하는 것을 하며 저와 같이 살아가기를 바랍니다. 제가 원하는 일을 하며 사는 것처럼 연희 역시 원하는 것을 마음껏 하며 살기를 바랍니다."

귀히 여기겠다던 그 말이 은주의 마음에 담긴 것처럼 경수의 마음에 담겼을 것이었다. 든든한 사람이 제 딸의 곁에 늘 한결같은 모습으로 서 있겠다고 말하고 있었다. 은주는 그 하나로 충분히 행복했다.

제 딸을 내내 웃게 만들고, 안심할 수 있게 만드는 사람이 좋은 사람처럼 은주는 정말 좋았다. 올해 들어 그녀에게 이날 하루는 가장 행복한 날이었다.

너무나 빛나는 이 여자가 제 여자라고 말할 수 있는 날이 머지 않았다. 현진은 그렇게 생각했다. 물론, 연희가 온전히 제 곁으로 오는 날은 앞으로 많은 날들이 지나야 가능하겠지만 그럼에도 미리 제 사람이 된 것만 같아 그는 기분이 좋았다.

"연희야."

좋아진 기분을 타고 달이 가득하게 차오른 밤 현진은 연희를 제 품으로 끌어안았다. 마음에서부터 울리는 목소리가 연희에게 충분히 전달되었기를 바라며 그는 그렇게 연희의 이름을 불렀다.

"연희야."

서울에 연희를 홀로 남겨두어도 이제 그는 온전히 이연희라는 여자를 믿을 수 있었다. 그 믿음은 어떤 것으로도 깨기 어려운 단단한 마음이었다.

"내가 돈 많이 벌어야겠다."

"왜요?"

맑은 연희의 음성에 현진은 웃고 말았다.

"이렇게 예쁜 연희 얼굴 보려고 내가 서울을 하루에도 열두 번은 더 왔다 갔다 할 것 같으니까."

정말 진지하게 말하는 저를 보고 하염없이 미소 짓는 연희의 모습마저 좋았다. 저를 올려다보는 그녀의 두 눈을 마주한 현진이었다.

"나는 얼른 현진 씨 옆에 가야겠어요. 현진 씨가 그렇게 하기 전에……."

연희의 고운 말을 들으며 현진은 그녀를 더욱 제 품에 가득 안았다. 이제 이 여자와 행복할 일만 남았다.

결혼식을 올리기 전에 못해본 데이트라도 실컷 해봐야 한다며 서울에 이런 곳도 있나 싶을 정도로 구석구석 다니자, 더는 갈 곳이 없게 되었다.

"이제 진짜 갈 데 없을 거예요."

연희의 말에도 현진은 아니라며, 슬쩍 입술을 훔쳤다. 지금 그들이 있는 곳이 카페라는 사실이 중요하지 않다는 듯 행동하는 그의 모습에 연희의 입가를 비집고 튀어나온 웃음소리가 마치 기타 소리처럼 즐겁게 울렸다.

"그럼, 이제 다시 똑같은 곳 한 번 더 가도 괜찮지 않아?"

그가 말했다. 그리고 연희의 온기를 놓치지 않겠다는 듯 입술을 다시 탐했다. 현진의 사소한 행동들이 연희의 마음을 간질거리고 있었다.

일은 언젠가 갑자기 터지는 법이었다. 어머니가 더 이상 연희의 과거를 숨기지 않으려 들자 아버지가 바로 알아차렸다. 언젠가 알리라고 생각했지만 빠르다 싶었다.

"네 녀석이 생각한 짓이냐."

연희를 좋아하지도 그렇다고 싫어하지도 않았던 아버지는 애매한 기준으로 연희를 평가하고 있었다.

"그 사람에게 사람 붙이셨습니까?"

아버지에 알게 된 사실이 하나 있다면 한성호텔은 무조건 자신이 이어가야 한다는 고집이었다. 또한 호텔을 이어갈 아들이 누구도 꺾을 수 없는 높은 곳에 올라야 한다는 기대감이 여전히 있다는 것이었다.

"흠……."

그리고 현진은 그렇다는 말 한마디 없이 자신을 바라보는 아버지를 그 누구보다 잘 알고 있었다.

"아버지의 그림자."

이렇게 될 아버지를 생각하지 않았던 것도 아니었다. 아버지의 반대가 있다면 어머니 역시 찬성하지 못한다. 그러니 가장 중요한 것은 아버지를 꺾는 일이었다.

"한성호텔의 후계자."

현진의 입에서 단단히 여문 음성이 토해져 나왔다. 수없이 많은 생각을 하며 벗어내려던 굴레였다. 제게 있어서 아버지의 힘은 인과가 분명한 악마의 열매였다.

"제가 먼저 벗을 겁니다. 그러니 호텔은 매형에게 주시죠."

"이건 네 녀석 거라고 몇 번을 말해!"

프라하에서 게스트하우스를 차렸을 때, 당장 끌고 들어오겠다는 아버지를 말린 것은 어머니였다. 꼭 지금과 같았던 모습으로 제게 소리를 버럭 내지르던 아버지의 앞에서 무서워하던 자신은 이제 없었다.

해가 지나고, 나이가 들면서 그런 것에 무서워하지 않게 되었다. 다만, 무서운 것은 자신의 손을 잡은 고운 사람을 그리고 그 꿈을 놓치고 싶지 않은 것뿐이었다.

"매형이 싫다면 누나에게 주시면 됩니다."

"네가!"

"제가 한성호텔의 절반을 날릴 수도 있던 해외 진출을 막아드린 것으로 부족하세요?"

두 눈을 부릅뜬 아버지의 모습에 현진은 고개를 내저었다.

"어디, 한번 해볼까요? 아들이 프라하에 세운 호텔에 밀려나는 모습을 보면 말 만들기 좋아하는 사람들이 뭐라고 떠들지 저도 궁금하니 말입니다."

놀란 아버지는 입만 벙싯거릴 뿐이었다. 아버지의 놀람에는 죽어도 아버지의 그늘에 들어가지 않겠다고 호언장담하던 자신이 있음을 알고 있었다.

"호텔? 네가 역시, 그럴 줄 알았다. 그쪽에서 장난 놀음은 그만하고……."

"말씀드리지 않았습니까. 제 것만 제 것이라고."

아버지의 힘에 한 번 손을 뻗어 그 맛을 알게 된다면 두 번은 어렵지 않음을 그는 잘 알고 있었다.

"저는 제가 만들어서 제가 일궈낼 겁니다."

"서현진!"

제 나이만큼, 아니 그보다 더 오랜 시간 한국 제일의 호텔을 경영한 아버지였다. 그건 대단하다고 생각하면서도 무조건 제게 호텔을 맡기려던 어른들의 뜻이 싫었다.

"네가 여자 때문에……."

"여자 때문이 아닙니다. 연희는 그냥 제가 하려던 일을 조금 앞당기게 한 것뿐이니 그 사람에게 무어라 하실 생각은 마세요."

아프게 깨달은 현실의 맛은 썼다. 한성호텔의 아들이 아닌 그냥 서현진이 알게 된 세상은 절대 녹록하지 않았다. 뉴욕에서도, 체코에서도 그건 변하지 않았다.

세상은 아팠고, 그 아픔을 견디며 하루하루 단단해져야 하는 것이 삶이었다.

"아버지의 그늘 저는 지웠습니다. 아버지 역시 제게 가당치도 않은 이름을 씌우려 하지 마세요. 원하는 삶. 원하는 목표를 위해 네가 할 수 있는 최선을 하고 최고가 되면 막지 않겠다고 하셨던 것 역시 아버지셨습니다."

이럴 때면 아버지를 보고 배운 것이 조금씩 도움이 되기도 했다.

"그리고 약속. 지켜야 하지 않으십니까."

아버지가 연희를 싫어해도 상관없었다. 어차피 서울에서 함께 살 것도 아니었고, 가끔 일 년에 한두 번 명절에나 보게 될 사이였으니 괜찮았다.

정말, 괜찮았다.

"네 녀석이 일부러 그런 조건을 걸었다는 걸 눈치챘어야 했는데……!"

한탄 섞인 아버지의 말에 현진은 입가에 웃음을 머금었다. 그는 지금 이 순간 가장 머리 아픈 사람이 아버지라는 것에 이의를 제기할 수 없었다.

"그것 역시 본인을 탓하라던 아버지셨습니다."

얄밉게도 그는 꼬박꼬박 아버지가 가르쳐 준 것들을 입 밖으로 꺼냈다.

"그만 나가봐!"

결국 그는 아버지를 꺾었다. 오랜 약속과 새로웠던 약속을 꺼내 든 그는 질 수 없는 아주 강한 패를 손에 쥐고 있었다. 약속이라면 목에 칼이 들어와도 지켜야 한다는 소신을 가진 사람이 바로 자신을 낳아주고 길러준 분들이라는 걸 잘 알고 있어서 할 수 있던 행동이었다.

현진은 최악은 아니었지만, 최상은 아닌 지금 상황에서도 웃음이 일었다. 고운 사람을 절대 놓고 싶지 않아 미리 방패를 쳐둔 일이 참 잘한 짓이다 싶었다.

스스로를 안아주고 칭찬해주고 싶을 만큼.

✳

다래는 지금 배알이 꼴린다는 말이 무엇인지 확실하게 느끼는 중이었다.

"민다래 씨?"

"네? 네."

명성백화점 명품관 매니저인 자신이 나와서 모셔야 하는 사람이 남편의 전처라고 상상하지 못했다. 말 그대로 '모신다.'였었다. 매니저씩이나 되는 자신이 커피를 가져다 바쳐야 할 만큼 중요한 사람이라는 것이다.

그건 연희의 옆에 있는 사모님 때문이었다. 다래는 그렇게 믿고 싶었다. 대기업 회장님들이나, 돈 제법 있다는 기업체들을 거느린 분들의 사모님들이 받는 대접을 어째서 저 여자가 받게 되었는지 알고 싶지도 않았다.

저 여자는 자신보다 늘 초라한 차림이었다. 늘 그래야만 했다. 다래는 이 상황이 싫었다.

"아가."

"네, 어머님."

그녀는 지금이라도 저 대화에 끼어들어 연희를 곤란하게 하고 싶었다. 하지만, 지금 제 눈앞에 있는 수많은 시선 때문에 다래는 그렇게 할 수가 없었다. 벌써, 눈썰미 좋은 직원 하나가 연희의 얼굴을 알아보고 호기심 섞인 시선을 보내는 중이었다.

"식은 너무 빠르지 않게 하자고 사부인께 내 말씀드릴 테니 천천히 준비하는 게 어떻겠니."

"저는 좋지만, 현진 씨가……."

시누이가 봤다는 근사한 남자가 어쩐지 자신의 결혼식에 나타났던 그 남자였을 것만 같았다. 커피를 가지러 탕비실로 들어간 다래는 잠시 쉬고 있던 성미를 보고 조용히 입을 열었다.

"지금 온 사람들 어디 사람들이기에 과장님이 저 난리예요?"

"어머, 다래 씨가 아직 소식을 모르는 곳도 있었네?"

"네?"

성미의 말에 다래는 무슨 소리인가 싶었다. 이윽고 성미의 입에서 나온 말은 제 손에 들린 커피를 떨어뜨리기에 충분한 말이었다.

"그 한성호텔 회장 사모님이시잖아. 같이 온 여자는 예비며느리라던데?"

그러니까 항상 저보다 초라해 보였던 저 여자가 이제 곧 자신보다 더 좋은 집안에 시집을 간다는 말이었다. 다래는 진심으로 짜증이 솟아올랐다. 지금 제 꼴을 보며 비웃을 저 여자의 속내를 생각하니 화를 멈출 수가 없었다.

"저…… 성미 씨. 내가 갑자기 어지럽고 몸이 안 좋아져서 그런데 나 대신 이것 좀 가져다줄래요? 부탁 좀 할게요."

"뭐, 알았어."

흔쾌히 저 대신 커피를 들고 나간 성미를 바라보다가 의자에 앉은 다래의 심사가 꼬일 대로 꼬이는 중이었다. 자신은 여전히 정우와 삐걱거리며 삶을 꾸려가는 중인데 왜 저 여자는 저렇게 아무 노력을 하지 않아도 좋은 일들이 생기는지 모를 일이었다.

다래는 진정으로 이연희라는 여자 때문에 제 삶이 피폐해지고 있다고 믿고 싶었다.

하지만, 그럴 수 없는 것은 그건 이미 저 여자와는 상관없는 일이었다. 그렇게 믿고 싶은 것과 저 여자를 괴롭히고 싶은 것은 제 억지라는 걸 알고 있었다. 하지만, 제 삶에서도 어딘가를 향해 받은 만큼 돌려줄 곳이 필요했다.

다래는 진심으로 저 여자가 결혼식날 했던 그 말이 저주에 가까웠음을 느끼는 중이었다.

"우리 아이가 욕심이 별로 없어서 매니저만 이래저래 고생이네요. 아가, 이럴 때는 한두 가지 골라주는 것도 좋은 거란다."

수나는 제 사람으로 보려드니 마음에 들지 않은 구석이 없는 연희를 바라보며 입꼬리를 말아올렸다.

"어머님, 하지만요. 이렇게 비싸고 좋은 것들은 나중에 주셔도 충분한 것 같아요. 저는 어머님하고 식사하는 거라면 충분해요."

"너 이번에 시험 본다고 하지 않았니, 내가 너 시험 잘 보라고 선물 주려는 거니까 걱정 말고 하나 고르렴."

첫 만남의 그 미안한 마음을 풀고자 수나가 연희를 데려온 곳이 이곳이었다. 더욱이 한성호텔의 예비며느리가 사람들의 무시를 받게 할 수 없었다. 그건 제 자존심이 용납하지 못했다. 그녀는 그래서 더욱 연희를 이런 곳에 데려왔다.

이 아이를 무시하는 행동은 저를 무시하는 것과 마찬가지라는 걸 사람들에게 보이기 위해 데려온 것이었다.

"그럼 어머님이 골라주시는 것으로 받을게요. 원래 선물은 주는 사람의 마음을 담은 것이 가장 좋은 법이니까요. 저는 그거면 충분해요."

현명하고 착한 아이였다. 아직도 아들에 대한 마음이 덜 풀린 것은 바로 이 때문이었다. 차라리 이런 아이가 아니라 미련스럽게 이기적이고, 현명하지 못한 아이였다면 제가 허락하는 일이 없었을 것이었다.

하지만, 아들은 그런 아이를 데려올 사람이 아니었다. 현진이 찾은 사람이 그런 사람일 리 없었다. 그랬기에 수나는 이야깃거리가 많아 질 것을 알면서도 연희를 받아들였다. 연희는 그만큼 좋은 아이였고, 아들의 짝으로도 참 괜찮다 싶은 아가씨였다.

어른을 위할 줄 알았고, 마음이 선해서 사람들을 볼 줄 아는 아이였다. 수나는 연희의 이런 점이 마음에 들었다.

"그럼 내가 어디 한번 골라보마."

못 이길 자식의 마음 대신 제 마음을 접어 좋은 아이를 받아들였으니 그 역시 좋은 일이라고 수나는 그렇게 수많은 밤을 지내고 나서야 연희를 제 가족으로 받아들일 수 있었다.

　잠시 아는 분을 만나 이야기를 나누는 수나에게서 멀리 떨어지지 않는 곳에 서 있는 연희였다. 그런 연희의 팔에는 터키석과 가넷이 촘촘히 박힌 팔찌가 채워져 있었다. 연희는 제 팔에 걸쳐진 팔찌를 바라보며 입꼬리를 말아올렸다.

　나중에 없는 솜씨로 맛은 보장하지 못하는 떡을 만들어볼까 싶었던 연희였다. 제게 이런 선물을 한 그의 어머니를 향해 무엇이라도 해드리고 싶었다.

　연희는 저녁에 같이 한강을 걷자던 현진을 만나면 할 이야기가 한가득이었다.

　"아가."

　어머님께서 저를 '아가'라고 불러주는 그것이 너무 좋았다. 연희는 이런 고마운 인연이 제게 찾아온 그 순간이 믿기지 않은 것처럼, 지금 이 순간도 홀연히 사라져버릴 것만 같아 문득문득 무서웠다. 저녁을 함께 하자는 어머님의 말씀에 연희는 일순 현진과의 약속이 떠올랐다.

　"하지만…… 어머님 선약이 있어서요……."

　"그랬니?"

　여전히 고우셨고, 여전히 모든 사람들에게 경우에 없는 행동과 말을 하지 않는 분이셨다. 제가 본 그의 어머니는 그런 분이셨다. 그렇게 사람들을 대하며, 사람들의 조건을 보지 않으려 노력하시는 분이라는 것을 연희는 가장 먼저 느낄 수 있었다.

　"현진 씨랑 먼저 약속이 있어서요. 괜찮으시다면, 현진 씨도 같이 저녁 하는 게 어떨까요?"

이런 고마운 그의 어머니가 있었기에 현진이 저를 '이연희'라는 사람으로만 볼 수 있었던 것이었다. 그러니 연희는 그의 어머니가 참 고마웠다.

이렇게 불쑥 아들의 인생에 들어와 어미의 마음을 애태우게 만든 저라는 존재를 덤덤히 받아들인 그것도 고마웠고, 더 고마운 건 저를 이렇게 좋아하려 노력해주시는 그 모습이었다.

연희는 지금 제가 할 수 있는 한 가지를 할 생각이었다. 좋은 사람이긴 하지만, 좋은 아들은 아닌 것 같은 현진을 대신해 제가 그 빈자리를 무던히 채워 나갈 생각이었다.

"그럴까?"

"네. 현진 씨도 밖에서 어머님하고 같이 저녁 먹는 거 좋아할 거예요."

"걔가 어디 나랑 먹는 게 좋겠니, 네가 있다니까 나오겠지."

"아니에요. 현진 씨도 분명 좋아할 거예요."

연희는 진심이었다. 그도 분명 좋아할 것이다. 연희는 그렇게 수나의 곁에 서서 맑게 웃었다.

"다음 주 일요일에 내가 나가는 모임. 이번에는 부부동반 모임 이래. 그날 신경 좀 써."

정우의 말이 떨어지기가 무섭게 다래의 기분은 최고치를 달하고 있었다. 비록 모임 때문이었지만 오랜만에 그와 단둘이 나간다는 생각에 다래는 기분이 좋았다. 게다가 그의 친구들에게 처음으로 제대로 인사를 할 수 있다는 생각에 다래는 벌써부터 무엇을 입고 나가야 하나 고민스러웠다.

아이를 가졌다고는 하나 그녀 역시 여자였다. 아주 사소한 데이트에 행복해지는 그런 여자 말이다. 오늘 백화점에서 있었던 불유쾌했던 일 따위는 얼마든지 잊어버릴 수 있었다.

"오빠, 오늘 시원한 뭇국 끓일까?"

더욱이 다래의 음식 솜씨 또한 시간이 지나면 지날수록 점점 늘었고, 정우와 싸우는 일 또한 줄어들었다.

그로서 한 가지 발전은 있는 셈이었다.

"마음대로 해."

여전히 시큰둥한 반응이었지만, 다래는 이제 제법 무거워진 몸을 일으키며 부엌으로 총총히 사라졌다. 지금 제 몸이 무거운지조차 잊을 만치 기분이 좋았다.

"언니 뭐 좋은 일 있어?"

지은의 물음에도 정우는 별다른 대꾸도 없었다. 실은 그는 이미 다음 주에 모임 걱정뿐이었다.

분명 연희가 나올 것이었다.

반드시, 연희가 그 자리에 모습을 드러낼 것이다. 지난달까지 나오기를 고사했던 연희였지만 이번에는 달랐다고 모임의 회장직을 맡고 있던 명성이 그렇게 말했었다. 아마 연희가 진짜 그 모습을 드러낸다면 모두의 호기심을 자극하는 꼴이었지만, 정우는 나가지 않을 수도 없는 노릇이었다.

어차피 겪어야 할 것, 조금 빠르게 겪어낼 뿐이니……. 그러니

정우는 좋게 생각하고 싶었다.

"오빠……."

그렇게 생각하며 머릿속을 정리하는 제 곁에 바짝 붙어 앉아 지난 주말 목격한 일들을 입에 올리는 지은을 마주했다.

"내가 지난 주말에 압구정에 갔거든. 근데 나 거기서 완전 대박이었다. 거기서 전 새언니 만났어. 전 새언니 선보고 다니는 모양이던데? 완전 근사한 남자랑…… . 오빠랑 헤어진 지 얼마나 됐다고 벌써 남자래. 그지?"

지은의 말에 정우는 제 머릿속에 떠오르는 남자가 한 명 있었다. 다래의 그 유치한 장난으로 인해 보게 되었던 연희의 옆에 있던 남자가 떠올랐다.

"내가 그래서 아는 척을 좀 했는데…… . 그 남자 전 새언니한테 완전 푹 빠진 모양이더라. 한 번 이혼한 여자가 뭐가 좋다고. 차라리 나처럼 결혼도 안 한 아가씨랑 만나고 다닌다면 이해하겠는데 말이야."

"그래서?"

지은이 하는 말을 전부 들을 필요는 없었다. 그저 지은이 전하는 이야기들 중 지금 자신이 가장 알고 싶은 이야기만 들으면 될 일이었다.

"그래서긴 뭐. 그냥 그랬다고. 어차피 이혼녀랑 같이 놀아나는 남자 별 볼일 없는 거 아니겠어? 겉만 번지르르한 껍데기뿐인 남자겠지. 안 그래?"

지은의 어린아이 같은 마음을 잘 알고 있는 정우였지만, 그런 지은의 말을 막아서지는 않았다. 그 역시 연희가 잘 살고 있다는 소식이 달갑지만은 않았으니 말이다. 이연희는 제가 아니면 살지 못하는 사람이라고 생각했었던 것이 가장 큰 잘못이었음을 그는 아직까지도 깨닫지 못하고 있었다.

부부동반 모임은 처음이라서 그런지 제법 분위기 있는 와인 바에서 모이기로 했다. 그러나, 그곳에는 연희는 없었다. 정우는 맥이 탁 풀렸다.

"현정우! 여기!"

모임의 회장직을 맡은 명성이 자신을 불렀다. 정우는 제 곁에 선 다래와 함께 그의 맞은편에 자리를 잡았다.

"여기는 내 아내."

"이야, 소문대로 미인이시네……! 저는 박명성이라고 합니다."

"안녕하세요. 민다래라고 해요."

"앉으세요. 우리 앉자."

사교성이 좋은 명성답게 쉬이 다래에게 이런저런 말을 붙이고 있었다. 정우는 그저 갑작스럽게 씁쓸해진 제 마음을 다스리려 앞에 놓여 있던 와인을 단숨에 들이켰다. 이미 다래는 명성이 하는 이야기에 시간 가는 줄 모르고 앉아 있었다.

정우는 담배를 태울 수 있을 만한 곳을 찾으려 이리저리 시선을 돌리고 있었다. 그런 제 시선에 걸린 것은 흡연구역이 아닌 연희였다.

두 번 다시 마주치지 말자던 말이 무색할 정도로, 저와 연희의 사이에는 아직도 마주칠 수 있는 것들이 존재하고 있었다.

"이연희 아니야? 대박……."

"현정우 오지 않았어?"

수군거리는 소리가 제 귓가에 아프게 들리고 있었다.

"현정우가 그……. 왜 있잖아. 아내도 데려왔잖아."

"진짜, 이연희가 왔다고?"

모두의 시선이 저와 다래 그리고 연희를 향했음을 온몸으로 느낄 수 있었다. 그 순간 팔을 잡는 다래의 몸이 굳어가는 것을 느꼈지만, 정우는 아무런 말을 할 수가 없었다. 너무나 당당히 들어선 것으로도 모자라 일전에 봤던 남자까지 데리고 온 것이었다.

정우 역시 당황할 수밖에 없었다.

동생이 말하긴 했어도 연희는 여전히 혼자라고 생각했기 때문이었다. 혼자일 수밖에 없을 것이라고…….

이연희라는 여자는 절대 현정우라는 남자를 벗어나서 잘 살 수 없을 거라고 믿었다. 어리석은 남자의 마음으로 그는 그렇게 믿었다.

정진대학교, 봉사활동 동아리의 모임은 그렇게 시작되고 있었다. 가벼웠던 사람들의 호기심 어린 시선은 점점 노골적이었고, 그들 역시 사람이었던지라 연희와 함께 등장한 남자에 대한 궁금증을 쉬이 내려놓지 못하고 있었다.

"그러니까……."

"뭐가 그러니까예요. 명성 선배는 어떻게 작년이랑 지금이랑 바뀐 게 없어요?"

"이분이 누구시라고? 연희야, 우리 분명 부부동반이라 하지 않았든?"

연희는 웃음을 터트리고 말았다. 명성의 장난스러운 말에 웃을 수밖에 없었고, 제 입에서 나올 말에 집중하는 이들의 모습에 이 상황이 너무 우스웠다. 연희는 제 옆에 앉아 저를 바라보는 현진의 손을 덥석 잡아 모두에게 보였다.

아무래도 그에게 물들었나보다, 라고 연희는 그렇게 생각하며 입을 열었다.

"올해 겨울에 나랑 결혼할 사람이니까 예비부부 맞죠?"

"진짜? 이연희가 결혼을 한다고? 저 현정…… 아니다."

문득 정우의 이름을 들먹이려던 명성의 모습에 연희는 쓰게 웃고 말았다. 그에게 이런 대접을 받게 하지 않기 위해서 오지 않으려 한 자리였다. 하지만, 앞으로 프라하에 가면 한동안 마주치지 못할 사람들이니 가자고 오히려 저를 설득한 것은 그였다.

"다시 인사하죠. 서현진이라고 합니다. 반갑습니다."

명성을 향해 웃으며 인사하는 그를 믿었다. 이런 말을 듣게 한 그만큼 그에게 더 잘하고 싶은 연희였다.

"저는 박명성이라고 합니다. 한데 하시는 일이……?"

"아, 프라하에서 일을 하고 있는데. 언제 한번 오시죠. 공사가 아직 덜 끝나서 아마 내년 2월쯤에나 오픈할 것 같으니 그쯤 오시면 제가 방 하나 내어드리겠습니다."

그가 명함을 건네는 것을 보고 연희는 고개를 갸웃했다. 게스트하우스를 말하는 것이 아닌가 싶었던 연희였다. 하지만, 명성의 반응이 예사롭지 않았다.

"어? 진짜 가면 방 하나 내어주시는 겁니다."

"그럼요."

"제가 연희 덕에 나중에 프라하도 가보겠네요. 후배 하나 잘 둬서 이런 행운도 얻을 수 있다니 말입니다. 지금부터 열심히 돈 벌어서 내년에 꼭 가도록 하겠습니다."

넉살 좋게 웃는 선배의 모습에 연희는 이내 웃고 말았다. 그런 자신의 두 눈을 붙잡듯 마주하는 현진이 있어서 연희는 이런 사람들의 시선 따위 다 생각하지 않을 수 있었다. 그러니 올 수도 있었다.

정우와의 결혼이 그렇게 끝나고 다시 이 모임에 나오는 일은 없을 것이라 생각했다. 하지만 그건 제 인생에 있어서 두 번 다시 사랑을 하는 일은 없다고 생각했던 것처럼 어리석은 판단이었다.

연희의 등장 이후로 다래는 더는 기분이 좋아질 수가 없었다. 남편의 머릿속에 들어 있을 것만 같은 여자의 등장이라니 기분이 좋지 않았다. 더욱이 오늘 이연희라는 여자는 아름다웠다.

밤하늘을 수놓는 은하수처럼 반짝거리는 것만 같았다. 네이비색의 시원하고 심플한 원피스를 입었지만 그 옷과 가방, 액세서리들이 만일 진짜라면 상당한 가격이었을 것이 분명했다.

그건, 명품관의 매니저인 자신이 가장 잘 아는 것이었다. 다래는 파우더룸에서 도통 나갈 생각을 하지 못했다. 한껏 치장해도 그녀는 지금 연희보다 빛나지 못했다.

"오랜만이에요."

문을 열고 제게 인사를 한 존재에 다래의 어깨가 흠칫 떨려왔다. 그런 저를 슬쩍 쳐다보던 연희가 제 옆에 앉아 거울을 들여다보는 모습에 다래는 뭐라고 말해야 할지 몰랐다.

"아……. 네."

제가 이 여자를 수차례 만났던 때와는 달리, 다래는 지금 연희가 제게 보였던 반응을 보이고 있었다.

"나는 말이에요."

누구를 향해 하는 줄도 모르게 연희의 입을 타고 나온 말은 제 귓가에 들어왔다. 그리고 아직 파우더룸을 나가지 않았던 누군가의 아내인 듯한 여자의 귓가에도 들렸을 것이 분명했다.

"다래 씨가 잘 살았으면 해요. 나는 이제 정말 행복하니까."

"그것뿐이에요?"

다래는 묻지 않았어야 했었다. 머리로는 알고 있지만, 그렇지만 입은 이미 말을 뱉어내고 말았다.

"아니요. 사람을 미워하는 게 얼마나 힘든 일인 줄 알았고. 현정우는 이제 내 인생에 있어서 어떤 의미도 없는 사람이니까요. 게다가 나는 그런 사람 때문에 내 옆에 있는 저 사람을 힘들게 하고 싶지 않거든요."

"어째서예요? 내가 그렇게 했는데……."

"과거는 과거니까요. 나는 그 과거에 매달리지 않기로 했어요. 그렇게 매달려서 지금 가진 소중한 것을 놓치지 않기로 했어요."

"하지만, 정우 씨가! 연희 씨를 들먹이면서……!"

"그건, 다래 씨가 몰랐던 현정우의 모습이에요. 나 역시 몰랐었던 현정우라서 저 역시 힘들었던 부분이었구요. 내가 이런 말을 하는 건, 나는 결혼식을 올리면 서울에 없을 거예요. 아니, 그전에 없을 수도 있겠어요. 그러니까, 이제 과거 속에 묻힌 나는 신경 쓰지 말라구요. 그렇게 신경 쓰며 아까운 지금을 허비하지 말라고 그 말이 하고 싶었어요."

아직도 눈앞의 여자를 생각하는 것만 같은 정우를 어떻게 해야 할지 모르겠다. 그런 다래는 아직도 저를 향해 말하는 연희를 향해 말을 하지 못했다. 연희의 몸이 저를 향해 돌려진 것은 그 순간이었다.

"나는 이제 사랑보다 더 중요한 게 무엇인지 알았고, 내게 그런 마음을 알려준 저 사람은 하늘이 무너진다 해도 날 믿어줄 테니까. 나는 말이에요. 현정우의 손을 놓아버리며 아팠던 시간들이 고마워요."

저희를, 아니 제가 한 행동들을 고마워한다고 말하는 것만 같아 다래는 얼굴이 벌겋게 달아오르는 것만 같았다. 이제야 부끄러워진 행동들에 다래는 쉬이 고개를 들 수가 없었다. 여전히 덤덤한 연희의 입매에서 말이 이어지고 있었다.

"다래 씨……."

연희의 나지막한 부름에 다래는 제 손을 들어 배에 얹었다. 안정감을 찾고 싶었다. 그녀는 지금 그 어느 때보다 그 감정이 필요했다.

"나는 결혼 생활 내내 그 남자가 나를 믿지 않았어요. 지금, 현정우는 다래 씨를 온전히 믿나요? 지금, 다래 씨는 현정우를 온전히 믿나요?"

무언가 제 머리를 쿵 내려치는 기분이었다. 저희 부부의 근본적인 원인을 잘 알고 있는 연희의 말들이 이제 무서워지기 시작한 다래였다.

"다래 씨, 지금, 다래 씨의 옆에 있는 사람. 사랑하나요? 그래서 행복한가요?"

어딘지 덤덤한 그 소리에 숨을 훅 들이켠 다래였다. 저를 마주한 그 눈빛에서는 이제 더는 아픈 빛이 보이지 않았다. 그저 담담할 뿐이었다. 왜 이런 말을 제게 하는 것인지 모르겠다며 다래는 그 시선을 피해버렸다.

"나는 이제 저 사람과 행복할 거니까. 나를 아프게 하고, 그렇게 얻어낸 사랑이라면 다래 씨 역시 행복해져야만 한다고 그렇게 생각해서 물어봤어요. 그렇게 얻어냈음에도 행복하지 않다면, 그건 정말 다래 씨 본인에게 미안해야 할 일이니까 말이에요. 그렇게 다래 씨의 그 아이에게도 행복한 가정을 줘요. 나는 이제 더는 다래 씨의 앞에도, 현정우의 앞에도 나타나기 싫은 사람이니까."

다래는 진심으로 이연희라는 여자의 마음을 알아가고 있었다. 지금 이 여자는 제게 마지막 인사를 건네고 있었다.

더는 마주치지 말자는 진정 섞인 음성을 보이고 있었다. 이제

미워하지는 않겠지만, 그렇다고 다시 만난다고 할지라도 아는 척하기 싫다는 연희의 마음을 느낄 수가 있었다.

"우리 앞으로 길에서 마주쳐도 아는 척하지 말아요. 뭐 그렇게 아는 척하기에는 우리가 너무 안 좋은 모습들만 많이 봤잖아요."

어렸고, 지금의 남편을 사랑하는 것만으로 모든 사람들의 생각이 저의 편일 거라고 생각했었다. 그리고 그건 어리석었던 제 판단이라는 것을 결혼식날 알았다. 그렇게 다래는 마음에 있던 믿음 하나가 무너져갔었다.

그런 제 믿음 하나가 무너질 때쯤, 정우 역시 저에 대한 믿음이 무너지고 있었다는 것을 미처 눈치채지 못하고 있었다.

그렇게 문제가 생겨버리고 말았다.

그 누구보다 행복할 것만 같았던 결혼생활이 어두워진 것은 그 때문이었다.

"행복해져요. 나는 이제 현정우로 인해 누군가를 미워하고, 슬퍼하던 이연희를 그만뒀어요."

아직도 앉아 있는 저와 달리 연희는 이미 파우더룸을 나섰다. 그렇게 마지막 인사를 하고, 나간 여자의 뒷모습을 멍하니 바라보기만 했다.

당신도 행복하라고 말할 수가 없었다. 제가 진정으로 행복하지 않으니, 그 마지막 인사에 화답할 수도 없었다.

다래는 다시 한 번 손을 들어 제 배에 얹었다. 아이가 저를 행복하게 해줄 것이라 굳건히 믿으며 다래는 그렇게 아이의 존재에 안심하고 있었다.

"왜 이렇게 늦었어?"

문을 열고 나서자 보이는 현진의 모습에 연희는 입꼬리를 살며시 말아올리고 말았다. 안에서 다래를 향해 말했듯, 지금 연희는 이 남자가 제게 있어서 좋았다.

"음, 인사하느라고. 정말 마지막 인사했거든, 전에는 할 수 없었던 인사."

슬쩍 말꼬리를 자르며 배시시 웃어보였다. 그에게 누구에게, 어떤 인사를 했는지 말하지는 않았다. 다만, 끝내지 않았던 다래를 향한 마지막 인사를 건네 홀가분할 뿐이었다.

"점점 말이 짧아지는 것은 나만 느끼는 건가?"

"아닐 걸⋯⋯요?"

슬쩍 갖다 붙인 '요' 자에 현진의 웃음소리가 점점 커져만 갔다. 연희 역시 그런 현진을 보며 덩달아 웃어버렸다.

"내일은 나 쉬어야 할 것 같아요."

"왜? 내가 집으로 갈까?"

"음⋯⋯. 현진 씨가 우리 집에 와서 온종일 나랑 있겠다고 그러면 우리 엄마 엄청 피곤하실지 몰라요."

제 집에 오겠다는 그를 만류하며 연희는 그의 팔에 팔짱을 끼웠다. 그렇게 그와 같은 걸음으로 사람들 속으로 걸어 들어갔다.

"내가 그 다음 날 현진 씨 집으로 갈게요. 어머님도 뵙고, 현진 씨랑도 같이 있고……."

그의 손을 마주 잡은 연희의 고운 미소처럼, 연희의 말을 들은 현진의 표정 역시 부드러워져 있었다.

현진이 말하지 않았지만, 연희는 알고 있었다. 아버님이 몰랐던 제 과거를 알게 되었고, 그와 어떤 일이 있었는지 모르지만 반대를 하지 않다는 걸 깨닫게 될 때쯤 정식의 부름이 있었다.

"와서 앉거라."

처음 마주했던 날, 이분에게 자신은 어떤 모습이었을까. 연희는 지금 당장 할 수 있는 아주 사소하고도 작은 고민거리를 떠올렸다.

"안녕하세요."

간단한 인사말밖에 건넬 수 없는 사이라는 게 애석했지만, 천천히 시작하면 될 일이었다. 현진의 마음이 어떻든 자신은 그를 저로 인해 가족과 멀어지게 하고 싶지 않았다.

"돌려 묻지 않으마."

반대의 의사를 표현하지 않으시고 자신만을 이렇게 불렀다는 건 솔직한 이야기를 듣고자 하는 것이 분명했다. 누구에게서 어떤 이야기를 들었든 그건 말하는 사람의 주관이라는 것이 끼어 있으니 절대 중립적이지도 진실만을 이야기하지도 않았을 것이 분명했다.

"내가 몰랐던 이야기가 있더구나."

"네."

결국 묻게 될 말이었고, 알려야 할 이야기였다. 이를 한사코 말린 것은 현진이었고, 그의 누나였다.

"내 아들이 좋다 하는 아이라 허락했다만 나는 안사람과 다르다는 걸 알 게다. 지금이라도 난 현진이 그 녀석이 지난번에 권한 아가씨와 결혼하기를 바란다."

결혼식날이 잡혔다.

그리고 그날의 주인공은 자신과 그였다.

그런 신부의 앞에서 아픈 소리를 잘도 꺼내는 사람은 그의 아버지였다. 정식의 말 한마디에 마음이 아렸지만 연희는 묵묵히 자리를 지키고 앉아 있었다.

그가 원하는 것이 무엇이든 앞에 서서 견딜 것이었다. 현진과 두 손을 마주 잡기 위해 마음속에 아주 조금 남아 있던 자존심을 던졌던 이연희에게 이 정도쯤은 아무것도 아니었다.

"이제라도 제가 자존심을 세우고, 제게 왜 그렇게 말하냐고 일어서서 나가는 것을 생각하셨다면 잘못 생각하셨습니다. 저, 그 사람하고 약속한 거 무슨 일이 있어도 지켜요. 그러니 아버님께서 저를 잘못 보셨습니다."

"약속……이라."

말끝을 흐리는 정식을 보며 연희는 손을 두 손을 꼭 마주잡았다. 손에서 땀이 흐르고 있었지만 신경 쓸 틈이 없었다.

"네. 현진 씨와 약속을 했습니다. 제게 있어서 더 중요한 것을 고르라고 해도, 더 중하고 무거운 것을 고르라고 해도 마찬가지입니다. 어른에게 솔직하지 않았던 건 제 잘못입니다."

버릇없다고 화를 내고 성을 내셔도 어쩔 수 없었다. 이대로 나
간다면 당장 현진을 찾아서 한달음에 달려갈 수 있을 정도로 그
녀는 마음 깊이 그가 보고 싶었다.

말을 하면 할수록, 자신에게 그가 얼마나 깊이 들어왔는지 알
게 되었다.

"하. 꼭 지 녀석이랑 비슷한 아이를 데려왔어."

정식의 말에 연희는 두 눈을 깜빡일 뿐 어떤 행동도 할 수 없었
다. 방금 전 정식의 말은 그 어디에도 어울리지 않는 소리였기 때
문이다. 그녀는 저 말이 누구를 향하는지 그 순간 알 수 있었다.

그, 서현진.

제가 좋아서 먼 체코에서 날아왔다는 그 사람에게 하는 말이
었다.

"가보거라."

"네."

선선히 일어서서 나가던 연희의 걸음이 우뚝 멈춘 건 정식의
단호한 말이 등 뒤로 날아왔기 때문이었다.

"그 녀석이 이겼다고 생각하지 말거라."

마지막에 날아오듯 등 뒤에 흐른 언어는 정식의 자존심이었을
것이다. 예비며느리를 향한 그만의 자존심을 지키는 방법이었다.
연희는 느낄 수 있었다.

모두가 자신을 좋아할 수 없었다. 분명 그의 집에서 자신을 달
가워하지 않을 거라는 것도 알았다.

하지만, 현진은 그런 기우를 모두 날려주기로 할 것처럼 '반

대' 라는 것 자체를 철저히 막아섰다. 그녀는 그런 현진이 무슨 일을 했는지 모르겠지만 지금 이 길로 달려가 그를 안아줘야겠다고 생각했다.

지금은 그저 그 생각뿐이었다.

비실비실 흘러나는 웃음을 막기에는 원진은 이 상황이 너무 재미있었다. 솜씨가 없는 것은 아니지만, 좋아하지 않는 떡이었다. 떡을 만들려면 얼마만큼의 정성이 필요한지 모르지 않기에 어쩔 수 없이 먹는 엄마의 모습에 원진은 웃음이 터지고야 말았다.

"진짜, 너무 웃기잖아. 우리 김 여사님이 어쩌다가 며느리 될 사람한테 싫다는 소리도 못하시게 된 거야?"

연희를 닮아 단정한 경단이 원진의 눈에도 들어왔지만, 원진은 이미 싫다며 고사한 것이었다.

"뭐가!"

저한테만 언성을 높이는 엄마라는 것을 알기에 원진의 장난스러움이 한층 더해지고 있었다.

"그래서 예비며느님은 어디에 있는데?"

"현진이랑 같이 있지. 어디 있기는."

"오호, 그렇구나."

원진은 고개를 주억거리며 앞에 놓인 시원한 오미자차를 한 모금 들이켰다. 날이 더워지기 시작하니 점점 시원한 것만 찾게 되어 큰일이었다.

"다음 주에 간다고 그랬었나?"

덤덤히 현진의 부재를 묻는 원진이었다. 머물렀던 시간이 많았던 만큼 현진이 다시 프라하에 간다면, 엄마가 느낄 그 적적함은 클 것이었다.

"다음 주 화요일에 간다더라."

"3일 후네?"

"그렇지."

예비며느리가 정성스럽게 만들어온 경단을 다 먹겠다는 듯이 손을 움직이는 수나의 모습에 원진은 다시 웃음을 터트릴 듯이 볼을 씰룩거리고 있었다.

"아래층에 어머님 계세요."

연희는 현진의 품에서 벗어나기 위해 부지런히 움직였다. 허나, 그의 힘을 이길 수는 없었다. 결국 그녀가 택한 것은 그를 타이르는 것이었다.

"어머니는 안 올라오셔."

현진은 절대 자신을 품에서 놓지 않을 것만 같았다. 분명 이상한 짓을 하는 건 아니었지만, 어른이 같이 있는 집 안에서 이렇게 있다는 것 자체가 어색한 연희였다.

"그게 문제가 아니잖아요."

"그럼?"

이렇게 드문드문 능청스러운 현진의 모습 역시 연희에게 좋았지만, 이런 상황에서의 현진은 별로 반갑지 않았다. 그는 오늘따라 유달리 제 손을 잡고 저를 끌어안고 싶어 했었다.

"현진 씨……."

연희의 얼굴은 곤란하다는 기색이 역력했다. 그가 가진 많은 조건들에 비한다면 자신이 가진 것들은 정말 모자라도 한참 모자랐다. 그런 저를 조건 없이 봐준 그가, 그리고 그의 부모님이 참으로 감사했다.

그래서 그녀는 그의 어머니와 있으러 온 것이었는데, 어쩌다 보니 그의 손에 붙들려 본래 왔던 목적은 까맣게 잊고 있었던 것이다.

"현진 씨, 자꾸 그러면 어머님한테 갈래요."

연희가 부루퉁한 소리를 내고 나서야 그가 저를 잡고 놓지 않던 손을 풀었다. 연희의 입가에는 감출 수 없는 즐거움이 묻어나 있었다.

"알았어. 이제 된 거지?"

그가 두 손을 들어 항복한다는 표시를 하고 나서야 연희가 온전히 웃을 수 있었다.

"그러니까, 오늘따라 왜 이러는 거예요?"

지난 여행 이후, 부쩍 가까워진 두 사람이었지만, 누가 무어라 해도 지금 자신들의 상황은 행복한 연인의 모습이었다. 그 모습은 어떤 사람이 봤을지라도 부정하기 어려웠다.

"보름간 네 얼굴 못 보니까……. 나는 이연희에 관해서라면 멍청해지니까, 그래서. 조금이라도 더 기억하려고. 보름 뒤에 다시 만날 때까지."

낯간지러운 소리 절대 못 한다는 사람이 아니었다. 연희는 곱게 웃으며 그를 마주봤다.

"현진 씨, 쑥스러운 소리 못한다는 거 거짓말이죠."

"진짜야."

진정을 의심받았다고 생각한 것이었는지 그가 아주 조금 소리를 높이며 자신의 진심을 보이려 하고 있었다. 연희는 이런 현진을 놀리는 일이 이렇게 재미있는 일이 될 줄 몰랐다.

"에이……. 거짓말. 그렇게 못한다는 사람이 나한테는 어떻게 그렇게 잘해요?"

그가 쑥스러워하는 모습도 또 하나의 즐거움이었다. 그건, 말로 다 할 수 없는 즐거운 종류의 기분이었다. 그가 벌떡 자리에서 일어나 책상 앞에 가서 앉았다. 그런 현진을 쫓던 연희의 시선에 현진의 귀가 보였다.

쑥스러움에 붉어진 그의 귓가가 연희의 마음을 간질였다.

"현진 씨, 왜요? 오늘 바빠요?"

짐짓 모르는 척 물었다. 바쁘지만, 제게 있어서만큼은 바쁘지 않다는 걸 알고 있었다. 그럼에도 묻는 것은 그냥 이 행복이 허상이 아니라고 더 단단하게 믿고 싶어서일 것이었다.

아무리 마음이 단단해졌다고 한들 이 모든 것이 허상처럼 사라지기라도 한다면 다시 일어날 힘이 없을 것 같았다.

"나는 현진 씨 바쁜 것 같으니까……. 거실에서 어머님하고 같이 있을게요."

연희는 그렇게 현진의 그 마음을 읽어낼 수 있을 것 같았다. 그가 제게 보였던 행동들이, 저를 위했던 마음으로 비롯되었다는 것을 쉬이 알아낼 수 있기 때문이니 말이다.

보름간의 이별쯤은 그래서 아무것도 아니었다.

그렇게 만남과 헤어짐을 반복하다가 결국, 제가 그의 곁에 있기 위해 날아갈 것이 분명하니 말이다.

두 볼이 부어서 내려온 동생의 모습과 해사하게 웃는 그녀의 모습이 어쩐지 너무 대조되어 이상했다.

원진은 엄마와 이야기를 나누는 연희에게서 시선을 떨어뜨릴 줄 모르는 동생의 모습에 결국 혀를 차고 말았다.

"현진아, 너 너무 그렇게 티내면 엄마가 연희를 더 예뻐하고 싶어도 너 괘씸해서 그렇게 안 하시지 않겠니?"

가끔 남자들은 어린아이 같은 구석이 있었다. 그건, 제 동생도 마찬가지였나보다.

"뭘……."

저렇게 아이의 것과 같은 표정을 하고서 답하는 동생의 모습은 전혀 설득력이 없었다. 어느새 제 얼굴을 무관심하게 바라보는 동생의 모습에 원진은 진심으로 연희가 대단해 보였다. 어떻게 이런 떼쟁이 같은 동생을 받아주는지 모를 일이었다.

"올케, 우리 현진이가 조금 고집스러운 구석이 있지?"

원진은 정말 현진을 놀려보고 싶은 마음에 입을 열었던 것이었다. 연희의 시선이 엄마가 아닌 저와 현진을 향했음을 안 그녀가 입가에 싱긋 웃음을 그려 넣었다.

"아니요. 현진 씨, 그런 거 없는데요?"

연희가 입가에 웃음을 가득 머금고 선선히 답을 했다. 문제는 그게 아니라, 저 서현진이 고집스럽지 않다는 말이었다.

"에? 그럴 리가……. 현진이 고집은 장난 아닐 텐데……. 아직 올케가 몰라서 그러는……."

원진은 연희가 아직 동생의 고집을 보지 못해서 저러는가보다 싶었다. 원진은 제가 나서서 현진의 고집을 알려주려 했었다. 그리고 저와 동시에 연희의 입이 열렸다.

"현진이가 말이에요……."

"현진 씨, 나 그거 고생해서 만들었는데……. 하나도 안 먹어줄 거예요?"

연희의 말에 원진이 두 눈을 동그랗게 뜨고 깜박거리기만 했다. 그런 제 두 눈에 들어온 건 현진이가 별로, 좋아하지 않는 떡이었다.

엄마와 비슷한 식성을 자랑하는 현진이었다. 그런 현진이가 떡을 먹는 날은 1년에 손을 꼽을 정도였다. 그것도 정말, 어쩔 수 없이 고집스레 버티다가 아주 조금 먹는 정도였다.

원진은 분명 현진이가 무어라 말하고 떡을 안 먹을 줄 알았다. 아무리 미래의 아내가 될 사람이 만들었어도 말이다.

그런데, 그건 제 착각이었다. 원진은 아무 말 없이 앞에 놓여있던 접시를 들어 경단을 먹는 현진의 모습에 입을 떡 벌릴 수밖에 없었다. 원진은 눈치를 보며 엄마에게 슬쩍 시선을 보냈다. 그랬더니, 엄마의 표정 역시 제 것과 별반 다르지 않았다.

기묘하게 일그러진 엄마의 표정에 원진은 좀처럼 엄마가 어떤 기분일지 가늠할 수가 없었다.

"아가! 앞으로 매일 오렴. 저 녀석 다 늙어서 편식 고칠 방법 찾았구나!"

덥석 연희의 손을 잡은 엄마의 모습과 그 말에 원진은 그제야 웃음을 터트렸다. 머리가 굵어지고 나이가 먹으며 도통 놀려먹는 재미를 찾을 수 없는 현진이었다. 그런 현진이를 놀릴 구실이 생겨 원진은 제 엄마만큼 즐거웠다.

현진의 말처럼 제 동생이라면 연희 씨를 반드시 만났을 것 같았다.

언제, 어떤 조건 아래……. 어떻게 만났을지 모를 일이지만 반드시 만났을 것만 같은 사람들이라면 제 동생과 연희였다.

이제 진정으로 그 말을 믿는다. 현진이라면, 연희라면 분명 만났을 것이었다.

※

저녁을 먹던 수나의 손이 우뚝 멈췄다. 오늘따라 저무는 노을이 아름다워 보인다 싶었더니 새사람이 될 아이의 고운 마음씨를 담은 여행이 자신을 기다리고 있었나보다 싶었다.

"뭐라 그랬니?"

달그락거리는 소리에 행여 자신이 잘못 들은 것일까 싶어 그녀는 다시 한 번 확인하는 일도 잊지 않았다.

만사 불여튼튼이라 하지 않든가.

"연희가 가족들끼리 여행 가는 게 어떻겠냐고 여쭤봐 달라고 했어요. 아, 물론 저는 좋지만 두 분도 좋을 거라고 믿겠지만 혹시나 싶어서 여쭤보는 겁니다."

언제 이렇게 자라 품에서 나갈 준비를 마친 것인지 알 수 없었던 아들이었다. 하지만 아들은 이미 남의 남자가 될 준비가 끝난 듯 보였다.

"하지만, 우리끼리 가는 건 좀 그렇지 않겠니."

정식이 옆에 있지만 수나는 개의치 않았다. 어차피 모든 가족이 움직이는 일에 이 남자가 안 올 리 없었다. 그래도 가족을 우선하는 정식이라 수나는 다행이라 생각했다. 호텔에 목숨을 걸고 일하지만 결국에는 아들에게 줄 거라던 정식의 고집스러움도 종국에는 현진을 이기지 못할 것이라는 믿음이 있었기 때문이었다.

"그래서 저도 내일 장인, 장모님께 가서 함께 가자고 말씀드리려구요."

심기가 불편했던지 정식이 자꾸 목을 가다듬는 소리를 내고 있었지만 그녀는 아들의 이야기만 들렸다.

"그래? 그게 좋겠다. 말이 나온 김에 이번 주 주말도 괜찮다고 아가한테 말해주렴. 사돈댁에서도 괜찮다면 이번 주도 괜찮을 것 같구나."

"네. 그렇게 이야기해볼게요."

"내 스케줄도 있는데."

결국 정식이 한마디 하고 나서자 수나는 그를 곁눈질하며 입을 막았다. 제아무리 한성호텔을 말 한마디로 좌우하는 남자라지만 집 안에서는 결국 자신이 실권을 잡고 있는 사람이었다.

"맞춰요. 그깟 스케줄 한 번 미룬다고 호텔 안 망하잖아요."

툴툴거리는 소리가 자연스럽게 입 밖으로 나오고 말았지만 수나는 다시 입을 열어 현진에게 말했다.

"아가한테 다 괜찮다고 말해놓으렴. 우리가 뭐 바쁠 게 있니."

"예."

현진의 덤덤한 답까지 듣고 나서야 수나는 기분 좋은 저녁을 마무리할 수 있었다.

"사람이……."

말끝을 흐리는 정식으로 인해 수나의 미간이 살풋 찌푸려지고 말았다. 화장대에 앉아 화장을 지우던 수나는 거울을 통해 침대맡에 몸을 기대고 신문을 읽는 정식을 노려보며 마무리를 서둘렀다.

"내 스케줄을 당신이 어떻게 안다고……."

불만을 온몸으로 표현하는 저 고집쟁이를 어쩌나 하던 찰나에 다시 들린 정식의 음성에 수나는 조금 황당한 기분이었다.

"당신 애들 결혼 반대 안 한다고 그렇게 밋밋하게 있던 거 아니었어요? 아니, 반대할 거면 좀 제대로 해봐요. 뭐, 새아기가 그만하면 성품이 괜찮다고 말하던 양반은 어디 가고 이제 와서 이런데. 정말."

"그건……!"

잊을 만하면 한 번씩 이렇게 불만이 있다는 걸 보이고 다니는 정식 덕에 수나도 요즘 스트레스가 많이 쌓였던 터라 마음속에 있던 말이 술술 잘 나왔다. 기왕 이렇게 된 거 속 시원하게 말하자는 생각도 한몫 단단히 차지했다. 인연을 잘못 맺은 상처만 없다면 처음 마주했던 순간부터 참 많이도 아낄 수 있을 만한 아이라는 생각도 들었다.

"내 말이 틀렸어요? 당신 지금 이러는 거 원하는 대로 못해서 골질하려는 거잖아요. 예전에 현진이 프라하에서 방장사 따위나 한다고 그거 하나 못 말린다고 나한테 골질하던 때랑 뭐가 달라요."

조근조근 언성은 높이지 않으나 수나는 지금 충분히 화를 내는 중이었고, 그걸 아는 정식은 조용히 입을 한일자로 다물어버렸다.

"사람이? 그건 내가 하고 싶은 말이네요. 이제 곧 한가족이 될 테니 잘 지내보자고 새아기가 저렇게 노력하는데 그걸 보고 뭐 느끼는 거 없어요?"

언젠가 툭, 터질 마음이었지만 그게 오늘 정식의 반응에 와르르 터져 나올 줄 몰랐던 그녀였다.

"됐어요. 나는 우리 원진이, 현진이 다 데리고 사돈댁과 함께 재미있는 여행하고 올 테니 당신 혼자 이 넓은 집 지키고 있든 마음대로 해요."

결국 수나는 현진의 행복을 택했고, 정식은 이런 수나를 이길 수 없었다. 그게 서씨 집안의 비밀 아닌 비밀이었다.

마음에 드는 사위라고 이제 믿을 수 있겠다 싶었다. 정우와는 비교도 되지 않을 정도로 제 아이를 아끼고 사랑하는 모습이 눈에 너무 잘 보여 은주는 다시금 행복하다고 생각했다.

"여행지는 연희랑 제가 잘 고르겠습니다. 그러니 어머님하고 아버님은 그저 그날 형님 차 타고 오셔서 즐겁게 1박 2일 여행한다고 생각하시면 됩니다. 가실……거죠?"

딸을 가까이에 두고 볼 수 없다는 사실에 걱정하는 마음을 속속들이 알기라도 하는지 예비사위는 하루가 멀다고 집에 들렀다. 프라하에서 찍은 사진을 보여주고 그곳들을 속속들이 설명해주는 현진의 마음씨가 자신에게도, 경수에게도 그리고 연우에게도 전해졌었다.

믿을 수 있는 사람이라고 생각할 수 있게 현진은 그렇게 마음을 보여줬다. 다소 촌스럽고 투박하게 표현했지만 그게 더 마음에 들었다.

"그래. 가세."

그 마음에 화답하기라도 하듯, 은주의 음성에는 현진을 향한 믿음이 실려 있었다.

연희가 고른 장소가 마음에 드셨던 모양인지 어른들은 호텔에 도착하자마자 산책을 다녀오신다며 함께 사라지셨다.

"어머, 여기 괜찮은데요?"

올케언니의 말에도 연희는 원진의 안색을 살폈다. 어른들은 호텔에서 주무시고, 자신들은 글램핑장에서 함께 이야기하며 노는 것을 상상하며 골랐는데 원진이 이런 것들을 좋아하는지 의문이었다.

"진짜 여기 괜찮다. 연희 씨는 이런 곳 어떻게 찾아낸 거야? 나중에 우리 그이 친구들하고 모임 하러 와도 괜찮을 거 같아."

"정말요? 다행이에요."

나무로 만든 2층 구조의 텐트가 두 여자의 마음을 단단히 사로잡은 모양이었다. 연희는 그 모습을 보며 입꼬리를 말아 올릴 수 있게 되었다.

"자, 여성분들은 어서 안에 들어가서 쉬세요. 우리가 짐 챙겨서 들어가겠습니다."

연희는 잠시 주차장 한편에 자리한 벤치에 앉아 가만히 바삐 움직이는 오빠와 석호를 바라보고 있었다. 그 곁에 어느새 다가왔는지도 알 수 없었던 현진이 자리했다.

"왜?"

슬쩍 그가 마음을 툭 건드려봐도 연희는 내내 웃는 모습으로 일관하고 있었다.

다정하게 걷는 부모님.

자신의 가족이었던 사람과 이제 곧 가족이 될 사람.

그들이 살갑게 대화하는 모습은 연희에게 웃음을 일으키게 하기 충분했다.

"좋아서요."

"좋아?"

다시 묻는 현진의 음성에 연희는 두 눈을 반짝거리며 빛냈다. 그리고 현진의 시선과 부딪히자 곱게 두 눈을 휠 정도로 입 안 가득 행복한 미소를 머금고 아주 천천히 입을 열었다.

"좋아요."

그에게만 들릴 정도로 연희는 속삭이듯 말했다. 주위에서 어슬렁거리던 새끼 고양이조차 들리지 않을 소리였다. 하지만 현진은 그 말을 이내 알아들은 것인지 기분 좋은 웃음을 머금은 채로 연희의 손을 꽉 잡았다. 그렇게 가족이 있는 곳으로 서둘러 걸음을 옮겼다.

어둑해진 밤하늘에 노란 별들이 총총히 빛나고 있었다.

"이것 봐. 서울에서 조금만 떨어져 나와도 이렇게 빛나는 별을 볼 수 있단 말이야."

나이가 같은 석호와 연우는 술을 함께 기울이며 금세 둘도 없는 절친한 친구가 되었고, 원진과 경은은 서로 같은 고민을 가진 여자로서 할 이야기가 참 많아 보였다.

"그렇죠. 어디 서울 하늘이 하늘이랍니까."

총총히 밤하늘을 가득 채운 별들은 마치 아낙네가 한 땀 한 땀 정성스럽게 바느질한 자수 같았다.

"아무래도 이이들은 그만 일어나야 하려나 봐요."

"그러게요. 기분이 좋아지니 자꾸 하늘 이야기만 하네요."

경은과 원진이 한마디씩 덧붙이니 둥그렇게 둘러앉아 있는 공간에 훈훈한 기운이 넘실거리는 것만 같았다.

"사돈댁! 우리 이렇게 종종 모이죠. 아무리 사돈댁이라지만 저희끼리 이렇게 친하게 지내는 것도 좋을 것 같지 않습니까?"

사돈댁, 이라는 말을 입에 붙인 채로 석호는 내내 자리를 한 번 더 마련해보자며 성화를 부리는 중이었다.

"어머, 저희 이이가 혼자 자라서 사람들하고 어울리는 걸 좀 좋아해요. 그냥 그러려니 이해해주세요."

얼굴 가득 웃음을 그리고 있지만 조금 오버스러운 석호를 진정시키느라 진땀을 흘린 원진이었다. 하지만, 하루 내내 즐거웠고 또 그윽한 밤하늘 아래에서 더 즐거운 시간만 존재하고 있음을 부정할 수 없었던 그녀였다.

"아니에요. 활달하시고 보기 좋은데요."

원진이 무안할까 경은이 서둘러 말을 이어갔다. 이렇게 꼬리에 꼬리를 물고 이야기가 시작되자 현진은 옆에 앉아 있는 연희를 바라보았다. 자신의 가족이 되겠다고 한걸음 다가온 연희의 모습을 두 눈 가득 담아두고 싶은 마음뿐이었다.

"연희야."

이내 그는 그녀의 귓가에 소곤거렸다. 그 누구도 듣지 못하게, 오직 연희만 들을 수 있게 현진은 연희의 귓가에 작게 속삭였다.

"산책하러 갈까?"

제안이었고, 권유였지만 함께 걷고 싶다는 마음을 표현했다. 그 말을 오직 연희만 알아듣고 대답해준다고 느낀 그였다.

오직, 이 세상 단 한 사람 그녀만 알 수 있다고 생각했다.

"그래요."

선선한 바람처럼 연희의 음성 역시 비슷했다. 한여름을 시원하게 식혀주는 여름 바람의 청량함이 좋은 그였다.

아이들은 아이들끼리 놀며 이야기를 하는 것이 훨씬 좋다고 생각한 수나는 일부러 정식을 데리고 방으로 들어왔다. 저녁만 먹고 자리를 털고 일어선 터라 할 일이 없어진 그녀는 방 안을 서성이다 결국 정식을 데리고 방을 나오고 말았다.

"그러게 애들하고 같이 앉아서 놀면 될 것을 할 일도 없으면서 꼭……."

"……당신은 꼭 그렇게 말해야 해요?"

싸우다 정이든 사이라 그런지 무슨 일만 했다 하면 투닥거리기 일쑤였지만 그게 또 하지 않아도 서운한 감정을 불러일으킬 만큼 오래 살아온 그들이었다.

"저기 산책로 있네. 저거 한 바퀴 돌고 들어가자고."

정말 알다가도 모를 사람이라고 투덜거리는 수나를 보면서도 정식은 내내 기쁘지도 슬프지도 않은 애매한 얼굴로 걸어갈 뿐이었다.

"연희야, 아버지는 신경 쓰지마. 괜찮아."

순식간에 들려오는 말소리에 발걸음이 멈춘 건 정식뿐만이 아니었다. 수나 역시 이곳에서 아이들을 마주할 줄 몰랐다는 듯 우뚝 멈춰 서고 말았다.

"현진 씨……."

"괜찮아. 아버지는 내가 감당할 수 있어. 너는 그냥 프라하에서 우리가 어떻게, 얼마나 행복할지 그거만 생각하면 돼."

현진의 말이 괘씸하다고 생각이 될 정도로 정식은 골이 단단히 났다. 자신에게 협박하며 약속을 지키라던 아들을 이길 수 없었던 순간이 떠올라 더 마음이 틀어지려던 찰나였다.

"현진 씨, 그러는 거 아니에요. 나는요. 만일 나 같은 여자 나중에 우리 아이가 데려온다면 그럴 거라는 말 선뜻 못해요. 그래서 나도 아버님 이해할 수 있어요."

"연희야."

정식은 연희의 말을 믿지 않았다. 사람은 모름지기 자신에게 상처 준 말을 잊지 못한다. 그리고 만일 그 순간을 잊었다면, 같은 상황에 처했기 때문이다.

"하지만."

청량한 음성을 토해내는 아이가 자신의 앞에 있는 기분이었다. 그는 문득 곁에 서 있는 수나를 한 번 바라보며 하늘을 올려다봤다. 애써 듣지 않고 있다는 듯 그렇게.

"하지만, 현진 씨. 나는 이해하지만 아파요. 그럼에도 나는 다가갈 거고, 현진 씨와 함께 가족의 손을 마주 잡을 거예요. 나는 그래서 조금씩 다가갈 거예요. 그러니까 이번에는 현진 씨가 걱정하지 말아요."

더 노력하겠다는 말을 하며 제 앞에 꼿꼿이 앉아 있던 아이가 문득 눈에 선하게 보였다.

"나는 오히려 아버님이 이렇게 해주셔서 좋아요. 어머님도,

현진 씨 누님도 나를 이해해주셨잖아요. 그건 현진 씨 누님이 나와 비슷했기에 가능했던 일이라는 거 알아요. 그러니까 아버님이 그러셔도 괜찮아요."

처음 마주했던 날, 사람은 괜찮다던 자신의 판단은 옳았다는 걸 다시 한 번 확인할 수 있었다.

"가지."

아이의 진심을 다시 확인한 그는 수나를 향해 더 이상 말을 하지 않고 걸어온 길을 돌아갔다.

"돌아가게요?"

고운 아이라던 수나의 말이 틀리지 않음을 알고 있었다. 기대를 많이 하고 있던 아들이었던 만큼 며느리 역시 아들과 별반 다르지 않은 근사한 아이를 기대했던 정식이었다. 그런 그의 마음이 풀어지는 시간은 정식의 기대감에 부응하듯 더딜 수밖에 없었다.

저벅저벅, 아무 말 없이 그는 녹음이 우거진 산책로를 벗어났다. 그 뒤로 걸음을 재촉하는 수나만이 있을 뿐이었다.

※

어느 날, 다가온 인연으로 인해 다시 행복할 수 있을 수 있음을 믿는 날이 존재했다. 그 행운 같은 인연으로 인해 지금 이 순간 더없이 사랑스러운 날들이 펼쳐지고 있음에 감사할 수 있게 되었다.

바로, 지금처럼.

"어머님."

회사에 중요한 행사라며 꼭 나오라고 자신을 부른 수나의 손에 이끌려 연희는 아침부터 인형 신세를 면하지 못하고 있었다.

"어머, 며느님이 너무 고우세요. 오늘은 자선 모임이니 가볍게 메이크업하고 활동적인 옷으로 입으시면 정말 잘 어울리실 거예요."

"엄마, 이제 며느리 생겼다고 너무 신나신 거 아니야?"

아웃도어 스타일로 가져온 옷들을 고르던 수나는 원진의 말에 개의치 않으며 거울을 보며 앉아 있는 연희를 보고 말을 꺼냈다.

"아가, 좋아하는 색이 어떤 거니?"

"음, 날도 더우니까 화사한 게 더 낫지 않을까요? 어머님이 골라주시는 걸로 할게요."

전에 현진과 비슷한 분위기의 샵에 들어갔던 기억이 있지만 이곳은 조금 더 커보였다. 연희는 가만히 앉아 메이크업이 끝나기만을 기다렸다.

"난 그냥 이렇게 입고 가야겠어. 참, 연희 씨는 오늘 자선모임 가서 뭐 받아낼 거야?"

원진의 말에 연희가 영문을 모른 채로 두 눈을 동그랗게 떴다. 그녀는 도무지 원진이 무슨 말을 하는지 이해할 수가 없었다.

"뭐야, 현진이가 말 안 해줬어? 오늘 자선모임이 어떤 모임인지?"

"네?"

바보같이 반문하는 자신이 눈에 선했지만 연희는 묻지 않을 수 없었다. 그냥 어머님이 가시는 봉사활동이라고만 생각했던 연희였기에 원진의 반응은 그녀에게 조금 이상하게 다가올 수밖에 없었다.

"오늘 모임은 그냥 돈 쓰러 가는 모임이라고 생각해. 뭐랄까……. 음, 그래! 돈 많은 사모님들이 자랑하고 싶어하는 날이기도 하고. 거기에 연희 씨를 데려가는 건 말 많은 사모들한테 도장을 쾅쾅 찍겠다는 엄마의 강력한 의지랄까?"

"도장……이요?"

"한성호텔 서정식 회장의 하나밖에 없는 며느리라는 도장. 그 누구도 함부로 했다간 가만히 두지 않겠다는 무언의 협박 정도? 괜찮아, 어차피 이 동네에서는 으레 하는 일인데 뭐. 그냥 가서 가지고 싶은 거 있으면 사진 찍어서 현진이한테 사달라고 그래."

오늘 가는 모임이 호텔업계 사모님들의 모임이라는 것도 몰랐던 연희는 당황할 수밖에 없었다. 그저 좋은 일에 함께 시간을 보내며 즐겁게 이야기를 하다가 들어갈 생각이었는데 어쩐지 두려운 마음도 일었다.

어쩌면 자신이 가장 두려워했던 이야기를 듣게 되지 않을까 싶었다. 과거가 있는 여자를 들였다는 말을 듣게 하고 싶지 않았지만 수나도, 그리고 원진도 개의치 않는 모습에 연희는 가만히 앉아서 그들이 움직이는 모습을 바라보고 있을 뿐이었다.

한 조각 들추면 다들 아픈 추억들이 존재할 것이 분명함에도 사람들은 타인에게 늘 잔인했다. 본인에게 한없이 너그러우면서 타인에게는 지나치리만치 엄격한 기준을 적용했다.

"어머, 이 아가씨가……. 그 아가씨인가 봐요. 생긴 건 예쁘게 생겼네요."

"어디 생긴 것만 예쁜가요. 도 여사님 따님은 요즘 들어왔다면서요. 아드님을 그렇게 싫어한다고 소문이 파다하더라구요."

수나의 말에 시연의 얼굴이 붉어지며 간신히 입가에 미소를 걸치고 있는 모습을 보이고 있었다.

"아드님에게도 좀 잘해주세요. 어디 이래서 소문 감당하실 수 있겠어요? 이미 파다하지만……."

가시 돋친 말에 곁에서 연희를 향해 한마디씩 하려던 여자들이 모두 돌아서는 모습을 보고 원진이 웃음을 터트리고 말았다.

"서원진."

수나의 입에서 원진의 이름이 나오기 전까지 그녀는 배를 잡고 웃을 정도로 지금 이 상황을 누구보다 재미있어하고 있었다.

"왜? 재미있지 않아? 난 너무 재미있는데……. 알았어. 잠자코 요조숙녀 코스프레하고 있을게. 어차피 다들 아닌 거 알면서 너무 내숭이란 말이지."

"아가, 여기서 가지고 싶은 거 있으면 현진이 녀석한테 사달라고 하렴. 오늘은 그 녀석이 두말하지 않고 사줄 거란다."

공식적으로 고가의 물건을 요구할 수 있는 날이라는 말을 한마디 덧붙이는 것으로 수나의 설명이 끝남과 동시에 빛나는 눈빛을 받은 연희였다.

"아, 전⋯⋯. 저거요."

아무 생각 없이 손가락을 들어 가리킨 건 유명 회사의 가방이었다. 인기가 많아 이번 년도 컬렉션으로 나와 국내에도 몇 점 들어오지 않았다던 가방이었지만 연희가 그 사실을 알고 있을 리 없다는 건 수나도, 원진도 마찬가지였다.

다만, 현진의 반응이 보고 싶을 뿐이었다. 더불어 레드와인 빛의 고운 저 가방을 탐내던 시연을 이겼으면 좋겠다는 마음도 한 몫 차지했다.

"그러니? 어서 현진이한테 말해보렴."

짐짓, 수나는 모르는 척 아들에게 전화할 것을 종용하고 나섰지만 문제는 다른 곳에서 터져나왔다.

소리 없이 사진을 찍어 예비시어머니의 말을 착실히 따르던 연희는 현진에게 문자를 보낼 수 없어 오빠인 연우에게 사진을 문자로 보내려 했었다. 하지만 그 순간 연희를 툭 치며 말을 걸어온 원진으로 인해 그녀는 버튼 하나를 잘못 누르고 말았다.

"현진이한테 보낸 거야? 뭐라고 그래?"

핸드폰에 떨어진 연희의 시선에는 놀라움과 당혹감이 동시에 스쳐 지나갔다.

"저⋯⋯. 이거⋯⋯. 현진 씨 번호가 아니죠?"

결국 입에서 튀어나온 말은 무척이나 바보스럽다고 여겨질 정도였다.

"뜨아!"

원진에 입에서 이상한 비명소리와 함께 웃음이 터져나오자 수나의 미간은 찌푸려질 수밖에 없었다. 보는 눈이 이렇게 많은 곳에서 난데없는 딸아이의 폭소가 반가울 리 없는 그녀였다. 수나는 서둘러 연희가 내민 핸드폰을 확인하고 나서야 원인을 알게 되었지만 원진을 혼낼 수 없었다.

그녀 역시 웃을 수밖에 없었기 때문에 수나는 당황한 연희를 바라보며 살풋이 웃음 짓는 것으로 해프닝을 마무리했다.

오빠, 나 이거 보낸 거 신경 쓰지마.
그냥 어머님하고 자선모임 왔는데
어머님이 보내라고 하셔서 보낸 거야.
근데, 이거 그렇게 비싼 거야? 예쁘던데……

수신 : 시아버님

하지만 정작 문자를 보낸 당사자인 연희는 해프닝일 수가 없었다. 잘못 보낼 사람이 없어서 시아버지라니 아차, 싶었다. 하지만 그렇다고 통신사에 전화해서 취소할 수도 없는 노릇이었기에 연희는 발만 동동 구를 뿐 아무것도 할 수 없었다.

자신이 마음에 차지 않다고 말하던 분이 바로 시아버님이 아니셨던가. 그런 분에게 실수까지 했으니 이제 두 배로 더 노력해도 모자라겠구나 싶은 마음뿐이었다.

결국 연희는 축 늘어진 마음을 추스를 생각도 못하고 수나가 있는 곳으로 걸음을 옮겼다.

원진은 붉은 플랫슈즈, 시어머니는 검은 밍크 목도리를 샀고, 마지막으로 연희가 손으로 가리켰던 가방이 나왔다.

득의양양한 표정으로 앉아서 자신을 노려보던 사모님이 있었다. 하지만, 그런 것을 신경 쓰기에 지금 연희는 시아버지에게 보낸 문자가 계속 거슬렸다. 이런 실수를 하다니, 정말 바보 같다고 생각할 수밖에 없었다.

"올해 컬렉션으로 나온 이 미듐백은 한성호텔의 서 회장님께서 사셨습니다. 예비며느님에게 선물이라고 전하라고 해주셨습니다."

"아니, 여긴 경매장이지 선물 증정식장이 아니지 않아? 진행을 하려거든 제대로……."

눈에 독기가 서린 사모님이 자리를 박차고 일어서도 눈 하나 깜짝하지 않고 직원은 웃는 얼굴로 말을 이어나갔다.

"진행 제대로 하고 있습니다. 서 회장님께서 오늘 이곳에서 나오실 수 있는 최고가를 불렀습니다. 그 이상 적어내신 분이 계시지 않아 저희는 서 회장님에게 물건을 건넨 겁니다."

연희는 지금 벌어진 이 소요가 그저 당혹스러울 뿐이었다. 관례대로 했다는 말을 하는 이에게 사나운 사모님은 더 이상 무어라 말할 수 없었던 모양이었다.

"그만 자리는 파하는 게 좋겠군요. 이미 물건은 다 나온 거 아니던가요?"

수나가 나서서 자리를 정리하자 홀에 모여 있던 사람들은 자리를 정리하고 하나 둘 나가기 시작했다. 연희는 수나의 뒤를 쫓아 걸음을 옮겼다.

"하여간 한성호텔의 그 고고하신 회장님이 어째서 저런 며느리를 얻었는지 모르겠다니까……."

여간해서 다른 사람에 대한 뒷말을 잘하지 않았던 원진의 입에서 불평이 터져나왔다.

"그 집에서 가장 성품이 좋고 괜찮다고 볼만한 사람들이 그 아들과 그 여자라니 아이러니하지 않아?"

"예?"

원진의 말 중 절반만 알아들은 연희는 반문하며 그녀를 바라보고 있었다.

"원래 저 집이 소문이 많은 집이거든. 근데 뭐, 저 집 실세도 곧 바뀔 모양이야. 성화그룹에 있는 단 두 명뿐인 손녀 중 한 명하고 저 집 아들하고 결혼하려나 봐."

세상일이 그럼 그렇지, 라고 덧붙이는 원진의 말을 듣던 수나가 입을 열고 나서야 원진이 조용해졌다.

"어차피 남의 집 이야기 그만 얘기하자. 그것보다 이 양반이 아가가 마음에 들었나보다. 저 가방을 사주시고 아가 아버지 걱정은 하지 않아도 될 모양이다."

다른 사람은 몰라도 수나는 알고 있었다. 여행을 갔다 오던 날부터 정식의 마음이 조금씩 봄 햇빛에 눈 녹듯 사라지고 있었음을 말이다.

"저건 그동안 네가 마음 쓰였던 만큼의 선물이라고 생각하고 가져가렴. 내 저건 사돈댁으로 보내라고 일러두마."

"어머님, 그래도 저건 제가 받기가……."

마음만 받겠다고 말하려던 연희였다. 그녀의 성격상 시부모님이 되실 분이 무언가 준다고 덥석 받기 힘들었다.

"아가, 이럴 때는 그냥 받아가도 괜찮아. 나는 너희 결혼시키고 나면 현진이 녀석더러 더 비싼 거 달라고 할 텐데 뭐가 문제니."

결국 연희는 시어머니의 고집을 이기지 못했다.

느지막이 일어나서 머그잔에 커피를 들고 거실에 나온 연희는 두 볼에 닿는 느낌이 싫어 머리카락도 하나로 질끈 묶어버린 채로 있었다.

오랜만에 현진도 아침부터 바쁘다고 했고, 체코어 과외를 해주던 선생님의 개인적인 사정으로 오늘 하루 공부도 쉬게 생겼다. 거실에 나와 앞마당을 바라보며 커피를 홀짝거리던 연희는 오랜만에 가지게 된 여유에 기분이 느슨히 풀리는 느낌이었다.

딩동.

거실을 가득 울리는 벨소리에 연희는 머그잔을 내려놓고 현관으로 총총히 걸어나갔다.

"누구세요?"

나오면서 물었지만, 올 사람이 한정되어 있던 터라 연희는 상대방의 대답도 듣지 않고 문을 열었다.

그리고 눈앞에 보이는 사람의 얼굴에 연희는 다시 문을 닫고 등을 돌렸다.

이렇게 편안하게 있을 때 본 적도 있지만 그래도 그녀는 뜻밖의 모습을 현진에게 보이고 싶지 않았다.

"나 여기 계속 둘 거야?"

현진의 다정한 음성도 지금 연희에게는 얄미워 보일 지경이었으니 그녀는 말도 못하고 그대로 서서 발만 구르고 있는 셈이었다.

"오늘 온다는 말…… 없었잖아요."

"말 안 하고 와야 서프라이즈를 할 수 있으니까 그랬지. 나 별로 안 반가워?"

온종일 바쁠 거라고 말했던 사람이 온 건 분명 반가웠지만 지금 이 상황은 전혀 반갑지 않았다. 편안한 셔츠에 바지를 입고 머리는 질끈 묶은 채로 늘어져서 있는 모습을 그가 보고 행여 웃지는 않을까 걱정스러웠다.

그를 밖에 세워 둘 수 없는 노릇이라 연희는 결국 문을 열고 빼꼼히 그를 올려다봤다.

"가기 전에 엄청 바쁘다더니……."

"그래도 이연희 만날 시간은 있지."

손발이 오글거리는 말도 잘하는 사람이 되어 제 앞에 서 있는 현진이었다. 그녀는 그를 보다 결국 웃음을 터트리며 문을 활짝 열었다.

"실은 이거 주려고 왔어."

예쁘게 포장된 선물상자를 보던 연희의 눈에는 의아함이 가득했다. 그런 연희의 손을 덥석 잡은 현진이 걸음을 성큼성큼 옮겨 집 안으로 향했다.

화려하게 포장된 상자를 바라보다가 끈을 풀고 상자를 여니 연희는 그제야 그가 가지고 온 것이 무엇인지 알 수 있었다.

"이걸 뭐하러 가져왔어요. 나는 괜찮다고 말했는데……."

"아버지가 사셨다면서, 받아. 정 뭐하면 내가 다른 때 이만한 가치로 다시 돌려드리면 돼."

연희는 자신에게 어울리지 않은 옷을 입는 기분이었다. 그날 금액을 말하지 않았지만 고가의 가방이라는 건 어렵지 않게 추측할 수 있었다. 그런 것들을 쉽게 살 수 있는 시댁이라는 걸 모르지 않았지만 두 눈으로 확인하고 나니 느껴지는 걸 어떻게 할 수 없는 노릇이었다.

"연희야?"

현진은 그냥 평범했고, 이런 배경을 가졌을 것이라 상상할 수 없었다. 그녀에게 그는 평범해서 더 좋은 사람이었다.

"아니에요. 그냥, 현진 씨가 주는 선물이라고 생각할게요. 그게 나을 것 같아요."

아직 시아버지에게 받은 선물이 부담스러웠던 연희였다.

"그래. 그러자."

찬란하게 부서지는 햇살만큼 둘의 마음도, 기분도 따사로운 봄이었다.

새언니의 소개로 명성백화점 명품관 계약직 직원으로 들어갈 수 있게 된 지은은 제 허영심을 가득 채워 줄 수 있는 것들이 가득한 걸 매일 마주하는 이 직업이 좋았다.

전에 있던 학원에서 잡무를 보던 것보다 월급도 더 많았고, 어디 가서 명성백화점 직원이라고 말하면 더 좋은 남자도 많이 붙을 것만 같았다.

오늘은 교육을 무사히 마치고 1층에 배치를 받는 날이었다. 그중에서 어디로 갈지 아직 몰랐다. 먼저 1층 화장품코너에서 기다리고 있으라는 과장의 말에 지은은 서둘러 내려갔다.

"경진 씨, 오늘 미안해서 어떻게 해?"

"정 미안하면 남자친구 출장 간 사이에 나랑 많이 놀아줘. 맛있는 것도 사주고."

익숙한 목소리였다. 이런 곳에서 마주칠 리 없는 사람이라 지은은 아닐 거라고 생각했다. 그리고 저 멀리서 과장이 빠른 걸음으로 제게 오는 모습이 보였다. 지은은 자신을 기다리게 한 것이 미안해서 서둘러 온다고 생각했었다.

그렇게 생각했는데 과장은 저를 본체만체하고 지나쳤다. 지은은 무시당했다는 짜증과 함께 미묘한 기분을 느끼며 과장이 서 있는 방향으로 고개를 홱 돌렸다.

"오셨으면 매니저를 먼저 부르시지 그러셨습니까."

과장의 존대를 받는 이가 바로 제 오빠의 전처였다. 지은은 이런 당혹스러운 마주침에 어떻게 해야 할지 몰랐다. 왜 저런 대접을 받고 서 있는 것인지 그녀는 알 수 없었다.

"괜찮아요. 선물 사야 해서, 그래서 왔는데……. 어머님께서 물건 하나만 찾아달라 말씀하셔서요. 혹시 저희 어머님이……."

"아, 지금 바로 담당하는 쪽 매니저 부르겠습니다. 현지은 씨, 올라가서 윤나영 매니저 얼른 내려오라 하세요."

저를 부르는 과장이 너무 싫었다. 게다가 저 여자에게 있어서 자신은 항상 공주였었다. 그런 대접을 받아야만 하는 사람이었다. 한데, 이렇게 뒤바뀐 처지에 지은은 오늘따라 제게 더 나은 직장을 권했던 지금의 새언니까지 싫어지려 하고 있었다.

"현지은 씨."

"네? 네."

지은은 서둘러 자리를 벗어났다. 저를 마주쳤음에도 아무런 말도, 인사도 하지 않은 연희의 모습에 더욱 짜증 나는 제 마음을 다스리려 노력하며 말이다.

"그럼, 저는 친구가 있어서 좀 둘러보고 있을게요."

아직, 너무 어색했다. 매장에서 직원이 손님에게 물건을 팔기 위해 서비스 정신을 발휘하는 것까지는 좋지만, 이건 제게 너무 과했다.

"가서 하실 일하세요. 저는 물건만 찾아가면 되는 걸요."

연희는 그렇게 이 어색한 상황을 벗어나려 노력했다.

"연희 씨, 남자친구 부자야? 연희 씨네 집이 부자야?"

경진의 호기심 어린 시선에는 악의가 없었다. 그저 궁금증만이 가득할 뿐이었다.

"그냥, 어머님을 잘 아시나 봐요."

그게 아니었지만, 연희는 자세히 말해주고 싶지는 않았다. 그냥, 이연희이고 싶었다. 경진은 참 좋은 친구이며 참 좋은 사람이기도 했었다.

제 인생에 서현진이라는 좋은 남자가 들어온 것처럼.

경진은 동갑내기인 좋은 친구였다. 가끔 이렇게 선물 사는 일에 같이 다니고, 남자친구 없이 여자들끼리 만나는 그런 좋은 관계였다.

그렇게 시작된 쇼핑은 예상 외로 시간이 길어졌다. 그저 좋은 선물 하나 고르려던 그녀였다. 하지만, 예쁘게 포장된 넥타이핀을 받아 들고 나니 벌써 시간이 2시간이나 지나있었다. 연희는 경진과 헤어지며 꼭 이번 주말에 같이 저녁 먹자는 약속을 하고 어머님이 챙겨오라는 물건을 맡겨놓았다던 데스크로 다가갔다.

"한성호텔……."

말을 다 하기도 전에 직원이 봉투를 건넸다.

"여기 있습니다."

"수고하세요."

내일이면 당분간 한국에 없을 그, 그리고 이렇게 놀랍도록 그가 있는 삶에 익숙해진 자신이 지금 현재를 살아가는 중이었다.

연희는 이제 더는 낯설지 않은 그의 집을 향해 걸음을 옮겼다.

수나는 황당한 기분을 가라앉혀보려고 부지런히 애쓰는 중이었다. 제 옆에서는 내내 미안했던지 고개를 들지 못하는 며느리가 있었다.

아직 완벽히 제 식구가 된 아이가 아니었지만, 조만간 될 아이니 안이며 밖으로 종종 데리고 다니며 며느리가 될 아이라고 말하고 다녔고 다닐 터였다.

그녀는 전화기를 들어 명성백화점 담당자를 찾았다.

"나 김수나입니다. 우리 아이가 나 대신 지난번에 부탁했던 물건을 찾아왔는데…… 물에 젖어 있더군요. 소재가 물에 젖으면 안 되는 실크인데 말이지요. 물건은 돌려보냈으니 어찌 된 일인지 알아보고 연락 주세요."

그녀는 제 말만 하고 수화기를 내려놓았다. 미안한 마음에 저를 바로 보지 못하는 연희였지만, 동시에 걱정스럽기도 한 그녀였다. 조금 더 단단해도 될 일이었다. 이까짓 일 얼마든지 의연하게 넘길 수 있는 배포를 가지게 만들고 싶었다.

더불어, 그 누구도 제 식구를 무시하지 못하게 하고 싶었다. 수나는 연희의 손에 제 손을 얹었다. 수나의 음성이 연희에게 닿았다.

"아가, 네가 미안할 일이 아니다. 이런 일이 생겼다면 저쪽 담당하는 사람들에게 일이 어떻게 된 것인지 알아보라 먼저 이야기를 하고. 문제가 있다면 밝히고, 해결하면 될 일이야. 고작 옷 한 벌에 이 난리가 내 마음에 들지 않다만."

수나는 제 생각을 연희에게 보였다. 연희의 고운 손 위에 얹은 제 손에 힘이 실렸다.

"누군가가 내 식구라고 말한 네게 장난을 치려 했으니 알아내야겠구나. 이런 유치한 장난을 친 사람이 누구인지 말이다."

조금 더 제 식구로서의 자신감을 가져도 괜찮다고 수나는 그렇게 말하는 것이었다.

"그래도, 어머님이 처음으로 부탁하셨는데 이렇게 되어서 죄송해요."

"괜찮아. 이제 우리는 저이들이 얼마만큼 일을 잘하나 두고 보자."

수나는 제 얼굴에 웃음을 그리며 연희를 향해 장난스런 미소를 보였다. 한성호텔 안주인을 무시한 대가가 얼마나 큰지 보여줄 참이었다. 그리고 이 고운 아이를 무시한 대가가 얼마나 큰지 보여줄 것이었다.

지금 저희 집에 연희를 들이는 일로 소문이 무성하다는 것을 잘 알고 있었다. 이미 예상한 일이었다. 그래서, 이 아이는 저희 집 식구라고 그렇게 보여주고 다녔던 것이었는데…….

자신보다 약자라고 생각하는 이들에게 언제나 위에 서고 싶은 사람들이 있는 법이었다. 그런 어리석은 사람들을 향해 다시 한번 알려줘야겠다고 생각한 수나였다.

덜덜 떨리는 손을 움직여 지은은 옷을 서둘러 갈아입으려 노력하는 중이었다. 직원탈의실에 들어서던 그때까지만 해도 그녀의 기분은 최고였다. 제가 즐겨 쓰던 회사의 화장품을 담당하게 되어 기쁘기도 했었다.

　화장품 하나에 몇 십만 원이나 하는 곳이었지만, 지은은 제 형편에 맞지도 않게 그런 화장품들을 즐겨 썼었다.

　"그래서?"

　옷은 갈아입지도 않고 이야기하기 바쁜 다른 여직원들의 대화에 귀를 기울이며 지은은 정말 서둘러 옷을 갈아입었다.

　"그래서긴 뭐. 한성의 그 좋으신 사모님이 담당자한테 어떻게 된 일인지 알아보라고 요구하셨다잖아. 아마, 그게 다 그 예비며느리라던 여자 무시해서 벌어진 일이라고 생각하셔서 그런 것 같아."

　지은은 라커룸에 옷을 대충 넣고서 가방을 챙겨 직원들 근처에 잠시 자리를 잡았다.

　"근데 정말 그런 여자를 한성호텔 며느리로 받아들이신 거래? 아무리 아들이 좋아한다고 그래도 나라면 싫을 것 같아."

　"그런 것 같던데? 며느리 될 사람이라고 여기저기에 소문 파다해."

　지은은 사람들의 소리에 가방을 꽉 움켜쥐고 서둘러 인사를 건넸다. 어서 이 자리를 떠나고 싶었다. 그날 소개팅이 있던 날에 마주쳤던 잘생긴 남자가 심지어 호텔 주인의 아들이라니 지은의 못난 마음씨가 가라앉지 못했다.

　"저……, 저 먼저 가보겠습니다. 내일 뵈어요."

　지은은 종종걸음 치며 탈의실에서 벗어나고 있었다. 그녀는 손을 들어 자신의 가방을 꽉 잡아 쥐었다. 어깨에 멘 가방의 무게에 자신의 손 무게가 더해져 어깨가 아려왔지만 그녀는 그런 생각을 할 경황이 없었다.

"어떻게 그런 남자를 만난 거야?"

혼잣말 아닌 혼잣말이었다.

어린아이 같은 질투심에 지은은 프런트에 맡겨 있다던 옷을 발견하고 슬쩍 물을 부었다. 그건, 그냥 제가 느낀 무시를 풀기 위해 한 장난 정도였다. 그것도 예전 새언니였던 이에게 했던 것이니 별문제 없이 넘어갈 거라고 생각했다.

그런데, 어찌된 일인지 두 시간 전쯤 매니저들의 얼굴이 사색이 되어 옷을 가지고 있던 직원 하나를 붙들고 나갔던 것을 목격했다.

지은은 놀란 마음을 추스르기도 전에 제 월급보다도 더 비싼 옷을 변상해줘야 할지도 모른다는 불안감에 시달렸었다.

자신이 의심받을 일은 없었지만 그럼에도 지은의 마음은 좀처럼 수그러들지 못하고 있었다.

놀란 마음보다 더 놀란 것은 대한민국에서 최고라는 한성호텔의 며느리가 될 거라는 전 새언니였다. 겨우 쓰린 마음을 붙잡았더니, 이제는 제 속을 더 쓰리게 만드는 사실에 지은의 표정은 구겨질 대로 구겨져버렸다.

아직도 철이 덜 들고, 허영심이 많은 시누이를 명성백화점에 들어갈 수 있도록 돕고 다래는 휴직계를 냈다. 명성백화점에 취직할 수 있게 도와줘서였는지, 시누이는 저를 도와주려 노력하는 것처럼 보였다.

적어도 당분간은 그 상태가 유지될 테니 다래는 그것이면 족하다고 생각했다. 휴직계를 낸 것은 아이를 건강하게 낳아 행복한 가정을 만들기 위해서였다. 매니저까지 된 직장이 아까웠지만, 아예 사표를 내고 안 돌아갈 것은 아니었으니 괜찮았다.

"오늘은 뭘 좀 만들어볼까?"

직장을 쉬며 생긴 버릇 중에 하나는 이것이었다. 아이를 향해 말을 거는 일, 그리고 아이가 제게 답을 하기라도 하는 양 행동하는 일이었다. 다래는 오늘따라 유달리 덥게 느껴지는 날씨만큼, 시원한 오이냉국을 만들어 봐야겠다며 몸을 움직였다. 그건, 제가 먹고 싶어진 음식이기도 했다.

연희의 마지막 인사를 건네받았던 그 순간, 다래는 한걸음 움직여 자신이 무엇을 해야 하는지 알아가는 중이었다.

그렇게 깨달았다는 것이 아팠지만, 어쨌든 지금 알아차린 사실에 다래는 그마저 괜찮다고 말하는 중이었다.

아이라는 존재가 저를 찾아왔어도 그저 그랬나보다, 기쁘다, 라는 감정뿐이었다. 하지만, 지금 다래는 그때보다도 더 마음 그득하게 따뜻한 기운으로 넘쳤다.

가족은 그렇게 불쑥 나타나기도 하지만, 사랑스러운 날들을 선사해준다는 것을 그녀는 지금 알게 되어 다행이라 생각했다.

손에 만져지는 금속의 촉감이 싫지만은 않았다. 현진은 그것마저 연희라서 좋은 것이라는 걸 알고 있었다. 엊저녁 제 손에 살짝

놓고 간 차가운 금속의 촉감에 의아했었다. 연희가 제게 무엇인가를 주는 것은 처음이었으니 무엇일까 했던 궁금한 마음이 먼저이기도 했었다.

"그렇게 좋아서 어쩐다냐……."

친구의 말에 현진은 쓰게 웃었다.

"왜? 부럽냐?"

명우가 저를 이상하다는 듯이 바라보는 것을 알면서도 현진은 개의치 않았다. 명우의 머릿속에 있을 자신의 모습은 결코 그런 것이 아니니 그의 눈에 이상하게 비치는 것도 당연했다.

"너 게스트하우스는?"

다시금 현실적인 문제들을 이야기하는 명우의 음성에 현진은 내내 붙잡고 있던 넥타이핀을 주머니에 넣으며 걸음을 옮겼다.

"올가가 처리하고 있고, 알바 쓰고 있어서 그럭저럭 버틸만 해."

"그러다가 게스트하우스 운영 지출 장난 아닌 거 아니야?"

명우의 걱정에 걸맞게 이번 달 게스트하우스 예상 지출은 상당했다. 올가의 불만 역시 하늘에 달하는 중이었다. 사장더러 예쁜 사모님 데려오라고 보냈더니 돌아올 생각을 안 한다며 올가는 저를 열심히 구박했다.

"괜찮아. 마젠느가 더 중요해. 공사가 얼마만큼 진행되었다고?"

"50% 정도. 그런데, 진짜 오픈 전까지 비밀이야? 진짜 아버님은 이 호텔 이름도 모른다고?"

"별로 알리고 싶지도 않고, 이래저래 방장사하는 건 똑같으니까. 결혼하는 것만 아니었다면. 연희를 데려오려고 하는 일에 방해가 되지 않을 정도만 말했을 뿐이야. 다른 건 아실 수가 없을 거다."

현진은 그런 친구의 진심 어린 걱정을 조용히 넘겼다. 왜 걱정하는지도 알고, 이런 좋은 일을 알리는 것도 좋은 일이라는 걸 알지만 아직 완전히 부모님과 분리시켜 생각하지 않은 사회가 싫었던 그였다.

그랬기에 알리지 않은 것이었다.

그런 시선 따위를 신경 쓰고 살았다면 만나지 못했을 여자가 아직 서울에 있었다. 현진은 보름간 열심히 일하고 다시 연희에게 갈 날을 기다리는 사람이 되어가고 있었다.

서현진은 그렇게 점점 이연희에게 빠져가는 중이었다.

처음보다 더 아름다워진 이연희에게…….

처음보다 더 마음이 단단해진 이연희에게…….

서현진이 욕심난다고 말하던 이연희에게…….

그는 더욱 반해가는 중이었다.

진상 중에 진상들을 마주할 수 있는 곳이 백화점이었다. 그것도 돈 좀 있는 사모님들이 그러리라고는 상상하지 못했던 지은이었다.

지은의 머릿속 사모님들은 우아했고, 돈을 쓰는데 망설임이 없는 사람들이었다. 그래서 지은 역시 그런 사모님 소리를 듣기를 간절히 바랐다. 한데, 백화점 명품관에서 일을 시작하고 보니, 진상도 이런 진상이 없었다.

"내가 누구인 줄 알고 이따위야?"

오늘 하루가 왜 이렇게 시작하는 줄 모르겠다며, 지은은 재수 없다고 속으로 몇 번이고 말하는 중이었다.

"어머, 사모님. 아직 지은 씨가 교육기간이 덜 끝나서 이해해주세요. 이리 오셔서 잠시 쉬세요."

재빨리 대처하는 매니저의 모습에 지은은 속으로 혀를 찼다. 아무리 손님이 왕이라지만, 너무 저자세인 것만 같아 마음에 들지 않았다.

"지은 씨, 나 따라와요."

서둘러 그 재수 없는 사모를 모시던 매니저가 자신을 향해 조용히 말을 하자 지은은 가기 싫었다.

어쩐지 자신을 나무랄 것만 같은 매니저의 고압적인 태도가 마음에 걸렸다. 앞서 걷는 매니저를 따라, 직원휴게실로 들어선 지은은 제 예상이 맞았음을 금세 알 수 있었다.

"현지은 씨, 지금 나랑 뭐하자는 거야?"

"네? 매니저님도 보셨다시피 잘못한 게……."

없다고, 지은은 그렇게 말을 채 마치지도 못했다.

"현지은 씨, 지금 나랑 장난해요? 사모님이 아무리 무리한 부탁을 했다고 그런 표정이 말이나 돼요?"

"제가 뭘 어쨌다고……."

"사모님께 정중하게 설명하면서 웃으면 될 일을 지금 손님 못

오시게 하려고 작정했어요?"

왜 자신을 나무라는지 아직도 이해하지 못하는 지은에게 이런 말은 그저 한낱 지나가는 소리에 불과했다.

"지은 씨, 이제 막 시작한 직장 생활 어렵게 하고 싶은 거 아니면 선배들이 하는 모습 보고 잘 따라 해요."

"네⋯⋯."

지난번 제가 했었던 전 새언니가 가져간 옷에 뿌린 뜨거운 물 때문에 과장에게 깨졌다던 매니저들은 이번 달에 유달리 날카로웠다. 아직 제가 한 줄 아무도 모르니 달리 처벌을 받을 사람이 없어서 문제라는 것을 들었다.

이 소문을 듣고 가장 먼저 안심한 것은 지은이었다. 하지만, 그것도 잠시뿐 지은은 이내 제가 한 짓들과 소문들을 잊어버렸다. 그저 까칠한 매니저가 짜증 났을 뿐이었다.

현지은은 아직도 허름한 신데렐라에게 왕자님이 나타날 거라는 헛된 믿음을 가진 여자였다. 저 자신이 신데렐라라고 믿으며 말이다.

그렇게 먼저 직원휴게실을 나선 매니저의 뒷모습을 보면서 지은은 입술을 삐죽이고 있을 뿐이었다.

수없이 많은 사람 사이에 둘러싸인 지은은 어찌할 바를 몰랐다.

"현지은 씨!"

버럭 소리를 드높이는 매니저와 과장의 서늘한 눈초리가 그녀의 마음을 덜컹거리게 만들었다.

"네…… 네?"

"지금 현지은 씨 어떤 상황인지 이해가 안 돼요?"

매니저의 말에 지은은 그저 얼떨떨한 기분이었다.

"하지만, 별다른 문제없다고 알고 있었……."

"지금 우리랑 장난해요? 사모님께서 별다른 증거가 없으니 넘어가라고 했지만 수습기간 중인 사원이 개인적인 감정으로 고객의 물건을 훼손하는 일이 우리 백화점에서 일어났는데도 그냥 넘어갈 거라고 생각했어요?"

제가 그날 데스크에 들렀다는 사실이 들통 나고 말았다. 지은은 정말이지 이런 상황을 가져온 자신보다도 새언니였던 연희가 가증스러웠다.

"만일 사모님이 이 일을 가지고 우리 백화점의 서비스에 대해 문제라도 삼는다면 어쩌려고 그랬어요? 현지은 씨가 감당할 수 있다고 생각해요?"

지은은 무엇인가 상당히 어그러지는 느낌을 받았다.

"허……. 뭘 잘못했는지도 모르는 사람을 데리고 뭣하자는 건지. 앞으로 두 번 다시 이런 일이 생긴다면 절대 이 정도로 안 넘어갑니다. 현지은 씨가 훼손한 옷이 얼마짜리인 줄 알아요?"

내내 지은을 붙들고 말하던 과장도 일순 짜증이 솟아났던지 회의실 문을 쾅 닫고 밖으로 나가버렸다.

오롯이 혼자가 된 지은은 지금 이 순간이 지나가는 것에 대해 다행이다고 느낄 뿐이었다. 여전히 덜 자란 어린아이 같은 마음이 그녀의 안에서 떨어지지 않고 있었다.

명동에 위치한 패밀리레스토랑에 온 경진과 연희였다. 12월 초에 치르자던 결혼식이 그의 강력한 반발에 11월 초로 당겨졌기에 해야 할 일이 제법 있었다. 하지만, 정말 이상하게도 그녀가 할 일은 많지 않았다.

그녀는 그저 어머님이 어딘가로 가자고 말하면 동행해서 원하는 것들을 고르면 될 뿐이었다. 연희는 이런 것에 익숙한 사람이 아니었다.

"그래서? 연희 씨는 좋겠다. 그런 시어머니라서……."

"에? 경진 씨는 왜 그렇게 생각해요?"

동의는 하지만 문득 이런 공감할 수 없는 삶을 산 시어머니를 온전히 이해할 수 없던 연희였다.

"왜, 그렇잖아. 시어머니가 다 알아서 하시고 연희 씨가 원하는 것으로 고르면 땡이라며. 게다가 선물도 주시고."

"경진 씨도 좋은 남자친구 있잖아요."

연희가 말을 하며 제 앞에 놓인 스파게티를 향해 포크를 내렸다.

"에이, 어디 연희 씨 남자친구만 하겠어? 그래도 뭐 내가 연희 씨처럼 안 생겼으니까 그러려니 하려고."

경진의 장난스런 말에 스파게티를 한 입 먹던 연희의 두 눈이 곱게 휘었다. 이런저런 말들을 할 수 있는 동갑내기 친구가 정말 좋았다.

"그런데 경진 씨는 어디서 일할 거예요?"

자신은 프라하로 가야 해서 카페를 차릴 수도, 그렇다고 일자리를 알아볼 수도 없는 처지였다. 고작 두세 달 일할 사람을 쓸 곳은 없을 테니 연희는 그렇게 할 수 없었다.

"음……. 난 그냥 프랜차이즈 카페에 바리스타로 취직해서 내 카페 차릴 기회를 엿보려구. 연희 씨는?"

경진의 물음에 연희는 포크로 콕 찍은 오동통한 새우를 들어올리며 말을 뱉었다.

"저는 체코어 공부하러 다니려구요."

틈틈이 알바로 카페에서 일하며 그동안 배운 것을 잊지 않으려고 한다는 말도 덧붙였다. 연희는 고소한 새우를 입 안에 쏙 넣었다. 새우의 풍미가 입 안에 그득하게 퍼지고 있었다.

"체코?"

"아, 내가 경진 씨한테 말 안 했구나."

"뭘?"

"11월에 결혼하고 같이 프라하로 가기로 했거든."

"그거 신혼여행 아니었어?"

다들 맨 처음에는 이런 반응이었다.

"아니. 거기에 직장이 있어서, 거기서 살기로 했어. 나 그래서 체코어 배우려고, 거기서 살려면 말할 줄 알아야 하니까."

그가 아무리 가르쳐준다고 해도, 연희는 그가 없는 동안 기본적인 체코어 정도는 배워두고 싶었다. 경진의 얼굴에는 놀란 기색이 역력했다.

"그러니까, 나중에 유럽 여행 올 거면 프라하도 꼭 들러요. 내가 구경시켜줄게요."

연희는 이런 말을 건넬 수 있는 자신이 좋았다. 이렇게 좋은 사람의 곁에, 좋은 가족을 만나 그 누구보다 행복한 그녀였다.

이 행복, 누구에게도 방해받지 않을 것이다.

그녀의 바람대로…….

그녀의 믿음대로…….

그의 믿음 역시 같은 크기일 것이라고 연희는 감히 단언할 수 있었다. 감히 그렇게 제멋대로 생각할 수 있었다. 그건, 그를 믿어서 가능한 일이었다.

사랑을 할 줄 몰랐던, 하는 방법을 몰랐던 제가 사랑을 한다는 사실이 신기했다. 제가 서 있는 프라하에 연희를 데려오려면, 시간이 더 있어야 했지만 이제 반드시 데려올 수 있다는 사실에 그는 기분이 좋았다.

더욱 좋은 것은 유럽에서 가장 유명한 호텔로 만들기 위한 초석을 다지는 자신의 호텔이었다.

연희가 오면 호텔 역시 그 문을 열 것이다. 그렇다 할지라도, 연희가 이곳에만 있다면 제가 아무리 바빠도 연희의 손을 마음껏 붙잡고 거리를 활보할 수 있을 것이다.

그는 그 시간을 바라고 또 바랐다.

"또냐?"

명우의 말에 현진은 조금 멋쩍게 웃었다. 불쑥 커피를 내미는 명우의 손을 가만히 바라보다 현진은 친구의 손이 무안하지 않게 커피를 받아들었다.

"사왔냐?"

입맛이 까다롭기로 유명한 명우가 사온 커피라면 믿고 마셔도 괜찮았다. 연희가 내려주던 커피보다는 못하겠지만이라는 생각이 머릿속을 스치자 현진은 낮은 웃음을 흘릴 수밖에 없었다.

그런 자신을 오늘도 이상하다는 듯이 바라보는 명우가 있었지만, 현진은 아무런 말없이 커피를 들이켰다.

"그냥, 요 앞에 커피 전문점이 괜찮다기에. 우리 자기랑 같이 가볼까 싶기도 하고. 우리 자기가 커피를 오죽 좋아해야 말이다."

명우의 말에 커피를 마시며 커피에 대한 공부를 하는 연희가 생각났다. 아마, 제수씨랑 만나면 금세 친해질 것 같다는 생각을 하며 현진은 그렇게 제 안에 따뜻한 기운을 불어넣고 있었다.

"근데, 너 비행기 값 아깝지도 않냐?"

"뭐가?"

"너 진짜 보름에 한 번씩. 한 달에 두 번씩이나 서울하고 프라하를 왕복할 셈이냐?"

명우의 말에 현진은 고개를 끄덕였다. 연희를 본다면 그깟 거 별거 아니었다. 지난번에 나타난 자신의 모습을 보고, 그리고 다시 보름 뒤에 올 것이라는 제 말에 명우의 것과 비슷한 반응을 보인 연희였다.

허나, 그녀가 왜 그런 줄 알고 있었다.

보는 것이 좋지만, 가격대가 제법 높은 비행기 값이 생각나 그런 것이라는 걸 아주 잘 알고 있었다. 현진은 그런 연희의 걱정

섞인 말들을 막아내기에 바빴었다.

"그깟 게 뭐 대수라고."

"야, 넌 그깟 거라고 할지 모르지만. 내가 만약 우리 자기랑 그런 상황이라면 나한테는 별거 맞거든. 넌 가끔 보면 니네 집 잘 사는 거 이렇게 티내더라."

명우의 농담 반, 진담 반 섞인 말에 현진은 웃음으로 일관했다. 친구가 그렇게 말해도 어쩔 수 없었다. 아직 마주한 지 얼마 안 된 연인의 마음이란 그런 것이니 말이다.

강남에서 유명하다는 어학원에 당도한 연희는 그가 없는 날들을 바삐 보내는 중이었다.

"여기 기재하시면 수강증하고 교재 나누어드릴 거예요."

연희는 체코어학원에 도착해서 하나하나 차근히 배울 예정이었다.

"오늘부터 수업 시작 일인 줄 아시고 오신 거죠?"

직원의 말에 연희는 가볍게 고개를 끄덕이며 신청서에 반듯한 글씨를 적어내고 있었다.

"삼십 분 후부터 시작이니까 올라가시면 되세요."

더욱이 그녀는 기왕 배울 것 자격증을 따는 반에서 수업을 듣는 것이 좋겠다 싶었다. 연희는 학원비를 지불하고 수강증과 교재를 챙겨 강의실로 걸음을 옮겼다.

수업을 들으려 문을 빼꼼히 열고 강의실에 들어서니 가운데에 자리를 잡고 앉아 있는 삼십 대로 보이는 여자가 있었다. 연희는 새로운 것을 시작한다는 묘한 설렘과 함께 두려움을 공존하며 자리를 잡았다.

그런 연희에게 먼저 말을 걸어온 것은 여자였다.

"체코어 처음이에요?"

"네? 학교에서 한 번 교양수업으로 들어본 게 전부예요."

연희는 긴장감에 손을 만지작거렸다.

"나는 맥클레인이라고 해요. 근데 내 수업은 따라가기 어렵지 않겠어요?"

입술을 비틀어 올리는 여자는 스스로에게 자부심이 상당한 사람처럼 보였다. 그런 사람에게 무어라 말을 할 틈도 없이 연희는 맥클레인이라 본인을 소개한 여자의 말을 들을 수밖에 없는 처지가 되고 말았다.

"내 수업은 체코어 입문자가 듣기에는 어려운데 등록할 때 직원이 말 안 해주던가요? 성적 같은 건 아무것도 없고……. 차라리 그러면 회화반으로 가보는 게 어때요?"

처음부터 대놓고 다른 반으로 가라는 강사의 말에 연희는 황망한 기분을 맛보고 말았다. 어떤 사람도 이런 말을 듣고 기분이 괜찮을 리 없었다. 그 어떤 누구라도 말이다.

"그건 모르겠지만. 강사분께서 배우러 온 사람에게 처음부터 그런 말 하는 건 조금 아니라고 보는데……. 어쩌신지 모르겠네요."

"아, 오해했나 본데요. 나는 내 수업하고 맞지 않을까 봐 미리 말해주는 거예요."

여자의 말에 연희는 기분이 나빴다. 자격지심이라고 칭해도 별다른 할 말이 없겠지만 애초에 자신은 수업 한 번 듣지 못했다. 그게 다시 한 번 연희의 마음을 까슬거리게 만들었다. 벅벅 긁어버리고 싶을 정도로 까슬거렸다.

더욱이 이제 막 들어오기 시작하는 학생들의 시선에 연희는 이 사람의 밑에서 무언가를 배우고 싶은 생각이 달아났다.

"가르치시기 싫으신 모양인데 제가 나가죠. 하지만, 강사분의 그런 태도는 배우러 온 사람에게 할 만한 태도가 아니라는 거 아셨으면 좋겠네요."

연희는 마음에 있던 말을 시원스럽게 꺼냈다. 그녀가 현진을 만나고 배운 것이 있다면 바로 이것이었다.

마음에 있는 것이 무엇이든 하는 것.

이 한 가지에 그녀는 다시 한 번 그가 보고 싶었다. 연희는 교재를 챙겨 강의실을 나왔다. 그녀는 학원비를 환불받고 곧 시댁이 될 곳으로 갈 작정이었다.

어머니라면 체코어를 하는 괜찮은 사람을 알아봐주실 수도 있을 것 같았다.

"어이가 없다. 엄마, 이건 내가 알아볼게요. 연희 씨 내가 알아봐줄게."

원진은 예비 올케에게 체코어를 가르쳐줄 사람을 제대로 알아봐야겠다는 생각을 굳혔다. 세상에 많고 많은 사람들이 있지만 어째서 아직도 덜 자란 사람들이 존재하는지 몰랐다.

"참 모자란 이구나. 개의치 말거라."

엄마의 말에 고개를 끄덕이는 연희의 마음이 고왔으니 환불로 끝났지 저 같았으면 당장에 학원을 한바탕 엎어 놓았을 일이었다.

"세상에 많은 사람이 있지 않니."

"네. 알아요. 어머니, 저요. 이제 정말 신경 쓰지 않아요. 그렇지만 현진 씨와 함께 시작할 것을 위해 배워야만 하는 거 맞잖아요. 제가 현진 씨에게 도움이 되는 사람이 되고 싶어요. 그 사람이 하는 일에 제가 조금이라도 도움이 됐으면 좋겠어요."

연희의 차분한 말에 원진은 입가에 가져가려던 녹차를 잠시 내려놓고 그녀의 얼굴을 바라보았다. 작고 하얀 고운 그 얼굴에 고운 모습 그대로였다.

이 모습에 동생이 절대 손을 놓지 않겠노라 호언장담했던 것이 분명했다.

"근데 제가 체코어를 하는 사람들을 잘 몰라요. 어디서 배워야 하는지도 잘 모르겠어요. 어머니라면 아실 것 같아서 이리로 왔어요."

조용히 제 할 말을 다 하는 연희가 이제는 정말 저희 집 사람으로 느껴지기 시작한 원진이었다. 그건 엄마 역시 마찬가지인 듯싶었다.

"잘했다."

엄마의 한 마디가 연희의 마음에 닿았을 것이 분명했다. 본인 가족에게만큼은 너그러운 마음 씀씀이를 보이는 수나라는 것을 그 누구보다 원진은 잘 알고 있었다.

이제 정말 한가족이 된 기분이었다.

어렵사리 소개 받은 개인 선생님에게서 3시간이 넘는 긴 수업을 받고 나서야 그녀는 카페를 나올 수 있었다.

그녀에게 있어서 어렵게 느껴지는 체코어였다. 늘 새로운 것은 어렵기 마련이었지만 괜찮았다. 그와 무언가를 공유할 수 있는 날들이 늘어가고 있으니 괜찮았다.

연희는 어느새 가을로 접어든 계절을 보며 빠른 시간에 대해 놀랐다.

그보다 더 11월이 가까워졌음에 마음이 설레었다.

그런 그녀에게 반가운 사람의 전화가 한 통 걸려왔다.

-연희 씨, 나 누군지 기억해요?

바리스타학원에서 자신을 가르쳤던 도경이었다. 연희는 은행나무 밑에 서서 하늘을 올려다보며 수화기 너머의 도경을 향해 말했다.

"그럼요. 선생님, 잘 계셨어요?"

-아, 연희 씨 이렇게 불쑥 전화해서 부탁하는 게 좀 미안하긴 한데요.

"말씀하세요."

청명한 하늘 아래, 그는 지금 무엇을 하고 있을까…….

연희의 머릿속에 현진이 그려지고 있었다.

-예전에 한 번 도와줬던 그 카페 있죠.

"네."

–혹시 이번 주말에 거기 가서 좀 도와줄 수 있어요? 한 번만 더 부탁해도 될까요?

"그렇게 할게요. 달리 할 일도 없었는걸요."

–정말 고마워요.

연희는 도경의 목소리를 들으며 통화를 마쳤다. 연희는 그렇게 오늘 그의 전화를 받으면 알려줄 일이 생겨 기분 좋게 입꼬리를 말아 올릴 수 있었다. 다음 주에 온다던 그를 기다리는 지금은 어느덧 10월로 접어들고 있는 순간이었다.

고대 앞에 오랜만에 온 연희는 묘한 기분이었다.

"연희 씨, 에스프레소 2잔만 내려줘요."

정훈의 말을 들으며 연희는 너무 빠르지도, 느리지도 않게 에스프레소를 내렸다. 그렇게 내린 두 잔의 에스프레소는 정훈의 손에 쥐어주었다. 오늘 저녁이 되면 도와주기로 한 이곳도 더 오지 않을 것이었다.

또한, 이제 앞으로 성큼 다가온 결혼식 준비에 마음을 쏟아야 했다. 다른 일을 같이 할 여유가 분명 없을 것이다.

"여기 주문 안 받나요?"

어딘가 익숙한 목소리에 고개를 돌린 연희였다. 그런 연희의 시선을 사로잡는 사람이 서 있었다.

현진이었다.

모자를 푹 눌러쓰고 나타난 그가 입꼬리를 한껏 말아올리며 자신의 바로 맞은편에 서 있었다.

"현진 씨. 언제 왔어요? 뭐 줄까요? 나 끝나려면 아직……."

"정말 달라는 거 다 줄 거야?"

말을 쉬지도 않고 쏟아내는 자신을 향해 장난기 가득한 말을 뱉어내는 현진을 그저 두 눈을 깜박이며 바라볼 수밖에 없었다.

"그럼, 나는 이연희 할래."

평소보다 장난스러운 목소리였지만, 그 표정만큼은 전혀 장난스럽지 않았다. 연희는 그런 현진을 멍하니 바라보기만 했다.

"오늘. 이연희라는 사람 온전히 나한테 줘."

현진의 말에 연희는 그 의미를 이해하고 두 볼을 붉혔다.

"걱정마. 오늘 집에 못 간다고 미리 허락은 받았으니까."

그의 말에 제 볼이 더 붉어졌음은 말할 것도 없었다. 더불어 덧붙여진 그의 말에 연희의 두 눈은 토끼 눈이 되고 말았다.

"뭐, 일방적이긴 했지만. 오늘 하루만 나쁜 사위 될래."

나쁜 사위가 되겠다는 그를 말려야 했지만, 연희는 말리기가 싫었다. 엄마가 안다면 놀랄 일이라고 연희는 생각하면서도 결국 그를 향해 웃음 짓고 말았다.

"좋아요."

불쑥 튀어나가 버린 대답에 연희는 웃었다. 마음껏 웃음을 그려 넣고 있었다. 생각보다 일찍 온 그가 반가웠다.

심장이 덜컹거릴 만큼, 그렇게 덜컹대며 제 머릿속을 쿵쿵 울릴 만큼 그녀는 지금 충분히 설레었다.

※

　그가 가는 데로 따라갔다. 어디로 가냐는 흔한 물음도 없었다. 그렇게 도착한 강릉이었다.

　집에 연락하려는 자신을 막은 것은 그였다. 이미 연락 드렸으니, 걱정하지 않아도 된다고 저를 말리는 그였다.

　강릉에 들어와서도 한 시간을 더 달려서야 도착한 곳을 보고 나서야 연희는 그를 향해 답을 요구했다. 아니, 그가 무어라 말해 주기를 기다렸다.

　"가끔 가족끼리 놀러 오는 곳이야. 들어가자."

　그가 제 곁으로 성큼성큼 다가왔다. 그의 큰 손에 제 손이 마주 잡히며 연희는 그렇게 현진과 함께 나무로 된 집으로 들어갔다. 너무나 안락한 느낌에 연희는 절로 미소가 지어졌다.

　부엌으로 움직이려던 연희를 막아 세운 것은 현진이었다.

　"가지마."

　그의 손이 연희의 허리를 잡았다. 어디도 가지 못하게 꽁꽁 묶어버리고 싶다는 듯 그는 그녀의 허리를 단단히 붙들었다. 연희의 놀란 시선이 현진의 눈에 머물렀다.

　그런 연희의 두 눈에 입술을 마주한 현진이었다. 그렇게 눈에서 입술로……. 입술에서 연희의 손으로 현진은 마음을 담아 연희에게 키스를 했다.

　그가 손을 멈칫거리며 연희의 하늘거리는 블라우스에 손을 가져갔다. 조금은 쑥스러운지 머뭇거리는 그의 모습에 연희는 일순 그가 귀여워 보였다.

"괜⋯⋯찮아?"

조심스러운 물음에 그가 얼마나 긴장하고 있을지 느껴진 그녀였다. 그런 그의 손에 연희 역시 손을 올리며 시선을 마주쳤다.

"현진 씨라서⋯⋯, 괜찮아."

입가에 피어오르는 웃음은 어쩔 수 없는 것이었다. 지금 이 순간이 얼마나 즐겁고 행복한지 여실히 보여주는 감정에 연희는 애써 막지 않았다. 애써 막을 필요도 없었다.

툭, 떨어지는 것이 제 마음이었는지. 옷이었는지 신경 쓰이지도 않았다. 그와 제가 저녁을 먹지 않았다는 사실도 기억나지 않았다.

사소한 것으로 지금 이 순간을 막는 것은 그녀 역시 싫었다. 그러고 싶지는 않았다. 어느새 탄탄한 그의 어깨에 닿은 제 손이 온기를 느끼고 있었다.

어스름한 노을 아래 그와 이렇게 단둘이 있는 것이 꿈만 같았다. 연희는 현진의 목에 손을 두르며 매달렸다.

아니, 매달리듯 그의 품에 안겼다.

누구랄 것도 없이 그들은 마음을 나누듯 서로를 만지고 또 만졌다. 그게 지금 당장 하려는 일이라는 듯이 말이다.

입가가 파르르 떨려왔다. 못 만난 시간 동안의 보상이라도 받으려는 것처럼 현진은 무섭게 달려들었고 연희는 그런 현진을 말릴 수 없었다.

온전히 자신들만 있는 공간.

연희는 솔직히 그가 그리웠고, 보고 싶었다. 그렇게 그를 자신 안으로 온전히 받아들이며 함께 움직였다. 그런 연희의 모습은 마치 파도처럼 일렁이며 빛나고 있었다.

"하……아!"

한곳에서 섞인 신음이 같은 공간을 부유하는 일. 그게 얼마나 색정적인 소리를 만들어내는지 알고 있었다. 다른 소리가 없이 서로의 살이 부딪히는 소리만이 존재하는 공간은 연희의 온몸을 붉게 물들이고 있었다.

그런 연희의 허리를 지분거리듯 만지는 현진의 손짓이 짓궂었다. 적어도 연희는 그렇게 생각했다. 그런 현진의 손을 슬쩍 밀어내도 그는 다시 자신을 매만지는 일을 멈추지 않았다.

"현진 씨……."

슬쩍 탄성과 함께 흘러나온 목소리가 탁했지만 그녀는 그것을 신경 쓸 정도로 정신이 있지 않았다.

그가 제 안에 가득 머물러 있다는 것이 더 그녀의 신경을 곤두서게 하고 있었다. 제가 아무리 불러도 모른 척 자신의 허리를 만지작거리던 그가 이제는 가슴을 지분거리고 있었다. 연희의 입에서 도리없는 음성만이 가득 넘쳐났다.

그 소리에 슬쩍 다시 움직이는 현진을 보며, 오늘 밤이 길다는 걸 새삼 기억하게 된 그녀였다.

연희는 현진이 주는 움직임에 몸을 맡긴 채로 그를 끌어안았다.

그가 저를 부엌에 발도 들이지 못하게 하며 내어 놓은 것은 따뜻한 밥과 국이었다. 어쩐지 현진을 닮은 그 소박한 음식들에 연희는 마음이 따뜻해졌다.

"이거 해주려고 나 못 들어가게 한 거였어요?"

"매일매일 해주고 싶어도 아마……. 못 할 거야. 같이 살아도 엄청 바쁠 거 같거든. 당분간은."

현진의 말에 연희는 그의 손을 잡았다. 따뜻한 그의 체온이 제 손끝을 타고 흘렀다. 조금 전 그와는 전혀 다른 사람이었다. 저를 탐하던 그를 떠올리자 연희의 두 볼에 붉은 홍조가 서렸다.

그녀는 서둘러 입을 열었다.

"그래서 미리 이렇게 해주는 거예요?"

"음……. 이걸 빌미로 얼른 옆에 오라는 작은 협박 정도랄까? 더 빨리 오면 매일매일 해주겠다고 할 수도 있다고."

현진의 말에 연희는 웃고 말았다. 어딘지 아직 덜 자란 소년처럼 보이는 현진의 모습에 웃지 않을 수 없었다.

"그게 뭐예요. 이미 옆에 있는데……."

"그러니까. 이연희가 내 옆에 있는데, 나는 아직도 이연희가 모자란 기분이야."

진지한 그의 말에 연희 역시 그의 시선을 마주했다. 그의 시선을 피하지 않았다. 그의 마음에 제가 그득하기를 바랐다. 이제 이연희의 마음에 그가 그득했으니 그 역시 그러기를 바라고 또 바랐다.

그게 연희가 바라는 단 하나의 마음이었다. 그게 그녀의 진정이었고, 그를 향한 마음이었다. 그런 마음을 담아 연희는 입술을 열었다. 붉은 입술 사이로 연희의 마음이 흘러나왔다.

"내가 현진 씨에게 갈 거잖아요."

"응."

"내가 현진 씨를 믿잖아요."

"알아."

"내가 현진 씨를 좋아하잖아요."

"알고 있어."

현진의 답에 연희는 아주 살짝 웃음을 제 얼굴에 그려 넣었다.

"내가 현진 씨를 사랑하는 거 알잖아요."

사랑한다, 그 말을 그에게 하지 않았던 그녀였다.

정확히 말하자면 할 수 없었던 그녀였다. 현진이 제게 사랑한 다고 말하지 않는 이유 역시 알고 있었던 그녀였다. 너무 많은 시간이 지나 그 간단한 한마디를 하는 자신이 한심했지만, 연희는 현진을 잡은 그 손을 놓을 생각이 없었다.

자신이 언젠가 그 말을 하리라는 것을 알고, 믿어준 그였기에 연희는 그 손을 더욱 꽉 잡았다. 제 시선에 가득 들어찬 현진이 저를 향해 몸을 기울이는 것을 보았다.

연희의 시선에는 이제 현진의 모습만이 가득했다.

07. 네가 갈게

빛나는 아침의 햇살을 받으며 두 눈을 뜬 연희는 제 눈앞의 남자를 향해 싱그러운 웃음을 그려낼 수 있었다. 그것도 잠시, 어제 자신이 죽을 것처럼 그에게 매달렸던 기억이 난 연희는 슬쩍 고개를 돌리려 했다.

그런 제 움직임에 반응하듯 그의 손이 자신의 얼굴을 단단히 잡았다.

"일어났어?"

도무지 어제 자신을 그렇게 매달리게 만든 사람하고 같은 사람 같지 않았다. 연희는 두 볼을 붉히며 고개를 끄덕였다. 지금 이 상황이 너무 쑥스러운 탓이었다.

"현진 씨는 언제 일어났어요?"

"난 이연희가 기분 좋은 웃음을 짓던 그 순간부터."

그가 말을 하고, 제 이마에 키스를 했다. 서로의 얼굴을 보고 누운 상태로 연희는 다시 그의 품에 몸을 맡겼다.

"현진 씨, 조금 더 있다가 오는 거 아니었어요?"

"그랬는데, 네가 너무 보고 싶어서. 일찍 왔어."

"그래도 괜찮아요?"

제일 먼저 물었어야 하는 말을 지금에야 묻는 건 아닌지 연희는 내심 걱정스러웠지만, 그런 걱정 따위는 제 머릿속에서 접었다. 이미 자신의 눈앞에 있는 사람이었고, 만일 그가 조금만 더 늦었다면 제가 비행기에 올랐을지도 모를 일이었다.

"응. 나 대신 고생해줄 녀석이 하나 있거든. 프라하에 가면 만나게 될 거야."

"얼른 가요."

연희는 제 말에 아무런 답이 없는 그를 올려보았다. 그는 여전히 자신을 내려다보며 웃고 있었다. 연희는 다시 한 번 말했다.

"우리, 얼른 가요."

단둘이 살아가야 하는 그곳에서의 생활이 두렵기도 했지만, 기다려지기도 했다. 그 마음은 어쩔 수 없는 이중적인 것이었다.

익숙한 것들을 내려놓고 낯선 사람들 사이에서, 이 남자를 믿으며 살아가는 일이 결코 쉽지만은 않을 것이다. 하지만, 그럼에도 연희는 얼른 그와 그곳으로 가고 싶었다.

"그래."

그건 그도 마찬가지인 듯싶었다.

"우리, 얼른 가자."

같은 마음으로, 같은 말을 하는 그의 목소리가 제 마음을 두드렸다. 마주한 살이, 몸의 체온이 서로의 생각이 같음을 알려주는 것만 같았다.

눈부신 햇살과도 같은 아침이었다.

잠시만 머물겠다던 그가 내내 서울에서 움직일 생각을 하지 않고 있었다. 연희는 그런 현진에게 가라고 해야 했지만 동시에 그러기 싫었다.

사람이 얼마나 이중적인 감정을 가질 수 있는 존재인지 그의 작은 행동 하나에 다시 알아가는 중이었다.

"현진 씨."

오늘도 제 엄마와 함께 앉아서 콩나물 머리를 손질하는 그를 보는 연희의 시선 끝에 걱정이 한가득 매달려 있었다.

"아, 오늘 어머님이 시원한 콩나물국 끓이신다던데……."

너무나 자연스럽게 거실에 엄마와 나란히 앉아 있는 이 모습을 예비 시댁에서 알면 무어라 할지 그녀는 걱정이었다.

그런 제 마음을 알았는지 엄마가 슬쩍 자리를 피해 부엌으로 모습을 감추셨다. 연희는 그제야 그에게 말을 꺼낼 수가 있었다.

"현진 씨. 이러는 거 어머님이 알면 내가 어떻겠어요."

"괜찮아. 어머님이 나 맛있는 밥 챙겨주시는데 이쯤이야 별거 아니잖아."

"그러지 말고 프라하에 가봐도 괜찮다니까요?"

문득 집 안에 드리우는 노을에 잘 어울리는 그의 얼굴에 누구도 말리지 못할 웃음이 번져 있었다. 그 모습에 연희는 입술만 벙긋거릴 뿐 아무런 말을 하지 못했다.

"이연희랑 같이 갈 거라니까?"

입술 끝에 매달린 그의 장난스러운 미소에 연희는 그런 현진의 얼굴을 쫓았다. 내내 시선으로 그의 얼굴을 쫓던 연희가 슬쩍 마음을 간질이는 기분 좋은 설렘에 시선을 돌리려던 순간 그의 목소리가 그녀의 귓가에 닿았다.

"네가 없으니까 싫어."

그의 말에 연희의 시선이 다른 곳을 볼 수 없었다. 오직 자신만을 본다는 그를 두고 다른 곳에 시선을 돌릴 수 있을 리 없었다.

"나는 이연희가 없는 날이 이제 싫어졌어."

매일매일 고백하는 이 남자를 어찌 혼자 보내고 싶겠는가.

그럴 리 없었다.

연희는 그런 현진의 손을 마주 잡으며 해사하게 웃을 수 있었다. 이 사람이 제 옆에 있어서 참 다행이라는 그윽한 마음을 가득 품을 수 있어서……. 그게 참 감사했다.

상을 물리고 현진이 돌아가고 나서야 연희는 엄마가 건네주는 사과 한 조각을 입에 베어 물었다.

"현진 군 집에 연락 좀 하렴."

은주의 말에 연희는 사각거리는 사과의 달콤한 맛을 느끼며 엄마를 물끄러미 바라보았다. 여전히 고우셨지만, 저로 인해 많이 늙어버린 것만 같아 연희의 마음 한편이 시렸다.

"왜?"

그녀의 입에서 생각하지 않은 말이 흘러나왔다. 조금 더 다정

하게 말할 걸 그랬다고 스스로를 자책하려던 순간 은주의 다정한
목소리가 연희를 포근히 감싸 안았다.

"딸 신접살림 차리는 곳도 못 가보는 게 마음에 걸려 그래. 현
진 군 어머니랑 얘기도 좀 해야겠고."

"그럴게."

연희는 잘 살고 싶었다. 그렇게 엄마처럼 행복하게 잘 살고 싶
었다. 결코 걱정시키는 딸이 되고 싶지는 않았다.

그게, 이연희가 진정으로 원했던 삶이었다. 하지만, 그러지 못
한 자신을 바라보던 엄마의 마음은 얼마나 아팠을까……

그럼에도 제가 잘 살 거라 믿어주는 엄마가 있었기에 좋았다.
이런 게 가족이구나 싶었다. 지난 4년간 잊고 살았던 가족이라는
느낌에 그녀는 마음이 많이 가벼워졌다.

연희의 손이 소파에 놓인 주름진 은주의 손을 잡았다. 아무런
말 없이 그녀는 그렇게 엄마의 손을 마주 잡았다.

내내 적응되지 않을 관계라면 바로 사돈일 것이라고 은주는 그
렇게 말할 수 있었다. 더욱이 부잣집 마나님인 안사돈을 만나는
일은 어쩐지 적응되지 않았다.

"저, 사돈."

아직도 어렵다. 늘 어려운 존재일 거라는 생각을 버릴 수가 없
었다.

"네, 사부인."

그래도 할 말은 해야 한다고, 은주는 꼭 말해야 할 것이 있었

다. 너무 빠른 결혼식 날짜도 마음에 걸리는데, 더불어 결혼을 하자마자 프라하로 가서 산다는 딸의 부재가 내내 마음에 걸린 은주였기에 고심 끝에 입을 열었다.

"아이들이 꼭 그 멀리 가야 하는 게 저는 어쩐지……."

"마음에 걸리시지요."

제가 끝내지 못한 말을 마저 이어서 말한 안사돈의 모습을 그저 묵묵히 바라보는 은주였다. 그런 은주의 두 눈에는 말로 다 하지 못한 마음들이 가득 차오르고 있었다.

"저 역시 아이들이 그렇게 결혼식을 올리기가 무섭게 먼 타지에서 둘이 의지하며 산다는 것이 마음에 걸립니다."

조근조근 제게 말을 하는 안사돈의 모습은 제 딸아이가 참 좋으신 분이다, 라고 말하며 설명했던 그런 이미지들을 떠올리게 만들었다. 은주는 수나의 말을 들으며 앞에 놓인 구기자차가 담긴 소박한 찻잔을 들어 올렸다.

"허나 말입니다. 사부인……. 저 역시 현진이가 마련했다는 집도 가보지 못해 불안하지만 아이들을 믿어주시지요."

제 불안한 마음을 읽어낸 안사돈의 말에 은주는 정우의 집과 다른 현진의 집이 마음에 들었다. 대개 사람의 취향이라는 건 비슷해서, 제가 좋아하는 걸 골랐다고 할지라도 비슷한 것을 고르고 마는 것이 사람이었다.

그래서 은주는 연희가 이번에도 참, 볼 것도 없는 집안에 시집을 가겠다고 나섰을까 봐 걱정이었다.

허나, 지난번 자리한 상견례에서 은주는 그런 제 걱정이 기우였음을 쉬이 알아차릴 수 있었다. 바깥사돈은 바깥사돈 나름대로 가정에 충실하려는 분처럼 보였고, 안사돈은 그 마음이 참 어질었다.

은주는 현진의 그 마음씨가, 행동들이 사돈을 닮아 그런 것이라는 걸 알고 있었다. 그랬음에도, 불안한 것은 어쩔 수 없는 엄마의 마음이었다.

"저 역시 불안합니다. 하지만, 그럼에도……. 아이들이 서로 저렇게 위하는 마음이 좋으니 후에 저희와 함께 아이들이 사는 모습을 보러 가시는 게 어떻겠습니까."

그녀는 이제 더는 제 품 안의 자식이 아니라는 것을 알고 있었다. 이렇게 결혼 날짜까지 다 잡아 놓고, 이런 말을 하는 것도 이치에 맞지 않다는 것을 잘 알고 있었다.

은주는 이 불안함을 이제는 버려야 한다는 것도 알고 있었다. 못난 사람을 만나, 많이 아파한 딸이 아니라……. 좋은 사람을 만나 많이 행복한 딸이라는 것을 이제는 확실히 받아들여야 했다.

은주는 구기자차로 목을 축이며 선선히 그러자고 답했다.

오늘도 이렇게 안사돈에게 쉬이 지고 말 것을 무엇 하러 말을 꺼냈나 싶었다. 아니, 그보다 이미 답이 나와 있는 문제를 꺼내든 것이 우스웠다. 은주는 그저 조용히 웃을 뿐이었다.

어렵지만, 조금은 편안해진 안사돈의 이야기 소리를 벗 삼으며 은주의 마음 역시 조금씩 여유로워지는 중이었다.

내일이면 결혼식이었다. 현진은 결혼식이라는 단어에 결코 익숙하지 못했다. 연희를 만나고, 이연희를 죽어라 쫓아다녔다.

　제 삶에 있어서 그렇게 반할 수 있는 사람은 두 번 다시 없을 거라는 생각에 그는 생각이라는 놈을 하지 않았다. 그런 것 따위 모른다는 듯 굴었다.

　"형님."

　현진은 연희와 참 많이도 비슷한 연우를 보며 자리를 털고 일어섰다.

　"아, 미안. 내가 많이 늦은 건 아니지?"

　약속시간보다 좀 늦은 감이 있었지만, 퇴근 시간에 이 정도는 봐줄 만한 정도였기에 현진은 고개를 저으며 웃었다.

　"앉지. 우리 집 귀한 사위 벌세웠다고 한소리 듣고 싶지는 않으니까."

　오늘 저를 먼저 보자고 한 것은 연우였다. 이내 그가 왜 이렇게 하는지도 짐작이 되었기에 내일이 결혼식이라도 두말하지 않고 자리에 나왔다.

　"뭐로 하시겠습니까?"

　현진은 의례적인 말을 건넬 수밖에 없었다. 장모님과 장인어른과는 많은 시간을 보내 가까웠지만 형님은 아니었다. 현진은 건넬 수 있는 말이 지금 당장 떠오르지 않았다.

　"아니, 술은 됐고."

"네?"

술집에서 술을 마시지 않겠다는 형님의 말에 놀란 것은 현진이었다. 그런 현진을 보며 연우는 웃고 있었다.

"내일이 결혼식인데 신랑 술 먹였다고 동생한테 한소리 듣고 싶지는 않네."

"아…… 그럼……"

연우의 말에 현진은 딱히 할 말을 찾지 못했다. 어색한 침묵이 흐르고 나서야 연우는 입을 열었다.

"그 사람 같지도 않은 놈을 안다고."

연우의 입을 타고 흐른 소리에 현진은 연우의 표정을 살폈다. 제 심장이 서걱거리게 만들 정도로 분노하게 만들었던 한 사람이 떠올랐다. 버젓이 내연녀를 데리고 연희를 괴롭혔다던 사람 같지도 않았던 연희의 지나간 인연에 현진은 어색한 웃음을 지워냈다.

"네."

"그 개자식보다 훨씬 좋은 사람인 거 알지만."

연우의 입에서 다소 거친 말이 흘렀다. 사람 좋아 보이기만 할 것 같던 그의 입에서 조금은 거친 말이 흘러나오자 현진은 놀라웠다. 하지만 그 정도로 연희를 아끼는 것이라 생각하니 좋았다.

내 사람을 가족이 이렇듯 챙긴다는 것은 언제나 기분 좋은 일이니 말이다.

"잘 해줘. 이 말 하고 싶어서 보자 했어."

어딘지 모를 쓴맛이 묻어나는 말에 현진은 든든한 사람이고 싶었다. 그렇게 연희가 제대로 된 사람을 골랐다고 말해주고 싶었다.

"형님, 저 그놈하고 다릅니다. 걱정 마십시오."

"알지, 알아……."

현진은 연우의 걱정이 무엇인 줄 알았다. 한 번 아팠던 동생에게 두 번 다시 그런 일이 일어나는 것을 보고 싶지 않은 마음이었을 것이다.

그런 연우를 향해 현진은 넉살 좋은 이의 얼굴을 풀어냈다.

"이런 자리에 술이 빠진다는 건 말도 안 됩니다. 한 잔만 하고 가시죠. 연희만 모르면 되지 않습니까. 게다가 형님하고 이렇게 서울에서 마시는 술도 올해는 이게 마지막일 텐데 이런 기회를 그냥 날리는 건 그렇지 않습니까?"

현진의 말에 연우는 크게 웃었다. 바에 있는 사람들이 모두 돌아볼 정도로 그렇게 말이다.

순백의 새하얀 드레스가 너무나 잘 어울렸다. 현진은 티아라를 쓰고, 어깨가 조금 드러난 드레스를 입고 앉아 있는 연희를 보며 어쩔 줄 몰랐다.

너무 아름다웠다.

"현진 씨……."

아마, 아니 확실했다. 연희는 자신이 이런 모습을 보이는 것이 쑥스러웠던 것이었다.

"왜?"

그는 능청스럽게 입을 열었다. 이렇게 연희의 모습을 바라보며, 이 여자와 결혼을 할 수 있다고 확신할 수 없었던 그였다. 그만큼 연희는 많이 아팠고, 자신과 결혼이라는 걸 다시 생각할 만큼 단단해지지 못했으니까……

현진은 이렇게 이 손을 잡고 살아갈 날이 머지않았다고 생각했다.

"너무 그러면……."

연희가 이렇게 제 앞에서 수줍게 웃는 모습도 좋았고, 연희가 저를 이렇게 올려다보는 지금도 좋았다.

"네가 너무 예뻐서 그래."

"여자는 웨딩드레스 입고, 신부화장 하면 다 예뻐요."

연희다운 대답이었다. 허나, 연희가 모르는 것이 있다면, 자신은 서현진이라는 것이다. 그는 기어이 고운 이연희를 자신의 옆으로 데려가는 사람이었다.

"아니야. 이연희라서 예쁜 거야."

이런 말을 할 수 있는 자신이 어색했지만, 그래서 좋았다.

"나는 이연희라서 이런 말을 할 수 있는 거야."

기어이 이런 말을 하게 만드는 연희라서 현진은 그래서 좋았다.

"현진 씨……."

곤란한 듯 두 볼을 붉게 붉히는 연희의 모습에 현진은 기어이 연희의 두 볼에 입을 맞추고 말았다. 놀란 연희의 눈을 보며 현진은 짓궂게 웃어버렸다. 지금 서현진의 마음은 매우 행복했다.

연희의 곤란한 얼굴에도 즐거울 만큼 그렇게 말이다.

진짜, 멍청하고 또 멍청했다. 연희는 그렇게 생각했다. 자신이 이렇게 멍청할 수가 없다고, 그렇게 말이다.

두 눈 가득 눈물이 차오르는 걸 멈추지 못할 만큼 연희는 그렇게 고운 드레스를 입고 서 있었다.

웨딩드레스를 벗고, 조금 더 화려한 보라색의 칵테일드레스를 입고 있는 연희의 고운 얼굴에 쉼 없이 눈물이 떨어지고 있었다.

그런 연희의 곁에는 말없이 연희의 손을 잡아주고 있는 현진이 있었다. 그런 현진 때문에 연희는 겨우 눈물을 멈출 수가 있었다.

"현진……, 현진 씨……."

그런 저를 안아주는 그가 있었다.

"왜 나는 우리 엄마가, 아버지가 이제야 안타까워 보일까요."

식장에서 양가 부모님을 향해 인사를 올린 연희의 마음 어딘가가 고장이 난 듯 울어댔다. 결국 연희는 이렇게 현진의 품에서 소리죽인 눈물만을 흘릴 뿐이었다.

"내가 너무 못나서……. 내가 너무나 잘못 살아서, 우리 엄마가……. 아버지가 그렇게 늙어버리신 것만 같을까요. 나는 왜……."

내내 이 생각뿐이었다. 울음이 멈춰진 지금에서야 말을 할 수 있었던 것은 그 마음이 어지러웠기 때문이었다.

"아니야. 우리가 나이가 먹어도 부모님은 늘 그 자리에 있을 거라고 생각했기 때문이야. 우리가 그 생각을 하지 못하고 살았기 때문이야."

너무나 늦게 알아버린 현실은 아닌지, 연희는 더럭 겁이 났다. 현진의 손을 잡고 부모님께 인사를 올릴 때, 연희는 그런 생각에 덜컥 겁이 나 들고 있던 부케를 떨어뜨릴 뻔했다.

"앞으로 잘하면 돼. 우린, 그거면 돼."

아팠던 자식을 바라보는 부모님의 마음을 잘 알지 못한다. 그저, 내 마음만이 보여 부모님의 마음은 눈에 들어오지도 않았다.

아니, 신경 쓰지도 않았다.

저를 다독이는 현진의 말에 겨우 진정한 연희가 드디어 환한 웃음을 흐릿하게나마 지어보일 수 있었다.

그가 이렇게 제 옆에 있어서 다행인 또 하루가 시작되고 있었다. 연희는 그렇게 현진의 손을 절대 놓치지 않겠다고 마음 깊이 아로새겼다.

말 그대로, 결혼식은 화려했고 축복받아 마땅한 자리로 빛났다. 그리고, 신랑과 신부는 세상 어디에도 없는 아름다운 모습을 보였다. 결혼식은 그랬다.

다만, 신랑과 신부의 계획이 어그러진 것을 빼면 완벽한 하루라고 말할 수 있을 정도였다.

"그래서, 이 사람 혼자 두고 가는 게 마음에 걸리지만. 어쩔 수가 없게 되었습니다."

현진은 이제 진짜 이 손을 잡고 절대 놓지 않으리라 마음먹었는데……. 34년 만에 찾은 제 사람을 꽉 잡고 살 것이라 생각했는데, 그 시작인 오늘부터 이렇듯 마음먹은 대로 되지 않으니 참 아이러니했다.

그 기분은 참, 미묘했고……. 이상한 종류의 것이었다.

"어쩔 수 없다니, 어쩌겠나."

"대신, 저희 원래 신혼여행 대신 장인어른 집에서 지내기로 한 며칠은 이 사람 혼자 지내고 오는 것이 좋지 않을까 싶습니다. 어차피 지금 저도 급한 일이 생겨 서둘러 돌아가야 하고, 이 사람 거기서 혼자 있는 것도 싫으니까요."

현진은 그래서 연희를 혼자라도 며칠 간 장인, 장모님과 같이 있다가 오라고 할 작정이었다. 이 생각은 제 부모님도 그러라고 허락해주신 것이었다.

"그럼, 우리야 좋네만……. 어디 사돈께서……."

"그러라고 하셨습니다."

현진은 서둘러 답을 올렸다. 어느새 편안한 차림이 된 현진은 연희를 데려다주고 공항에 갈 생각이었다. 그 정도의 시간은 충분했다. 현진은 이내 그러겠다는 장인의 무언의 답을 알아차리고 인사를 했다. 그렇게 서둘러 물러나 연희를 찾아나섰다.

학원 친구라던 경진이라던 사람과 같이 호텔 로비에서 서 있는 연희를 본 현진의 입매가 느슨히 풀어졌다. 사고가 났다는 연락에 놀라 정신이 없었는데……. 연희를 보니, 그 생각이 싹 달아난 것이었다.

현진은 서둘러 연희의 곁에 다가가 섰다.

"연희야."

"어? 현진 씨. 어디 갔다 와요?"

연희의 고운 목소리가 참 듣기 좋았다.

"아, 잠시 장모님하고 장인어른 뵈었어."

연희가 그 답을 구하기라도 하는 양, 제 얼굴을 뚫어지게 바라보고 있었다. 현진은 어차피 말하게 될 이야기 서둘러 하는 게 낫겠다 싶었다. 게다가 지금 자신은 시간이 그렇게 많지 않았다.

"공사가 조금 잘못된 모양이야. 나는 먼저 프라하로 갈 테니까, 우리 같이 프라하로 들어가기로 한 날에 들어와."

"나도 같이 갈게요."

이제 경진의 존재를 까맣게 잊은 건지 아예 자신 쪽으로 돌아선 연희를 마주한 현진은 곤란했다.

"아니야. 어차피 같이 가도 나 며칠 동안 제대로 집에 있지도 못할 거야. 그러니까, 장인, 장모님 곁에 있다가 와."

"그럼, 현진 씨네 집으로 갈래요."

연희의 고집을 꺾을 수 없던 현진은 그렇게 하라고 할 수밖에 없었다.

"이번에는 내가 갈게요."

연희의 말에 현진은 기분 좋게 웃어버렸다. 고집스러운 연희를 마주한 현진이었다. 오늘 왜 이렇게 연희가 고집스러운 것인지 모를 일이지만 그래도 좋았다.

"내가 갈게요. 현진 씨가 이번에 기다려요."

연희의 말이 왜 그렇게 듣기 좋았는지 모를 일이지만, 기다리는 일 역시 다가가는 일만큼 달콤할 것이라고 생각했다.

아들만큼 고집스러운 새아기의 모습에 수나 역시 두 손 두 발든 상태였다. 친정에 가 있어도 된다고 그리 말해도 요지부동이었다. 그건, 맞지 않는 일이라면서 며느리는 그렇게 제 옆에 붙어 있었다.

저와 하루하루를 보내고, 그렇게 갈 모양이었다.

"어머님."

결혼식을 올린 지 겨우 이틀이 지났을 뿐인 새색시였다. 수나는 급하게 터졌다던 일이 무에 그리 대수라고 새사람을 이렇게 떨어뜨려 놓고 가야 했었나 싶었다.

"그래, 말하렴."

"저 오늘 저녁 비행기로 가도 될까요?"

이게 무슨 소리인가 싶어서 수나는 고개를 돌렸다. 제 왼편에 앉아 있는 연희의 모습은 평온하기 그지없었다.

"내일 저녁 아니었니?"

"현진 씨, 놀라게 하고 싶어서요. 하루 일찍 가는 건 괜찮겠죠."

"말도 잘 모르지 않니, 그러다가 길이라도 헤매면……."

걱정스러운 마음에 한마디 하려던 수나였다. 허나, 연희의 맑은 웃음 아래 그녀의 걱정스러운 말들은 들어가고 말았다.

맑게 웃으며 하는 연희의 말이 제 말을 막았다는 것이 더 정확한 표현일 것이었다.

"저도 이제 제법 체코어 할 줄 아는 걸요. 게다가 정 안 되면 현진 씨한테 전화하죠, 뭐."

"그래, 그래라."

수나 역시 쉬이 허락할 수밖에 없었다.

고운 아이를 고른 아들이 이제 더는 밉지 않았다.

다시 보게 된 루지네공항은 연희를 반겼다. 연희의 머릿속에는 온통 한 가지 생각밖에 없었다.

다시 오리라 생각하지도 못한 곳에 발을 디딘 연희는 현진을 찾아 나설 생각뿐이었다.

아담한 루지네공항을 나온 연희는 트램을 타고, 현진의 게스트 하우스가 있는 신시가지로 출발했다. 지나치는 풍경들은 그림 같았다. 하지만, 연희의 눈에는 풍경들이 들어오지 않았다.

길을 헤매지 않고 현진에게 저 스스로 가려고 신경이 곤두서 있는 까닭이었다.

홀로 찾은 게스트하우스 앞에 선 연희는 제가 들고 온 짐의 무게가 느껴지지 않을 만큼 마음이 가벼웠다.

벨을 누른 그 손짓 역시 너무나 가벼웠다.

"누구……."

오랜만에 만난 이국적인 여자의 말이 멈췄다. 연희는 환하게 웃으며 여자를 향해 입을 열었다.

"현진 씨 있나요?"

"사장이요?"

놀란 여자의 모습에도 연희는 내내 같은 표정이었다. 하늘거리는 치맛자락이 스치는 그 감촉이 참 좋을 만큼, 연희는 지금 정말 좋았다.

"지금 호텔에 가 있는데……. 바츨라프 광장 근처에 있는 곳이라고 했는데……."

"저, 미안하지만……. 여기에 짐 좀 놔두고 가도 될까요?"

"아, 네……."

멍한 여자를 놔두고 연희는 걸음을 옮겼다. 제가 오기 전까지 로밍해둔 핸드폰을 살려놓고 있겠다고 했던 그였다. 연희는 광장에 가서 그에게 전화를 걸 생각이었다.

모든 것은 걸려온 한 통의 전화로부터 시작되었다. 언제가 아침이었고, 언제가 밤이었는지 잊을 만큼 호텔 공사에 집중해있던 그를 깨운 것은 한 통의 전화였다.

─나 여기 현진 씨 있는 곳이에요.

장난이라 여겼다.

내일, 그것도 내일 저녁 시간으로 한국에서 비행기를 탈 사람이 벌써 프라하일 리 없었다.

─정말이에요. 나 여기 바츨라프 광장이에요.

그 말에도 현진은 믿지 않았다. 남자들 사이에 섞여 내내 골머리를 썩이던 문제 하나가 해결되고 나서 온 전화였다. 현진은 그저 연희가 장난하는 줄 알았다.

─정말, 내가 왔어요. 현진 씨가 그랬던 것처럼 나도 현진 씨 보

고 싶어서 왔어요.

그는 연희의 이 마지막 말에 정신 나간 놈처럼 호텔을 뛰쳐나왔다. 명우가 부르는 소리는 들리지도 않았다.

그렇게 뛰어서 나간 광장에서 그는 단번에 연희를 찾아낼 수 있었다.

"연희야."

그는 그렇게 연희를 불렀다.

"연희야."

다시 불렀다. 사람들 소리에 섞여 잘 들리지 않았을 것이 분명할 텐데도, 연희는 그런 제 말을 듣기라도 했다는 양 저를 향해 몸을 돌렸다.

마주친 두 눈이 찬란히 빛나는 그 순간 연희가 제 품에 안겼다.

현진은 그런 연희를 안고 환히 웃었다. 연희의 귓가에 그는 제 생에 처음이자 마지막이 될 초대를 건넸다.

"어서 와. 환영해."

찬란하게 빛날 미래가 아닐지라도, 그는 연희와 함께 행복한 일상을 살아낼 것이었다.

이 사람만 있다면, 그는 세상 모든 것을 다 가진 기분이었다.

다시 찾은 우 베이보드는 프라하에서 가장 인기 있는 레스토랑이라고 했다. 연희는 그가 이끄는 대로 그 레스토랑에 다시 갔다. 그건, 그의 친구 내외를 만나기 위해서였다.

그가 보여주기로 한 친구를 만나기 위해서였다.

"김명우입니다. 이 자식이 한 달에 두 번씩 서울에 왔다 갔다 할 만했네요. 엄청 미인이신데요?"

연희는 이런 넉살 좋은 사람이 그의 곁에 있다는 사실이 너무 재미있었다. 그저, 그의 곁에 있는 사람 하나하나를 알아가는 것이 즐거웠다.

"안녕하세요. 이연희예요."

"안녕하세요. 저는 서주희라고 해요."

인사를 건넨 여자, 저보다 화려한 생김새를 자랑하는 여자를 마주한 연희는 그녀가 명우의 아내라는 것을 알 수 있었다. 그 인사에 화답하고 나니, 현진의 주관하에 저녁식사가 이뤄졌다.

오랜만에 이곳에서 먹는 스테이크만큼, 달라진 상황 역시 연희를 기분 좋게 만들었다.

"그럼, 연희 씨는 여기 처음이겠네요?"

"아……. 아니요. 지난번에 여행 와서 와봤어요."

"그래요?"

"언제요?"

부부라는 말이 참 잘 어울릴 만큼 비슷한 질문을 제게 쏟아낸 명우와 주희를 바라보며 연희는 웃음 지었다. 싱그러운 웃음을 걸고 있는 연희가 입을 열기 전 현진이 답을 했다는 것이 문제라면 문제였을까.

"이 사람 여행 왔을 때, 내가 꼬셨어. 왜?"

놀란 빛이 역력한 두 사람이었다. 연희는 그럼 두 사람을 바라보다 태연한 현진의 옆모습을 슬쩍 곁눈질했다. 너무나 태연하게 잘 익혀진 스테이크를 먹는 현진의 모습에 웃음이 일어난 연희였다.

그의 말이 틀린 것은 아니었으니 말이다.

"여기서 이제 뭐 하실 거예요? 별로 하실 일 없으면, 우리 종종 만나서 이렇게……."

주희가 먼저 제안해온 것이 미안하게, 연희는 거절의 말을 꺼내 들었다. 이런 타지에서 만난 남편 친구의 아내는 반가운 존재라는 것을 연희도 새삼 처음 알았으니 더욱 미안한 마음이 들었다.

"아……. 저, 제가 여기에서 잘하면 일을 할 것 같아서요."

아직 정신이 없어서, 현진에게도 꺼내지 못했던 말을 이 자리에서 꺼낸다는 것이 조금 그렇지만 그래도 해야 했었다.

괜한 기대감을 잔뜩 가지기 전에 사실을 알려주는 것이 더 좋은 편이었다.

"제가 바리스타학원에 다녔었는데, 거기 선생님이 프라하에 있는 아는 카페에 저를 추천해주신다고 해서요."

"어머! 연희 씨, 바리스타예요? 나 커피 완전 좋아하잖아요."

"아, 아직 잘 못 만들어요."

수줍은 제 말을 듣긴 한 것인지, 주희는 새로운 대화 주제에 빠져서 이제 자신이 제일 친한 친구라도 되는 듯이 말하고 있었다.

한데, 이상하게도 그런 주희가 싫지 않았다. 연희는 그런 주희가 좋았다.

이 먼 곳에서 새로운 친구를 한 명 사귄 느낌이었다.

카를교를 지나가던 연희의 걸음이 우뚝 멈춰 섰다. 이미 해가
저물어 어둑해진 거리에 거리의 악사만이 그 자리를 지키고 있을
뿐이었다. 연희는 카를교 한가운데서 걷지 않고 멈춰버린 자신을
바라보는 현진과 마주보고 있었다.

"왜?"

그의 물음에 연희는 다시 웃었다.

"그냥요."

"가자, 우리 집으로."

그는 이런 말을 좋아했다. '우리 집', '내 연희' 이런 말들을 참
좋아했다. 하지만, 제가 듣기에는 참, 사람을 쑥스럽게 하는 말들
이었다.

"현진 씨, 안 물어봐요?"

저녁식사 자리에서 나온 취직 이야기를 물어볼 법도 한데, 한
마디도 묻지 않는 그가 못내 섭섭한 연희였다.

"묻지 않아도, 말해줄 거잖아. 우리 집에 가면 다 말해줄 거잖
아."

그의 말은 틀리지 않았다. 다 말해줄 것이었다. 별거 아닌 이야
기, 못할 이유도 없었다. 아니, 애초에 그에게 가장 먼저 이야기
하려던 것이었다.

"나 여기서 내가 할 일을 하며, 현진 씨랑 지낼 거예요. 그렇게
현진 씨의 곁에서 현진 씨가 하는 일을 바라보며 나도 꿈을 하나

마음에 품고 그렇게 살아가려구요."

"응."

"나, 그렇게 현진 씨의 곁에서 오래도록 행복하려구요."

"응."

"그렇게 우리 부모님에게 잘 살아가고 있다고 보여주고 싶어요. 현진 씨가, 나를 도와줄래요?"

이런 말을 하지 않아도 그는 도와줄 사람이었다.

"바보같이. 이미 그럴 거라는 거 알잖아."

"응, 알아요. 그래도 꼭 말하고 싶었어요. 내가 잡은 사람이니까, 그러니까, 내가 말하는 게 맞다고 생각했어요."

"그래. 우리 그렇게 살자."

현진은 그 말을 끝으로 제게 손을 내밀었다. 저 손의 온기가 얼마나 좋은 것인지 연희는 경험으로 알고 있었다. 연희는 그렇게 그가 내민 그 손을 잡았다.

그가 내민 그 손을 연희는 온전히 잡았다.

이국의 땅에서……. 저를 아는 이 없는 이곳에서 연희는 그와 모든 것을 다시 시작하는 중이었다.

도경의 추천으로 시작하게 된 카페 일한 지 고작 이틀이 지났을 뿐이었다. 아직 손님들의 주문을 받는 일에 서툴렀으며, 사장인 베이만의 솜씨를 따라가려면 멀어보이기만 했다.

"베이만."

연희는 기기를 닦으며 곁에 선 베이만을 향해 입을 열었다. 아

직은 입에 착 달라붙지 않는 언어에 진땀이 흐르는 일이 다반사
였다.

"나도 베이만처럼 잘할 수 있겠죠?"

연희는 처음 겪는 일이 가득한 이국의 땅에서 여전히 구름 위
를 걷는 기분이었고, 여전히 마음을 완벽하게 놓을 수 없었다.

"물론. 연희는 나보다 더 좋은 바리스타가 될 거야. 도경이 그
러던걸?"

푸근한 인상처럼 풍채 역시 푸근한 그의 말에 그녀는 입가에
웃음을 그득하게 머금을 수 있었다.

"참, 내가 많이 서툴러서 미안해요."

"아니, 괜찮아. 원래 처음은 다 서투르잖아."

그의 다독거림에 연희는 웃을 수 있었다. 저를 다독이는 그의
말에 진땀 나던 이틀간의 일이 피곤하지 않았다. 이제 그냥 견딜
수 있는 그런 일이 된 기분이었다.

"아……. 베이만 한국 음식 좋아해요?"

"한국? 김치?"

베이만의 물음에 연희는 고개를 저었다. 아직은 낯선 제 나라
음식 중에도 그의 입맛을 사로잡을만한 것을 만들어 주고 싶은
생각이 들었다.

"아니요. 내가 나중에 맛있는 거 만들어 줄게요."

연희는 프라하에서 처음 사귄 사람을 향해 선물이라는 것을
하고 싶었다. 눈코 뜰 새 없이 바쁜 현진을 대신해 요즘 많은 시
간을 같이 보내고 있는 것은 아이러니하게도 베이만이었으니

말이다.

어쩔 수 없는 일이지만 그녀는 그의 얼굴을 제대로 마주한 날이 까마득해지기 시작하고 있었다. 이곳에 도착한 날 이후로 그의 얼굴을 제대로 보고 음식을 먹은 적이 없을 정도였으니 연희의 입에서 한숨이 새어나오는 것이 당연했다.

오늘은 그가 도착하기 전에 먼저 잠들지 않겠다고 마음속으로 다짐하고 또 다짐한 그녀였다. 바쁜 그를 기다리는 일이 이렇게 힘들 줄은 몰랐다. 연희는 오늘만큼은 그를 기다려 함께 잠을 청하고 싶었다.

결혼만 하면, 그리고 프라하에 함께 있을 수 있기만 하면 마음껏 얼굴을 마주할 수 있을 것이라 생각했다.

하지만, 밀려 있던 일들은 너무나 많았고 막바지 공사가 한창인 호텔은 회의가 수도 없이 열렸다. 자정이 돼서야 겨우 집에 들어올 수 있게 된 현진은 오늘도 거실에서 꾸벅꾸벅 졸고 있는 연희를 마주했다.

현관 앞에 오도카니 서서 저를 기다리는 연희의 모습에 그는 아주 조심스럽게 현관문을 닫았다. 제가 들어오는 소리가 연희의 단잠을 깨우지 않도록 그는 소리를 죽이며 연희에게로 다가섰다.

거실에 놓인 다갈색의 소파 위에 서류가방을 올려놓은 현진은 재킷을 벗어 그 위에 얹었다. 이미 자고 있는 연희의 모습에 마음이 뻐근할 정도로 따뜻한 기운이 그득했다.

연희가 이런 제 마음을 알았으면 싶었지만 그보다 더 편하게 자고 있었으면 좋겠다는 마음이었다.

저는 이렇게라도 잠을 자고 있는 연희의 얼굴을 마음껏 볼 수 있지만 연희는 아니었을 것이었다. 미처 제 사람을 잘 챙기지 못하고 다녔다는 생각에 현진은 연희의 얼굴을 쓰다듬었다.

손에 닿는 그 온기에 그는 기분 좋은 웃음을 머금을 수 있었다.

품에 안은 연희의 작은 움직임에도 그는 웃었다. 연희가 주는 온기에, 그 미소에도 웃었지만 제 품 안에서 꼬물거리며 움직이는 연희의 그 작은 움직임에도 그는 웃었다.

이런 연희라서 좋았다.

제가 서현진이었듯, 이연희는 이연희라서 좋았다.

그렇게 반할 수 있던 이가 연희라서 참 좋았던 그였다.

침실을 가득 내리쬐는 햇살에 연희는 벌떡 몸을 일으키고 말았다. 세상에……. 분명히 어제 11시까지만 해도 또렷했던 기억들이 깜깜했다.

게다가 아침 8시라니 늦어도 너무 늦게 일어난 시간에 연희는 소스라치게 놀랐다. 그녀는 스스로를 돌아볼 시간도 없이 침대를 빠져 나왔다. 바삐 나온 거실에는 며칠 만에 얼굴을 마주하게 된 현진이 있었다.

"현진 씨."

출근 준비를 다 마친 것인지 와이셔츠와 정장 바지 차림의 그가 소매를 걷은 채로 식탁에 접시를 놓고 있었다. 그 모습에 연희는 아주 천천히 그에게 다가섰다. 지금 이 순간이 꿈이 아닐까 싶었다.

요새 눈코 뜰 새 없이 바쁜 그가 이미 출근을 해야 할 시간에 집에 있을 리 없었기 때문이었다.

"깼어? 앉자. 배고프지?"

연희는 그의 말에 지금 이 순간이 꿈이 아니라는 사실에 웃음이 났다.

"치……. 내가 아침 차려줄 텐데 나 깨우지 왜 현진 씨가 차렸어?"

"요새 내가 너무 바빠서 미안하다고."

투정에도 웃어주는 그가 좋았다. 연희는 그런 그의 말에 입꼬리를 슬며시 말아올렸다. 그녀는 그제야 머리를 매만지며 자리에 앉았다.

"요새 카페 일은 할 만해?"

"그냥 뭐 그렇지. 현진 씨는 밥 잘 챙겨 먹는 거야?"

연희는 고작 이틀 사이에 해쓱해진 현진의 모습에 절로 잔소리가 나올 지경이었다. 그녀는 아침이라는 것도 잊은 채로 입을 열었다.

그가 제 앞에 시원한 오렌지 주스를 한 잔 놓아주는 모습을 하나도 놓치지 않으며 그렇게 쉴 새 없이 말했다.

"잘 챙겨 먹으라니까. 이것 봐. 얼굴이 반쪽이 됐잖아. 명우 씨는 뭐하느라 자기랑 밥도 먹으러 안 가? 그렇게 바빠? 아무리 그래도 그렇지. 현진 씨, 너무 바빠서 밥 먹기 힘들면 내가 도시락 싸서 줄까?"

"연희야."

그의 부름에도 연희는 멈출 줄을 몰랐다.

"아니다. 내가 지금 당장 싸서 줄게. 어머님이 그러셨단 말이야. 아무리 그래도 밥은 잘 챙겨 먹어야 한다고. 현진 씨는 끼니도 잘 안 챙겨 먹는 것 같다고……."

쉴 새 없이 쏟아지던 말들이 우뚝 멈춘 것은 쓱 다가선 현진의 손이 연희의 볼에 닿았기 때문이었다. 그리고 이내 그가 연희의 얼굴을 향해 고개를 숙여 입을 맞췄기 때문이었다. 그렇게 연희의 두 볼에 고운 홍조가 서렸다.

입술을 뗀 현진이 웃음기 띤 소리로 연희에게 말했다.

"잘 챙겨 먹을게……. 우리도 아침 먹자."

"응……."

아침의 햇님이 수줍게 내민 고개처럼 연희의 두 볼에도 수줍은 미소가 피어올랐다. 연희는 오늘 하루가 너무나 좋았다. 이국의 땅에서 시작하는 하루가 너무나 행복했다.

다른 날들과 달리 그녀는 마음 가득 피어오르는 행복한 기분에 피어오르는 웃음을 막을 새가 없었다.

불과 어제까지 느껴졌던 섭섭했던 마음이 그녀 안에서 눈 녹듯이 사라졌다. 제 마음을 알아주는 그가 있었기에 가능한 일이었다.

그보다 더 서로를 생각하는 마음이 있었기에 할 수 있었다고 그녀는 믿었다. 그가 자신을 좋아하는 그 만큼보다 더 좋아하기 시작했다고 말해주지 않았다.

그가 걸었던 사랑의 조건.

그걸 지금도 지키는 중이라고 말하지 않았다.

말하지 않아도 그는 알 것이라고 믿었다. 서현진이라면 제 마음을 잘 알 것이라 믿었다. 그가 저를 믿는 것보다도 더 믿었다.

그리고 그녀 스스로가 자신을 믿는 것보다 더 그를 믿는 중이었다.

"누구야?"

요즘 부쩍 카페에 자주 오는 손님이 앉았던 자리에서 현진이 자신을 바라보고 있었다.

"바쁘다더니, 시간이 어떻게 났어요? 점심은 먹었어요?"

그의 물음에 답하기보다 점심때에 잠시 자신에게 온 그를 더 걱정한 연희였다.

"누구냐니까?"

그런 그의 물음을 도통 이해할 수 없던 것은 그녀였다. 그의 신경이 날카로워져 있음을 느꼈지만 그게 어째서 방금 앞에 있던 손님에게 뻗어 있는지 알 길이 요원했다.

"현진 씨."

"누구냐고."

점점 끊어지는 말에 연희의 고운 이마가 찌푸려졌다. 왜 이렇듯 신경이 날카로운지 알 수 없는 그보다 무엇 때문에 그가 이토록 타인에게 날카로운 것인지 몰랐기에 그녀는 인상을 펼 수 없었다.

"손님이에요. 왜 그러는데요?"

"이연희."

그가 자신을 보고 웃지 않았다. 자신을 보면서도 말이다.

"왜 이러는지 알아야……."

"당신 결혼한 거 알고는 있지?"

그의 말에 연희는 일순 조용히 그를 바라봤다. 베이만이 한창 손님들을 상대하다 겨우 숨돌릴 틈이 생긴 듯싶었다. 베이만의 기척이 그와 자신에게 느껴지는 것을 보면.

"당연하잖아요."

덤덤하게 말한 그녀를 앞에 두고, 그는 설핏 인상을 찌푸렸다. 제게 화조차 잘 내지 않는 사람이 지금 성마른 기색을 감추지 않는 모습에 그녀는 당황스러웠다.

"현진 씨. 무슨 일 때문에 그래요?"

"다른 사람들이 오해할 정도로 웃어주지마."

그의 말에 웃음을 터트린 건 오직 베이만뿐이었다. 그가, 왜 자신을 향해 날카로운 신경을 뻗어내는가 싶었는데.

이유가, 다소 황망스럽지 않은가.

"현진 씨!"

날카로워진 연희의 음성에도 현진은 상관하지 않는 얼굴이었다. 그는 태연한 얼굴로 자신에게 말하고 있었다.

"집에서 봐."

뚝뚝 끊어지는 한마디를 남긴 그가 걸음을 돌렸다. 연희는 당혹감에 물든 감정을 어찌해야 할지 모를 지경이었다.

그녀는 그렇게 황당한 마음을 안고 그가 자신에게 화를 냈다는 걸 인정하기까지 오래 걸리지 않았다.

처음.

난생처음 질투라는 감정이 마음 안에서 들끓었다. 현진은 이 낯선 감정이 기분 나빴다. 다시 겪고 싶지 않을 정도로 기분이 좋지 못했다. 연희가 고대 앞에서 잠시 일하느라 어린 남자애들이 흘긋 그녀를 보며 웃는 것을 봤을 때와 그 색깔이 분명 달랐다.

"너 뭐하냐? 점심 먹고 온다더니?"

어느 집 점심이 이렇게 빨리 나오냐며 명우의 입에서 잔소리가 튀어나오고 있었다. 그런 그를 보며 현진은 쓰게 웃었다. 제가 조금 전 아내에게 한 행동을 듣는다면 두고두고 놀려먹을 놈이었다.

"네 알 바 아니고. 그보다 회의 준비는 제대로 했어?"

형식적인 확인이었지만, 현진은 갈등하고 있었다.

답지 않은 질투라니.

아내에게 꼭 미안한 마음을 표현하고 싶었다. 결혼 전에도 잘하지 않았던 서툰 감정에 연희가 당황했을 것이 분명했다.

그런 연희를 오늘 꼭 끌어안고 잠을 청하고 싶었다. 늘 아내가 자신을 기다리는 모습을 보며 집 안으로 들어서고 싶지 않았다. 가끔 바삐 움직이다 보면 자신이 결혼을 했다는 사실을 깜빡하는 기분이었다.

"다 했지. 그걸 말이라고. 근데 그건 왜?"

의아한 얼굴의 친구에게 그는 다시 입을 열었다. 내일 쉬기로 한 거, 미뤄야겠다.

"미안하지만. 급한 일 있다고 다 취소해. 내일 하자."

"야!"

현진은 그렇게 자신을 향해 버럭 소리를 높인 친구를 빠르게 지나쳤다. 당혹감과 무어라 확언할 수 없는 감정에 물든 그녀가 집에 있을 것이었다. 집에 가서 연희를 안고 귓가에 속삭여야 마음이 놓일 것 같았다.

아까 미안했다고.

불쑥 꽃다발을 내민다고 황망했던 마음이 풀릴 리 없었다. 게다가, 그가 자신을 믿지 못한다는 생각이 연희의 마음을 점령하면서 그 마음이 봄날의 눈처럼 녹아들지 않았다.

"연희야."

그가 자신을 불러도 대답하기 싫었다. 오늘 회의가 있어 늦게 들어온다는 사람이 어째서 일찍 들어온 것인지 묻고 싶지도 않았다.

"연희야."

그가 등 뒤로 다가왔다. 이내 제 귓가에 속삭이고 있었다.

"미안. 아깐, 내가 좀 신경질적이었어."

그가 무슨 말을 해도 그냥 풀어지지 않겠다는 다짐과 달리 어느새 연희는 그의 말을 듣고 있었다.

"네가 너무 예쁘게."

그가 하는 말에 연희의 온몸이 붉게 물들기 시작했다.

"네가 너무 환히 빛나도록 웃잖아."

"현진 씨."

그녀의 부름에도 아랑곳하지 않던 그가 다시 그녀를 두드렸다.

"미안. 결혼했는데도 질투가 나는 걸 어떻게 해. 네가 너무 예뻐서."

그의 마지막 말에 연희는 백기를 들었다. 온몸이 그가 들고 온 장미꽃보다 더 붉어지고 있는 지금 단호한 태도는 효율적이지 못했다.

"그래도 나한테 화내면 안 되는 거였어요."

"알아. 그래서 미안해."

그녀의 말에 그의 움직임이 조급한 마음을 털어내듯 다가왔다. 느른한 그 움직임에 연희의 어깨가 흠칫 떨렸다.

어느새 뒤에서 그녀를 끌어안은 그가 그녀의 어깨에서 목으로, 목에서 볼로 입술을 옮겨가고 있었다. 오늘만큼은 이런 현진에게 넘어가지 않으려 연희는 몸을 돌렸다. 무엇보다 오늘은 꼭 그에게 밥을 먹이고 싶었다. 벌써 며칠째 그는 밥조차 제대로 챙겨 먹지 않고 있었다. 해쓱해진 그를 보며 연희는 안타까운 마음이었다.

돌아선 그녀의 입을 그가 단단히 막아버렸다. 서로의 숨결을 탐하는 그 작은 행동 하나에 연희의 손이 그를 밀어내려던 움직임을 멈췄다.

밥을 차려주겠다던 생각.

그녀의 머릿속에 더는 남아 있을 수 없었다. 그녀가 지금 당장 할 수 있는 생각은 그에게 매달려야겠다는 것뿐이었다.

홀홀 벗어던진 옷이 침실로 가는 길을 만들고 있음을 보지 않아도 알 수 있었다. 그가 자신의 옷을 한 올도 남기지 않은 채로 벗겼다. 침실로 오는 그 순간도 견딜 수 없다는 듯 성마르게 굴고 있었다. 연희는 순순히 그런 그의 손길에 자신을 맡겼다.

"하……아."

고운 그녀의 이마가 살풋 일그러졌다. 달뜬 숨이 토해졌지만 이내 그 숨결은 그가 먹어치웠다. 세상 가장 달콤한 음식을 먹듯 그가 그렇게 하고 있었다. 어지러이 흐드러지기 시작한 달빛과 밤하늘의 별빛들이 창가를 통해 들여다보는 기분이었다.

그 기분들이 자신에게 그리고 그에게 단 하나도 빠트리지 않고 전해주고 있었다.

몇 번이고 그를 받아들였던 그녀였지만 어쩐지 오늘은 조금 달랐다. 자신을 두드리는 그의 손길이, 어루만지는 그 입술이 뜨거웠다. 한없이 녹아내릴 것 같이 열기가 가득했다.

질투하는 그는 처음이었다. 이토록 누군가를 질투한 적이 없던 그가 그런 감정을 내비쳤던 것 자체가 신기했다. 처음에는 자신을 믿지 못한 것인가 싶어 화가 났지만, 이내 그녀는 그가 그런 사람이 아니라는 걸 알고 있었다.

그렇게 남은 사실은 하나.

그도 당황했을 것이라는 사실이었다. 불쑥 솟아오른 감정에 그가 당황했고, 자신은 그런 그에게 황망한 기분과 함께 즐거운 감정 그리고 조금의 화가 난 복잡한 기분을 느끼고 있었다.

자신을 계속 두드리던 그가 너무 느리지도 않고, 빠르지도 않게 제 안으로 들어왔다. 그 순간 연희의 입에서 신음소리가 토해져 나왔다. 안으로 삼킨 그 음성은 귀 기울여 듣지 않으면 들리지 않을 정도로 미약했다.

그런 그녀를 품에 가득 안고 그가 움직였다. 그녀의 시선 가득 그가 차올랐다.

이제 능숙하게 하게 된 체코어뿐만 아니라, 커피를 내리는 솜씨 역시 늘었다. 학원에서 맺은 인연으로 도경이 제게 소개해준 프라하에 있다던 카페는 아담했고, 정이 넘치는 곳이었다.

"연희, 이제 가도 돼."

사장의 어눌한 발음으로 제 이름이 불리자 연희는 고개를 돌려 사장을 확인했다. 그렇게 사장인 베이만은 제게 퇴근을 허락했다. 며칠 전부터 부탁했던 일이기도 했었다.

오늘은 일찍 집으로 돌아가 제 남편을 위해 맛있는 저녁식사를 차려낼 생각이었다.

"고마워요. 베이만."

연희는 서둘러 제 앞에 어질러진 원두들을 정리했다. 더불어 근처에 있는 잔들 역시 정리하고 나섰다. 모든 것을 정리하고 나면 서둘러 신선한 고기를 구해서 맛있는 저녁을 한 상 차릴 것이다. 연희의 입매가 부드럽게 풀어지고 있었다.

종이 울리고, 문이 열린다. 그리고 그가 들어온다.

연희는 이 세 가지가 모두 일어나고 나면, 집 안에 발을 디딘 현진의 모습을 마주할 수 있었다.

아스파라거스가 곁들어진, 스테이크를 베이만에게 묻고 또 물어서 배워낸 연희가 오늘 저녁식사로 내놓은 음식은 그것이었다.

그리고 기분을 좋게 만들어줄 가벼운 와인 한 잔씩……. 연희는 제 와인 잔에는 같은 붉은빛이 도는 포도주스를 따라놓았다.

"왔어요?"

쪼르르 현관 앞에 달려가 현진이 막 발을 내딛는 그 모습을 바라본 연희였다. 처음 프라하에 왔던 날, 연희는 제 예상을 보기 좋게 빗나가게 만든 현진의 행동에 놀랐었다.

그녀는 그가 운영하는 게스트하우스를 간다고 생각했었다. 그리고 그건 저의 착각이었음을 알아차렸다. 그는 이제 게스트하우스는 운영하는 것이 아니라, 프라하 시내에 자리한 호텔을 운영하고 있었다.

자세한 경위는 알지 못했다. 하지만, 그가 위험한 일을 하지 않을 사람이라는 건 아주 잘 알고 있는 그녀였다.

"응, 오늘 일찍 왔네?"

그의 물음에 어쩐지 즐거운 기색이 스며들어 있었다.

"아, 오늘 내가 현진 씨 주려고 저녁 하겠다고 며칠 전부터 베이만한테 부탁했거든요."

연희의 입에서 쉴 새 없이 말이 새어나왔다. 그건, 아직 그에게 전하지 못한 말에 비하면 정말, 사소한 종류의 일상이었다.

"어서 가요. 조금 전에 차린 거라 아직 맛있을 거예요."

연희의 손이 그를 이끌었다. 먼저 자리에 앉아 그가 앉기를 기다리는 연희의 시선이 반짝거렸다. 그는 여전히 그런 자신을 의아하게 바라보았다.

결혼식을 올린 지 4달이나 지났다.

겨우 4달이었다.

2년을 고생해도 가져지지 않던 아이가, 겨우 4달 만에 축복처럼……

선물처럼, 제게 찾아왔다. 연희는 제 뱃속에 있는 아이에게 참 감사했다.

와인으로 목을 축이는 그를 빤히 보던 연희가 그에게 마음의 준비를 할 시간도 주지 않고 불쑥 입을 열었다. 그럼에도, 연희의 목소리는 즐거웠다.

"우리 아이 생겼어요."

의사가 한 말을 전부 이해할 수 없었지만, 조금씩 이해할 수 있었다. 지난주에 너무 바빴던, 그를 대신해 그녀는 주희와 같이 병원을 찾았다.

저와 달리 조금 더 유창한 체코어를 구사하는 주희의 입을 다시 한 번 거치고 나서야 연희는 그 사실을 실감했다.

탁, 소리가 나게 와인잔을 내려놓은 현진의 두 눈은 놀라운 빛으로 가득했다.

"우리, 아이가 생겼어요."

이건 전부, 그가 자신을 믿고, 그 믿음을 바탕으로 사랑해서라고 그녀는 그렇게 말하고 싶었다. 아니, 그것뿐만이 아니었다.

그는 제게 평온을 가져다준 사람이라서였다.

그가 처음 제게 건넨 사랑의 조건, 그건 자신과 같이 있기 위해 걸었던 유치한 조건이라고 했었다며 후에 그리 말했다.

하지만, 연희는 이제 그가 건넨 그 조건은 실재해야 한다는 것을 느끼는 중이었다.

그래야만 사랑하는 가족과 행복하고, 그 마음에 평온과 평화가 찾아든다는 것을 알아가는 중이었다.

말도 할 수 없을 정도로 놀라 자신을 빤히 바라보는 현진의 모습에 연희는 싱그럽게 웃을 뿐이었다. 저 역시 말도 나오지 않을 정도로 기뻤으니까, 그 역시 그렇게 기쁜 것이라고 믿었다.

아니, 현진이라면 그 이상으로 기뻤을 것이었다.

"안 기뻐요?"

분명 기뻐하고 있다는 것을 온몸으로 느끼고 있음에도, 연희는 그를 향해 물었다. 그건, 저 역시 어쩔 수 없는 여자이기 때문이었다.

"기뻐."

그의 웃는 얼굴을 바라보며 연희는 그의 손을 잡았다. 식탁에 올라와 있던 그의 손 위로 제 손을 얹었다.

"나도 기뻐요."

말로 다 할 수 없을 정도로 기뻐요, 라고 연희는 그렇게 덧붙이며 현진과 똑같은 웃음을 제 입가에 그려넣었다.

이렇게 그와의 하루하루는 사소했지만, 그래서 참 행복한 날들이었다.

그가 약속했던 것처럼, 그는 제게 최선을 다하는 사람이었다. 그러니, 연희는 이번에도 믿을 수 있었다.

저희에게 찾아온 아이에게 역시 최선을 다할 사람이라는 것을 말이다.

연희는 현진과 같은 웃음을 지어보이고 있었다. 창을 통해 저무는 석양이 현진과 연희를 감싸듯 집 안으로 들어왔다.

연희는 루지네공항에 서서 열심히 고개를 기웃거리고 서 있었다. 이번 설날에는 꼭 서울에 가기로 했던 계획이 어그러졌지만 어른들은 좋아하셨다. 특이 엄마가 좋아했다. 아이가 그리도 생기지 않던 전과는 달리 빨리 찾아와준 아이로 인해 엄마의 기분은 요즘 매일같이 콧노래라도 부르고 싶은 것처럼 보였다.

멀리서 보이는 어머니와 형님 그리고 제 엄마와 새언니의 모습에 연희는 입꼬리를 기분 좋게 말아올렸다. 어느새 그녀의 입가에는 호선이 그려져 있었다.

"어머니, 오셨어요."

"그래. 뭐하러 나와있어."

연희는 서둘러 다가가서 단출한 짐을 들었다. 제 엄마의 것과 시어머니의 것을 들며 그녀는 종종걸음쳤다.

"오시기 힘들지는 않으셨구요?"

"괜찮더라. 사부인 덕에 심심하지 않았다."

서로 좋은 친구처럼 지내는 두 분의 모습에 연희는 다행이다 싶었다.

　"현진 씨가 호텔로 모시고 오랬어요. 저희 집에 방이 없어서 호텔에서 묵으셔야 할 것 같다구요."

　"아, 맞다. 그러겠네."

　어느새 아담한 공항을 빠져나온 연희는 택시를 잡아 짐을 실으며 오랜만에 만난 가족들의 얼굴에 웃음이 지워지지 않았다.

　"참, 병원은 잘 다니니?"

　아이 소식과 함께 계획된 이번 방문의 가장 큰 목적은 오직 하나였다. 제가 비행기를 타다가 행여 잘못되면 안 되니 가족들이 움직이겠다는 것이었다. 더불어 아직 가족들 그 누구도 보지 못한 신혼집을 보는 것도 포함되어 있지만 말이다.

　"걱정 안 하셔도 된데요. 너무 건강하데요."

　"아무래도 여기는 다른 나라고 우리는 서울에서 아이 낳았으면 싶은 마음이다만."

　한참 택시 앞에 서서 걱정을 늘어뜨리는 시어머니와 엄마의 말에 연희가 어쩔 줄 몰라 하는 사이 원진이 나섰다.

　"어머, 엄마. 무슨 소리야. 요즘에 해외에서 애들 못 낳아서 안달 난 거 몰라? 엄마 손주, 손녀는 편하게 국적이 두 개나 되는데 그런 시대에 떨어지는 소리 말지?"

　"아가씨. 택시 기사분……."

　연희는 저를 부르는 새언니의 소리에 퍼뜩 정신을 차리고 입을 열었다.

"일단 타시는 게 좋을 것 같아요. 기사분이 너무 오래 기다리셔 서. 오늘 현진 씨도 바쁜 일정 없다고 했으니까 저녁 같이 먹을 수 있을 거예요."

연희는 기사의 표정이 일그러지기 전에 서둘러 택시에 올라타 며 행선지를 일렀다. 그가 있는 마젠느호텔로 가는 택시 안에서 는 여전히 아이의 출생에 관한 논쟁으로 한참 열을 올리고 있었 지만 말이다.

단 한 번도 시끄러운 적이 없던 집 안에 여자가 넷이 더 들어오 니 시끌벅적해졌다. 현진은 가족이 왔다는 것은 좋았지만 연희와 제가 지낼 때에는 넓어 보이기만 하던 집 안이 순식간에 작아 보 여 웃을 수만도 없었다.

"너 게스트하우스랑은 인테리어 자체가 다르다?"

누나의 말에 현진은 황당한 기분이었다. 지금 이걸 장난이라고 거는 것인가 싶기도 한 그는 그냥 조용히 소파에 앉아 여자들의 집 안 순례가 끝나기를 기다렸다.

집에서 밥을 해 먹는다는 것은 말 그대로 불가능에 가까웠다. 기껏해야 서너 명이 앉아서 먹을 수 있는 식탁이었고, 무엇보다 연희에게 많은 양의 음식들을 준비하라고 하고 싶지 않았다.

"어머니."

그는 조용히 수나를 불렀다. 도무지 끝이 보이지 않은 이 구경 들을 중재할 사람이 이제는 필요하다 여긴 그였다.

문득 돌아보는 눈이 연희의 것을 포함에 다섯 쌍이 되자 제아무리 자신이라고 할지라도 진땀이 날 지경이었다. 어쩌자고 형님은 휴가를 내지 못해서 오지 못한 것인지 정말이지 한탄스러운 그였다.

"식사시간 훨씬 지나셨어요."

부드러운 그의 권유에 다시 침실로 들어가려던 걸음을 나란히 멈춘 수나와 은주였다. 그녀들이 돌아 나오는 모습을 모고 나서야 남모를 안도의 한숨을 내쉴 수 있게 된 그였다.

"집에서 드시기는 좀 힘드시니까 밖으로 모실게요. 어머님, 나가시죠."

이번에는 장모님을 챙긴 그였다. 여자들이 이렇게 많으니 누구를 먼저 챙겨야 할지 감이 잡히지 않았다.

"아, 그러세."

가방과 외투를 챙기는 장모님의 모습을 보며 그는 내내 장모님의 곁을 맴도는 연희를 봤다. 말은 안 했지만 장모님이 보고 싶었을 그녀였다.

그는 조용히 연희에게 다가가 그녀의 손을 꽉 잡아줬다. 제 아이를 가져서 서울로 갈 수 없던 연희에게 그가 할 수 있는 것은 이 정도뿐이었다.

연희가 모르는 사이 어머님들의 방문을 유도해낸 것이 누나를 통해 이뤄진 일이라는 것은 아내는 몰랐다.

몰라도 되는 일이었기에 개의치 않는 그였다. 그저 연희가 마음 가득 행복해하는 것이면 족했다.

마주 잡은 손으로 그런 제 마음이 전해지기를 바라며 그는 연희와 나란히 서 있었다.

✻

든 자리는 몰라도 난 자리는 표가 난다고 했던가.

연희는 우르르 몰려왔다가 우르르 빠져나간 가족들의 빈자리에 기운이 나지 않았다. 그런 연희의 곁에 현진이 슬쩍 다가왔다.

"왜?"

그의 걱정에 연희는 고개를 저으며 노트를 끼적였다. 여전히 부족한 것만 같은 언어에 공부라도 한 자 더 하려는 목적이었지만 연희는 달리하고 싶은 마음조차 들지 않았다.

"별로 하고 싶지 않으면 그만해."

그의 말에 그녀는 노트를 덮었지만 내내 노트를 만지작거렸다. 그런 연희의 손을 잡은 현진이었다.

"내일 병원 간다 그랬지?"

"응. 내일 가려고."

여전히 무기력한 연희에게 현진은 손을 만지작거리며 그녀를 제 어깨에 기대게 했다. 그는 내일 하루 있는 일을 모두 미루어야겠다는 생각을 할 수밖에 없었다.

프라하에서 살게 된 연희의 마음이 늘 행복할 수는 없는 노릇이었다. 연고라고는 단 하나 자신밖에 없는 이곳에서 시작해준 연희였기에 고맙고 또 고마웠던 그였다.

그게 얼마나 대단한 마음을 필요로 하는지 모르지 않았기에 정말 고마웠던 현진이었다. 그는 그런 연희를 위해 내일 하루 연희와 시간을 보내야겠다고 생각했다.

"그럼, 내일 나랑 같이 가자."

놀란 연희의 눈이 토끼 같았다. 저를 바라보는 연희의 시선에 현진은 입가를 말아올리며 연희의 시선을 마주했다.

"그래도 돼?"

"상관없어. 내일 아침에 호텔 가서 확인해야 할 것들만 하고 그리고 나올게. 내일 병원 들렀다가 우리 데이트하자."

현진의 말에 연희의 입꼬리가 슬쩍 말려 올라가고 있었다. 수줍은 미소가 피어오르는 것을 보고 그는 마음을 조금 놓을 수 있었다.

"진짜?"

재차 확인하는 연희의 말에 제가 일을 핑계로 얼마나 바쁘게 굴었는지 알 수 있었다.

"응, 내일 우리 구시가지 쪽으로 갈까?"

"아니. 내일 우리 시장 쪽으로 가자."

연희의 말에 현진은 고개를 끄덕이며 그녀를 품에 가득 안았다. 품 안에 쏙 들어오는 연희의 등을 쓰다듬으며 그는 그녀에게 기대었다.

말 그대로 바삐 움직여 겨우 연희의 진료시간이 끝나는 즈음에 도착할 수 있게 된 현진은 서둘렀던 걸음을 겨우 쉴 수 있게 되었다.

"현진 씨!"

어제보다 밝아진 연희의 음성에 현진은 웃었다. 밝아진 아내의 모습에 그는 내내 걱정이었던 마음 한 가지를 내려놓았다.

"이것 봐."

그의 앞에 불쑥 내밀어진 사진 한 장에 그는 두 눈이 휘둥그레 졌다.

초음파사진 한 장에 기쁠 수 있는 것이 바로 예비 엄마, 아빠라 는 것을 그는 잘 몰랐다. 더불어 제 아내 역시 잘 몰랐다.

"이게……."

그는 연희의 환한 미소에 아이의 몫이 컸음을 알아챌 수 있 었다.

"아……. 이거? 선생님한테 한 장 뽑아달라고 그랬어. 현진 씨 는 못 봤잖아. 인사해. 우리 아이."

여전히 날씬한 아내의 뱃속에 아이가 있다는 게 믿어지지 않았 던 그의 앞에 내밀어진 한 장의 사진으로 인해 그는 사람들이 수 도 없이 지나가는 길목에 서서 움직일 생각조차 못했다.

그런 현진을 보며 연희는 내내 웃었다.

그런 그에게 연희의 고운 음성이 날아들었다.

"작지?"

"작네."

연희의 말에 도돌이표 찍듯 답하는 그의 모습은 연희의 입가에 웃음이 나게 만들기 충분했다.

"작아도 우리 아이야. 나는 이 아이가 너무나 좋아."

"응, 좋아. 나도……. 너무……."

사진 한 장을 들고 내내 들여다보는 그의 모습에 연희의 입가에서는 웃음이 떠나지 않았다. 어제 그렇게 마음이 헛헛하던 사람이라고 믿어지지 않을 정도로 그녀는 내내 웃음이 끊이지 않았다.

"너무 좋지?"

연희의 입에서 흐르는 언어에 그는 가만히 그녀를 바라봤다. 사진 속 아이는 너무나 작았지만 그에게 그리고 그녀에게 축복이었고 행복이었다.

"나 마음껏 좋아하고 즐거워할 일이 있었는데 너무 우울해했어. 그게 아니었는데……. 현진 씨가 걱정할 정도로 너무 처져 있었다 싶었어."

그녀의 말에 현진은 고개를 내 저었다.

"괜찮아. 그럴 수 있어. 어머님 보고 싶어 했잖아."

여자들은 아이를 가지고, 아이를 낳으면 어머니를 더 보고 싶어 한다고 했었다. 그 말이 문득 떠올랐던 현진이 정신을 차리고 연희를 봤을 때는 이미 장모님을 보고 싶어하는 마음을 그득히 품고 있었던 때였다.

"아니야. 어차피 이 아이가 내게 왔고, 현진 씨의 곁에 올 날이 그렇게 멀지 않았다고 생각하면 더 즐거운 일인데 내가 너무 기운 없이 있었다 싶어서."

늘 저를 배려하고 행동하는 연희의 태도에 현진은 가만히 그녀의 손을 잡아주었다. 가족들이 서울로 갔어도 저희에게는 새로운 가족이 있다며 웃는 아내의 얼굴에 입맞추고 싶은 마음이었다.

　이런 이연희가 제 아내여서 너무나 좋았다.

※

　프라하에서는 구하기도 어려운 떡볶이를 찾는 아내 덕에 현진은 오늘도 부엌에서 씨름 중이었다.

　"다 됐어. 들어와."

　그리고 결국 그는 아내가 그리도 먹고 싶어하던 떡볶이를 만들어냈다. 두 눈을 빛내며 부엌으로 들어선 아내의 모습에 현진은 재료를 구하기 위해 프라하를 돌아다닌 사실조차 까맣게 잊을 만큼 좋았다.

　"우와! 현진 씨 이거 어떻게 구했어?"

　다른 건 다 쉽더라도 떡은 구하기 어려웠다. 결국 생각해낸 것이 지난달 새알 옹심이를 한 봉지 가득 보내주셨던 장모님이 떠올랐다.

　"장모님이 지난달에 보내주신 거 있잖아."

　"아!"

　현진의 말에 연희의 입가에 배시시 웃음이 피었다. 그런 연희의 앞에 김이 모락모락 나는 떡볶이가 맛깔스러운 붉은빛을 뽐냈다.

　"맛있겠다."

　"얼른 먹어. 이거 그렇게 먹고 싶어했잖아."

"응!"

포크를 들어 떡을 콕 찍어서 먹는 연희의 모습에 현진의 입 안마저 침이 고이는 느낌이었다.

매웠던지 쓰읍, 하는 소리를 내면서도 연신 포크질을 멈추지 않는 연희를 보던 현진은 냉장고에 있던 포도주스를 따라 연희의 앞에 밀어줬다.

포도주스를 한 모금 마시고 나서도 붉은 빛깔을 자랑하는 떡볶이에 손을 멈추지 않는 연희의 모습에 현진의 입가에는 내내 웃음이 걸려 있었다.

"그렇게 맛있어?"

"응. 현진 씨도 먹어봐."

"아니야. 또 해줄까? 아직 재료 더 있는데?"

대답을 듣지 않아도 한 접시 더 만들어야 할 것 같았다. 벌써 가득 담아내준 접시에 담긴 떡볶이를 혼자서 반도 넘게 먹어버린 아내였다. 현진은 머뭇거리는 연희를 보며 자리를 털고 일어났다. 다시 한 접시 뚝딱 만들어서 내어줄 생각이었다.

"참, 지난번에 우리 같이 가기로 한 뮌헨은 조금 이따가 가야 할 것 같은데……."

현진은 요 며칠 골치 아픈 문제가 생긴 호텔에 전부터 벼르고 벼르던 아내와의 약속을 깨야 하는 것이 마음에 들지 않았다.

"왜? 무슨 문제 있어?"

연희의 말에 현진은 가볍게 고개를 끄덕이며 아내에게 말을 건넸다.

"보수공사 했던 층이 말썽이야. 그전까지 해결이 나면 좋겠는데 영 아닐 것 같네."

"그럼 어쩔 수 없지 뭐……."

풀이 죽어서 접시에 포크만 툭툭 찌르고 있을 연희의 모습이 선하게 그려진 그였다. 그는 막 볶아낸 떡볶이를 연희의 앞에 다시 내려주며 맞은편에 자리를 잡았다.

"대신 전부터 국립박물관 가보고 싶어했잖아. 우리 거기 갈까?"

"그래도 괜찮고."

"아니면 세포라에 가도 좋고. 것도 아니면 우리……."

"현진 씨 나 괜찮다니까?"

미안한 마음에 괜스레 프라하 곳곳에 있는 제가 알고 있는 장소들을 나열하는 그였다.

"정 그러면 나 베이만이랑 놀게."

밝은 연희의 모습에 마음이 놓이긴 하지만 여전히 그는 그녀의 곁에 제가 있어주는 게 옳다고 여겼다.

그게 옳았지만 어쩔 수 없는 상황도 때로는 발생하는 법이었다. 그럴 때마다 나오는 베이만은 이제 그에게 있어서 떼려야 뗄 수 없는 사람이었다.

"아, 그리고 베이만네 가게에서 간단한 음식도 먹으면 되고. 당신 일 끝나고 와서 나랑 같이 걷다가 집으로 와도 되잖아."

"그러네."

연희의 말에 그는 고개를 끄덕이며 그녀의 것과 닮은 웃음을 입가에 매달고 있었다. 현진은 그런 연희의 손을 잡았다. 마주 잡은 손에 닿은 온기에 마음이 따뜻했다.

이제 프라하의 이국적인 풍경은 서울의 것만큼이나 익숙해져 있었다.

"현진은 언제 와?"

베이만이 한가한 시간에 찾아온 여유를 만끽하고 있었다.

"일 끝나면?"

그런 베이만에게 그녀는 장난스러운 질문을 던졌다.

"응?"

일순 멍해진 그의 표정에 연희는 어린아이처럼 까르르 웃음을 터트렸다. 요즘은 작은 것 하나에도 감사하며 웃었다. 그게 제가 해야 할 일이었다.

너무나 감사한 사람을 만나서 축복인 그와 제 아이를 가질 수 있어서 하루하루가 얼마나 좋은지 모를 것이었다.

"참, 다음 주에 친구가 신혼여행을 이리로 온다고 그랬는데. 베이만도 볼래?"

"그 친구도 바리스타?"

베이만의 말에 작게 고개를 끄덕일 뿐 연희는 아무런 말을 하지 않았다. 그녀는 이미 자신을 향해 다가오는 현진에게 시선을 뺏겼다.

그가 제가 있는 곳을 향해 성큼성큼 걸음을 옮기는 모습에 연희는 웃음이 나기도 하고 묘하게 설레기도 했다.

무슨 말을 해도 저를 믿어주는 한 사람이 있었고, 그녀는 그 하나로 충분했다. 다른 것은 필요치 않았다.

앞으로도 이런 행복한 날들을 맞이할 수 있을 것이라는 믿음이 연희의 안에 깊게 뿌리내리고 있었다.

"많이 기다렸어?"

제게 손을 내민 그의 모습에 연희는 고개를 저으며 그의 손을 잡았다. 저물지 않는 햇살이 오늘 참 눈부시게 아름다웠다.

그렇게 아름다운 날 나는 이 사람의 손을 잡고 걸을 수 있어서 좋다는 마음을 가득 품어낼 수 있어서 하루하루가 감사하다고 생각했다.

부루퉁하게 부은 얼굴로 앉은 명우와 새초롬하게 그런 명우를 쳐다보지도 않는 주희를 보며 연희는 웃음을 꾹 눌러 참았다.

대체 저 부부는 하루에 몇 번을 싸워야 더 이상 싸우지 않을 생각인지 모를 만큼 참 많이 싸웠다.

"주희 씨, 오늘은 또 무슨 일이에요?"

매번 싸울 때마다 저희 집으로 찾아오는 명우네 부부는 늘 그렇듯 얘기하고 저녁을 함께 먹다 보면 풀어져서 집으로 돌아가곤 했다.

"어제 현진 씨가 와인 맛있는 거 있다고 가져왔는데 같이 마실래요?"

명우와 주희만큼 천생연분처럼 보이는 부부도 드물 거라는 생각을 하던 연희는 소파에서 일어서며 부엌으로 서둘러 들어갔다.

슬쩍 아내의 눈치를 보던 명우가 살그머니 주희의 곁으로 움직이는 것을 본 연희의 입꼬리가 말려 올라갔다.

알맞게 치즈를 자르고 와인잔을 챙기던 연희는 핸드폰을 들어 아직 돌아오지 않은 현진에게 전화를 걸었다.

"나예요. 지금 통화 가능해요?"

갑자기 먹고 싶어진 블루베리 치즈케이크가 눈앞에서 아른거렸기에 연희는 주저하지 않고 그에게 전화했다.

-왜? 무슨 일 있어?

"그건 아니고……. 나 블루베리 치즈케이크 먹고 싶어서요. 올 때 사올 수 있어요?"

-그럼, 다른 건?

"음……. 명우 씨네가 와서 그런데 오다가 하몬 좀 사올래요? 현진 씨가 사온 와인 먹으려고 하거든요."

-와인?

놀란 현진의 목소리에 연희는 무엇이 문제인지 금방 알 수 있었다. 와인 한 잔이 크게 탈이 날 리 없다고들 하지만, 자신도 뿐만 아니라 현진 역시 아이에게 행여 탈이 날까 싶어 하지 않고 있었다.

"나는 포도주스 마시고 와인은 주희 씨랑 명우 씨가 먹을 거예요. 현진 씨도 오면 같이 하고……."

-아……. 그래. 알았어. 그럼 내가 여기 일 마무리하고 바로 갈게.

그가 마치 앞에 있기라도 한 것처럼 연희는 고개를 주억거리며 통화를 마치고 나서야 핸드폰을 내려놓았다.

연희는 치즈와 와인을 내어가며 자신의 잔에는 붉은 포도주스를 따라 함께 했다.

"자, 이거 현진 씨가 맛있는 거라고 가져왔어요."

두 사람의 앞에 연희는 준비해온 것들을 놓아주며 자신도 그들의 곁에 자리를 잡았다. 현진이 오려면 적어도 삼사십 분은 더 있어야 했으니 그동안 이 정도로 충분할 것이었다.

문을 열고 들어선 현진의 얼굴에는 일순 당황스러운 기색이 떠올랐다.

"이게……. 대체……."

거실에 펼쳐진 풍경에 할 말을 잃은 그는 다가온 연희에게 케이크를 넘기고 그녀의 뒤를 쫓아 부엌으로 들어갔다.

"대체 이게 무슨 일이야?"

"다른 건 아니고 주희 씨가 아이 소식에 힘들어하고 있는 거 알죠?"

결혼은 저희보다 먼저 했지만 아이를 가지지 못해 힘들어하는 친구 부부를 잊지 않고 있었다.

행여 자신이 먼저 아이를 만나게 되는 일로 상처받을까 봐 명우의 앞에서는 제대로 기쁜 내색 한번 하지 않았던 현진이었다.

"그런데 명우 씨가 주희 씨랑 오늘 밖에 나갔다가 아기용품만 계속 보고, 사고 그러면서 일이 틀어졌나봐요."

복합적이었지만 분명 원인은 명우의 과한 아기용품 사랑이었던 것이 분명했다. 연희는 그때부터 주희의 마음이 틀어지기 시작했다는 걸 느낄 수 있었다.

"이거 진짜 맛있겠다."

한참 심각한 얼굴로 얘기하던 사람이라고 생각하기 힘들 정도로 연희의 두 눈은 케이크를 보며 빛나고 있었다.

"이게 그렇게 먹고 싶었어?"

저희 집 거실에서 나란히 누워 자고 있는 친구 부부는 이미 잊은 지 오래였다.

"아까 치즈 잘라서 내어놓으려는데 갑자기 먹고 싶더라구요. 현진 씨는 오늘도 밥 못 챙겨 먹은 거 아니에요?"

혼자였을 때는 자신이 스스로 챙기지 않으면 그 누구도 챙겨주지 않은 것들을 아내가 있으니 하나씩 챙겨주고 있었다.

"……있으니까 좋다."

접시에 얌전히 케이크를 담아내는 연희를 보던 그였다. 현진은 그런 그녀의 뒤에서 서서 연희를 끌어안았다. 말은 연희의 귓가에 맴돌 정도로 작게 울렸다.

"뭐가요?"

시치미를 떼고 묻는 연희의 모습에도 그는 내내 웃으며 연희를 더 꽉 끌어안았다.

"그냥 이연희가 있어서."

그리고 그는 연희의 볼에 입을 맞추고 다정한 언어를 말한 뒤에야 옷을 갈아입으러 방으로 들어갔다.

연희의 귓가에는 여전히 현진이 한 말이 맴돌고 있었다.

"아내가 있어서 좋아. 그게 이연희라서 더 좋은 거고."

명우와 주희가 평소와 다름없이 집으로 돌아가고 나서야 연희는 쉬고 있는 현진의 곁으로 다가갔다.

"현진 씨."

신문을 읽으며 커피를 마시던 그를 부른 연희는 현진이 자신을 바라볼 때까지 기다렸다.

그리고 그가 자신을 마주하고 있음을 확인하고 나서야 다시 입을 열었다.

"우리 아이 신발 사러 가지 않을래요?"

얼마 전 거리를 걷다 우연히 발견한 가게에서 아기 신발을 보게 된 후 연희는 꼭 그곳에서 아기 신발을 사겠다고 마음을 먹은 터였다. 오늘은 모처럼 현진도 쉬는 날이었으니 데이트도 하고 그곳에도 들르겠다고 생각했다.

"신발?"

무엇이든 자신이 하는 것에 아무 말 없이 잘 따라주는 사람이었지만 연희는 그럼에도 늘 현진에게 동의를 구했다. 그가 혹시 싫어하는데 하는 건 아닐까 싶은 마음이 그녀의 안에 자리하고 있었기 때문이었다.

"가지 않을래요? 오다가 지난번에 형님이 부탁한 세포라에 가서 그릇도 사구요."

자신의 말에 선선히 고개를 끄덕이는 남편을 바라보며 연희는 두툼한 카디건을 챙겨들었다. 선선히 부는 바람에 감기라도

걸리면 한동안 고생이라는 걸 잘 알고 있기에 그녀는 그런 일을
미리 방지하고 싶었다.

아이를 품에 안고 아이가 신을 신발을 고르는 이국의 여자를
보던 연희의 눈이 곱게 휘었다. 귀여운 아이는 마치 인형처럼 작
았고 그리고 고운 눈매를 가지고 있었다.

"뭘 그렇게 봐?"

제게 한 걸음 다가선 현진의 음성에 연희는 조용히 입을 열었
다. 아이의 눈동자에 가득 내려앉은 졸음을 본 연희는 조심스러
웠다.

"아이가 너무 예쁘지 않아요?"

"그러네."

"여자아이일까요?"

현진의 대답은 없었지만, 연희는 다시 입을 열었다.

"여자아이처럼 너무 예쁘게 생겼어요."

신발을 사겠다고 들어온 가게에서 한참을 멀거니 서서 아이를
바라보던 연희는 쇼핑을 마친 아이 엄마가 돌아가면서 다시 신발
에 시선을 떨어트렸다.

"현진 씨가 좀 골라봐요. 뭐가 더 예쁠지."

"이런 게 무슨 문제야. 내가 끌어안고 다녀서 신발은 필요도 없
을 텐데."

첫 아이에 대한 강한 애정을 처음 드러낸 현진의 모습에 연희
의 얼굴에는 환한 웃음이 가득 피어올랐다.

"정말요?"

"이 아이가 우리한테 와줘서 좋아. 그러니까 이런 게 무슨 색이든 상관하지마. 그냥 네 마음에 들면 그걸로 사가자."

"그래요."

연희는 현진의 말에 그의 손을 잡고 앞에 있던 작은 신 하나를 집어들었다. 이렇게 하나씩 함께 한다면 더할 나위 없이 행복한 날들이 가득하리라 믿어 의심하지 않은 그녀였다. 그리고 그에 화답하듯 현진은 언제나처럼 연희의 옆에 서 있었다.

경진의 방문 소식은 연희는 설레었다. 하지만 친구의 방문으로 인해 다시 가족이 떠오르는 건 어쩔 수 없었다. 뜻밖의 전화에 기뻤던 마음도 잠시 연희의 마음은 이번 추석에는 도원이와 함께 시댁과 친정을 가보고 싶다는 마음으로 싸우고 있었다.

"현진 씨, 진짜 경진 씨가 결혼해서 여기 온데요."

연희의 말에 행복한 기색이 역력하게 묻어나고 있음을 그 누구보다 현진은 가장 잘 알고 있었다. 참 소박하다 싶을 정도로 연희는 작은 것에 감사하며 행복해했다.

"그렇게 좋아?"

"그럼요."

일말의 망설임도 없이 고개를 주억이는 연희의 얼굴이 해사하게 빛났다.

"경진 씨뿐만 아니라 다음 달에는 학교 친구들도 오는데 그 사람들은 안 반가워?"

서울에서 모임이 있던 날 연희의 학교 선배에게 명함 한 장을 건네며 놀러 오라고 했던 기억이 희미해질 정도로 시간이 흐르고 나서야 그들이 프라하에 놀러 오겠다며 연락을 해왔다.

　서울에서 친구들이 온다는 사실에 행복해하는 아내의 모습에 현진은 좋으면서도 한편으로는 미안한 마음을 숨길 수 없었다. 자신 때문에 내키지 않은 타향살이를 시키는 것만 같아 미안했다.

　"나 때문에 미안해."

　결국 마음에 있던 말을 꺼내고 말았다. 지금 이 순간 하지 않는다면 더 미안한 마음을 품고 있을 것만 같아 그는 입을 열었다.

　"그러지 말아요. 현진 씨가 아니어도 난 여기 좋아했을 거예요. 분명히."

　연희의 단호한 음성에 현진의 입매가 느슨히 풀렸지만 여전히 마음 한편에는 미안함이 자리하고 있었다. 그건 무엇을 해도 변하지 않을 사실과도 같은 것이었다.

　"그보다 어머님은 이번에도 못 오시겠죠?"

　연희가 도원이를 가졌을 무렵 장모님과 함께 어머니께서 오셨던 때가 있었다. 그리고 연희는 그 무렵 가족이 이곳을 방문한다는 사실만으로도 기뻐했었다.

　"아마 그러실 거야."

　현진은 확언하지 않았지만 연희가 이미 알면서 물어보는 것이라는 걸 알고 있었다.

"현진 씨도 이번에도 며칠 못 쉬겠죠?"

이 역시 알고 있음에도 묻는 연희의 마음은 분명 가족을 만나고 싶다는 소망일 것이다. 알고 있었지만 어쩌지 못하는 건 눈코 뜰 새 없이 바쁜 나날들 때문이었다. 호텔은 아직도 자리를 잡는 중이었고, 그로 인해 바쁜 건 자신만이 아니었으니 앓는 소리조차 할 수 없었다.

호텔을 이끌어가는 사람이 앓는 소리를 한다면 그 누구도 자신을 믿고 따르지 않을 것이 분명하니 그럴 수 없었다.

"현진 씨, 나요."

무언가 망설이는 연희가 손에 쥔 머그잔을 매만지고 있었다. 멀리서 넘어가는 해가 보이고 있었고, 연희의 품 안에는 꼬물거리는 도원이가 칭얼대고 있던 찰나였다.

"나 서울에 다녀올게요."

연희의 말에 현진은 커피잔을 내려놓으며 연희의 말간 얼굴을 바라보았다. 하지만, 연희의 마음은 확실했다. 지금 이 순간 하고 싶은 일 하나, 바로 그것뿐이었다.

"이제 도원이 안고 비행기 탈 수 있잖아요. 그리고 아버님이 아이 얼굴을 한 번도 보지 못하셨고. 우리 바쁘다고, 아이 때문에 비행기 못 탄다고 그렇게 2년이라는 시간이 흘렀잖아요."

"연희야."

연희의 말이 이치에 옳다는 건 알았지만 그는 내키지 않았다. 혼자 아이와 아내를 보내고 싶지 않았다.

"나 혼자 다녀올 수 있어요. 우리 도원이도 친척 형이 있고 혼자가 아니라는 것도 알려주고 싶어요. 근사한 아빠도 있지만 할머니, 할아버지도 있고 추억이라는 걸 이제부터 만들어주고 싶어요. 우리 적어도 명절에는 가봐야 하는 거잖아요."

연희의 말에 현진은 그녀를 말릴 이유를 찾지 못했다. 마음속에서 내키지 않았던 건 그저 자신의 기분뿐이었으니 아집만 가득한 남자이기 싫은 그는 결국 손을 들을 수밖에 없었다.

"전화하고."

"그럴게요."

하지만 걱정은 내려놓을 수 없던 현진은 다시 입을 열고 말았다.

"다음 주 초에 친구분도 오니까 너무 오래 있다 들어오지마."

"현진 씨, 나 그렇게 걱정하지 않아도 돼요. 나도 이제 프라하에서 제법 있어서 서울만큼이나 잘 다녀요. 게다가 서울에 가는 거잖아요. 독일이 아니라."

독일에 넘어가보고 싶다는 연희의 말 한마디에 걱정이 끊이지 않았던 현진은 결국 시간을 만들어 독일에 함께 다녀왔었다. 아내가 프라하에 온 지 얼마 되지 않아 걱정하는 것은 당연했지만 지금쯤이라면 걱정을 내려놓아도 될 시기였다.

"알아. 그래도 잘 놀다가 들어와."

주말의 석양이 오늘따라 아름답지 않았던 것은 집 안을 가득 채워주던 온기가 내일이면 빠져나갈 것을 알았기 때문이었다.

아장아장 잘도 걷는 도원이로 인해 늘 무뚝뚝하게 자신을 대했었던 시아버지의 얼굴에 웃음꽃이 활짝 피어 있는 것도 보게 된 연희였다.

　　"도원아. 이리 와. 할아버지 힘드셔."

　　정식의 주변에서 아장아장 걷다가 할아버지의 품에 안기기를 반복하는 도원이를 그냥 내버려 둘 수도 있었지만 내일 아침 일찍 회의가 있다는 시아버님의 컨디션을 생각해 그녀는 도원이를 불렀다.

　　"애, 아가. 놔두렴. 기분 좋아 저러시는 걸 뭘."

　　"하지만, 어머님. 내일 아버님 일찍 회의 나가신다면서요. 도원이도 비행기 타고 오느라 힘들 거예요. 그냥 데리고 올라가서 재울게요."

　　여전히 품 안에 안고 연신 웃음을 터트리는 정식이었다. 분명 연희의 말을 듣지 못한 것일 테지만 그녀는 어쩔 수 없다는 생각을 굳혔다. 아이도 오늘 아침에 도착해서 피곤하고 무척 힘들었을 것이 분명한데 처음 보는 할아버지가 좋아서 저렇게 뛰어다니는 것이다. 그래서 그녀는 더욱 아이를 재워야만 했다.

　　"아, 그렇겠구나. 현진이도 왔으면 좋았을 텐데 말이다."

　　"그렇게 하고 싶었지만 현진 씨가 도무지 시간이 나지 않아서요. 다음번에는 꼭 시간 내라고 말할게요."

　　수나의 말끝에 묻어난 아쉬움에 연희는 다시금 혼자 프라하에 있을 현진이 떠올랐다. 자신의 전화라면 지금이 몇 시든 받을 사람이었지만 시차를 계산하지 않을 수 없던 그녀였다.

"아버님, 도원이 이제 올라가서 자야 할 것 같아요."

"아직 7시밖에 안 되지 않았니."

못내 서운한 정식의 말투에 연희는 더 말을 꺼낼 수가 없었다. 2년 만에 처음 본 손자의 얼굴에 내내 기분이 좋으셨는지 더욱 품에 안고 있던 도원이를 달라고 말하기가 망설여졌다.

"그러지 말고 아가한테 손주 내어줘요. 그러다 당신 도원이가 서울에서 내내 아픈 모습 보고 싶어 그래요?"

수나의 한마디에 얼굴을 구기며 도원이를 내려놓는 시아버지의 모습은 웃음을 불러일으켰지만 그녀는 웃음을 꾹 눌러 참으며 아이를 번쩍 품에 끌어안았다.

"그래, 어서 올라가렴."

어머님게 아버님이 명백하게 패하셨지만 그게 또 두 분이 잘 사시고 있는 모습 같아 보기 좋아 보였다. 연희는 제 품에 안기고 나서야 피곤해하는 아이를 가득 끌어안고 계단을 총총히 올라갔다.

넓은 거실을 아장거리며 걸어다니는 도원이를 보는 것만으로도 이렇게 좋아하실 줄은 몰랐던 연희로서는 삼사일 뒤에 가겠다는 말이 도무지 나오지 않았다.

"심심하시지는 않으세요?"

연희는 마음을 내내 까슬거리게 만들던 물음을 건넸다. 자신들이 모시고 살았다면 신경 쓰이지 않을 문제들이 눈에 도드라지게 보였다.

"괜찮단다. 뭐, 원진이도 있고 나는 무료하면 나가서 놀면 되니까 걱정하지 않아도 된단다."

"네. 도원아, 그거 먹으면 안 된다고 했지. 이리 와."

달콤한 맛이 가득한 한과를 양손에 쥐고 아장아장 걷는 도원이에게 손짓을 했지만 돌아오는 건 아이의 거부였다.

"시여."

통통한 볼을 흔들며 한과를 꽉 쥐는 바람에 손과 바닥이 난리가 났지만 아이는 뭐가 그리 좋은지 숨이 넘어가게 웃음을 짓고 있었다.

"너어, 서도원. 엄마가 이런 거 먹으면 아야 한다고 말했지."

"아가 아이가 먹고 싶다는데, 그러지 말고 한두 개는 괜찮지 않겠니?"

시어머니의 말에도 연희는 고개를 내저었다. 아이들이 한 번씩 과자 맛을 보면 금방 그 맛에 길들여지기 마련이었다. 연희는 아이가 유치원에 갈 나이가 될 무렵이 지나도 웬만하면 먹게 하지 않으려 했다.

"아주머니, 물수건 좀 주시겠어요?"

그녀는 아이의 손에 남아 있는 한과를 닦아내기 위해 물수건을 건네받아 열심히 아이의 손을 닦아내었다.

잠시 며느리에게는 친구들을 만나러 나가라고 밖으로 보내버린 수나와 정식은 아이의 재롱에 빠져 헤어 나올 줄 모르고 있었다. 며느리가 없으니 마음 놓고 아이와 놀 수 있어서 더 좋았다.

"자, 이리 와라. 할아버지가 요 맛있는 까까 줄게."

"아이고, 첫 손자라 더 좋으신가보네."

수나가 결국 한마디 하고 나서야 정식은 멋쩍은 얼굴로 아이를 품에 안았다. 아장아장 걸어다니는 폼이 얼마나 귀엽던지 바라보기만 해도 웃음이 절로 났다.

이런 손주를 데리고 그간 단 한 번도 서울에 들어오지 않았던 아들 내외가 조금 괘씸하기까지 했다.

"암, 이리 똘망똘망한 녀석을 보고 좋지 않을 수가 있어?"

"당신 이런 소리 원진이 앞에서 행여라도 해봐요. 친손자 외손자 차별하냐고 대단할 테니까."

"사람도 내가 생각도 없는 줄 아나."

정식이 헛기침을 하며 도원이를 놓아줄 생각을 하지 않고 있었다.

"그리고……"

무언가 또 남아 있다는 말에 정식은 고개를 들어 아내의 얼굴을 바라봤다. 세월의 흔적이 많이 남은 아내의 얼굴에는 자신의 것과 같은 시간들이 고스란히 담겨 있었다.

"절대 도원이 과자 준 거 말하지 말구요. 알았어요?"

아내의 걱정어린 당부에 고개를 끄덕이는 정식이었다. 이런 재미를 또 놓치고 싶지 않았으니 그는 입을 꼭 다물 생각이었다. 그 사실을 모르는 연희는 오랜만에 서점과 카페에 갈 수 있는 여유를 즐기고 있었다.

자신을 속이는 시부모님의 협력은 까마득히 모른 채로 그녀는 아이에게 줄 간식을 만들 생각에 재료도 꼼꼼히 챙겼다. 잘 먹지 않는 아이가 단순히 입맛이 없다고 생각한 채로 말이다.

　그녀도 시부모님의 완전범죄 앞에서는 속수무책이었다.

"도원아."

귀여운 까만 정장을 입고 나비 넥타이를 맨 아이의 모습에 파티장을 지나치던 사람들이 모두 한 번씩 흘긋 돌아보기 일쑤였다.

"동생한테 양보해야지?"

도희의 얄미운 표정에 도원은 입술을 삐죽였다. 겨울방학 때마다 엄마와 함께 서울에 와서 즐겁기만 했는데 오늘 어쩐 일인지 내내 제 것을 탐내는 도희로 인해 도원은 어쩔 수 없이 동생에게 귀여운 곰인형 하나를 양보하고 말았다.

부루퉁한 표정으로 쓱 곰인형을 내밀고 말았다.

"어머, 도원아!"

엄마의 부름에도 아이는 작은 발을 쿵쿵 구르며 호텔을 빠져나 갔다. 호텔 앞에 쪼그리고 앉아 손가락으로 바닥을 문지르며 옴 짝달싹하지 않고 있었다.

그런 도원이 곁에 귀여운 핑크색 리본이 달린 원피스를 입은 예쁜 아이가 그와 똑 닮은 모양으로 쪼그리고 앉았다.

그 모습에 도원은 동그란 눈을 크게 뜨고 작은 입술을 오물거렸다.

"여기 내가 먼저 왔는데……."

하지만 도원의 그 어린 투정은 몇 초도 지나지 않아서 입 안으로 쏙 들어가고 말았다. 너무나 귀엽고 예쁘게 생긴 아이의 두 눈에 가득 들어찬 눈물에 도원은 어쩔 줄을 몰랐다.

"너 여기 놀러 왔어?"

여전히 말이 없는 아이의 두 볼은 알사탕이라도 먹은 것처럼 잔뜩 부풀어 올라 있었다. 그 모습이 제 동생과 달리 너무 귀여웠음에도 도원은 사근사근한 성격이 아니라 무어라 말을 해야 할지 몰랐다.

"엄마, 아빠 잃어버렸어?"

아이가 우는 이유가 그것인가 싶어서 도원은 딴에는 열심히 고심한 내용을 꺼내보였지만 이내 그 질문 역시 답을 얻지 못했다.

나이에 비해 의젓하다는 말을 제법 많이 듣는 도원으로서도 지금 이 상황에 해줄 수 있는 일이 머릿속에 떠오르지 않아 작은 머리로 열심히 고민에 고민을 거듭하는 중이었다.

"아냐."

아이의 쪼그만 입에서 나온 말에 도원은 조금 전 동생에게 곰 인형을 뺏긴 일을 까맣게 잊고 아이에게 집중했다.

"응?"

도원의 반문에 아이의 붉은 볼이 더욱 부풀어 올랐다.

"그런 거 아니란 말이야! 으아앙……."

이내 크게 울음을 터트려 지나가는 사람들의 이목이 모두 쏠리자 도원은 잘 정돈된 머리를 벅벅 문지르며 난감한 마음을 다스리려 애를 쓰고 있었다.

"저기…… 야……."

이름도 모르는 아이를 위해 왜 이렇게까지 해야 하는지 모르겠지만, 일단 예쁘고 귀여우니까 봐줄 수 있다는 생각을 하며 아이는 주머니에 꼭꼭 숨겨 놓았던 미니미 사이즈의 곰인형을 꺼냈다.

"이거 너 가져."

작은 도원의 손 위에 놓인 갈색 곰인형에 아이의 울음이 뚝 그쳤다. 도원은 그제야 입가에 웃음을 머금을 수 있었다. 아이의 통통한 볼에 귀여운 볼우물이 패이니 지나가는 사람들이 한 번쯤 돌아보며 귀엽다고 말할 법한 모습으로 그는 울음을 멈춘 아이의 앞에 서 있었다.

"진짜?"

어느새 눈물자국을 손등으로 쓱쓱 문질러 닦아낸 아이의 천진한 표정에 도원은 고개를 끄덕이며 손을 조금 더 쓱 내밀었다.

"응! 나는 이거 많으니까 너 이거 하나 가져. 나는 우리 집에 이런 거 디따 많거든."

예쁜 아이에게 잘 보이고 싶었던 마음에 도원은 잘난 체도 좀 하고 싶었다. 외국에 있는 아이들보다 지금 제 앞에 있는 아이가 더 귀여워 보여서 잘 보이고 싶은 마음이 여린 도원의 마음에 그득하게 차올라 있었다.

"정말 나 가져도 돼?"

어눌한 발음 사이로 느껴지는 설렘에 도원은 얼굴 가득히 웃음을 피워내며 고개를 끄덕였다. 엄마가 프라하에 간 사이 할머니에게 하나 사달라고 하면 될 것이다.

어느새 곰인형을 들고 환히 웃는 아이의 모습에 도원도 웃음이 멈추지 않았다.

"희주야! 현희주!"

"느이 집에 이런 거 많아?"

누군가를 부르는 소리가 왕왕 울려서 제대로 들리지 않았다. 도원은 아이의 반문에 고개를 끄덕이며 다시 입을 열었다.

"너는 몇 살이야? 나는 10살인데."

"나? 여덟인데?"

짧은 말에도 절대 화가 나지 않았다. 분명 동생인 도희가 이랬다면 불쾌하거나 화가 났을 텐데 그러지 않았다.

"이담에 만나면 내가 되게 큰 곰인형 줄게!"

도원은 지키지도 못할 약속은 하는 게 아니라고 아빠에게 누누이 들었지만 앞에 있는 이 여자아이에게는 어쩐지 약속을 하고 싶었다.

손가락 걸고, 도장 찍고, 복사하는 그런 약속을 하고 싶어진 도원이었다.

"진짜?"

아이의 천진한 웃음 위로 길게 드리워진 그늘에 놀란 도원이 고개를 번쩍 들었다. 그리고 이내 아이의 웃음이 쏙 들어가는 광경에 도원은 슬쩍 아이의 옆에 서서 잠시 머물렀다.

"현희주!"

"어……엄마아……."

아이를 단번에 끌어안아버리는 사람이 엄마라는 것도, 그리고 그렇게 예쁘던 아이의 이름이 희주라는 것도 지금 알게 된 도원은 내내 아이에게서 시선을 떼지 못했다.

"엄마가 얼마나 찾았는지 알아! 아무 말도 없이 사라지면 엄마가 걱정한다고 했어, 안 했어!"

쩌렁쩌렁 울리는 소리에 사람들의 시선이 모이는 것이 불편했던 도원은 슬며시 마주친 아이를 향해 손을 흔들며 작별인사를 건넸다.

방금 마주한 상황으로 보건대 할머니의 곁에서 저를 찾고 있을 엄마가 떠올랐기 때문에 도원의 작은 발걸음이 총총총 빨라졌다.

다음에 만나면 절대 안 잊고 아는 체 해줘야겠다는 생각을 하며 도원은 바삐 엄마를 향해 걸음을 서둘렀다.

❉

오늘도 시끌벅적한 아이들의 이야기에 현진은 마냥 웃고 있었다. 그 모습이 얄미워서 연희는 그런 현진의 팔을 꼬집어 비틀어버렸다.

"현진 씨!"

버럭 언성을 높이는 버릇도 아이들과 많은 시간을 씨름하다 생긴 버릇 중에 하나였다.

"아, 알았어. 왜? 오늘 별다른 것도 없는 거 같았는데 무슨 문제 있었어?"

일주일 뒤에 프라하로 들어가기 위해 그도 서울로 나왔고 그의 말대로 문제는 없었다. 단지 제가 없는 날 어머님이 아이들에게 사주신 선물들이 문제였을 뿐이었다.

"자기가 어머님한테 좀 말해봐. 내가 몇 번을 말해도 괜찮다고 애들한테 비싼 거 척척 사주시잖아."

"애들 오랜만에 봐서 그러는 거잖아. 너무 걱정 마. 당신 손자, 손녀 예뻐서 그러시는 거니까……."

"그러다가 애들 버릇 나빠지면 어떻게 해……."

걱정이 없으니까 사서 한다는 소리를 엄마에게 늘 듣지만 연희는 걱정을 멈출 수가 없었다.

"그럼 내가 어머니 말고 애들하고 얘기할게. 알았지?"

그녀의 걱정을 내려놓게 만들기 위해서는 그가 무어라도 해야 한다는 것을 알고 있었기에 그는 두말하지 않고 그녀가 원하는 답을 내려놓았다.

"알았어……."

이내 잠잠해진 연희가 어깨에 기대자 현진은 잠시 덮어 뒀던 신문을 들었다. 그는 늘 이렇게 했던 사람처럼 아내와 함께 신문을 읽어내려갔다.

현진은 고집스레 입을 악문 아이의 모습을 보며 한숨을 내쉬었다. 아내에게 제가 말을 하겠노라 얘기했지만 아들의 고집은 자신보다 더 깊었다.

"서도원."

원하는 것, 하고 싶은 것을 하기 위해 고집을 피웠던 자신보다 더 고집스러운 10살배기 아들은 그에게 있어서도 어려운 숙제 같았다.

"아빠가 뭐라고 그랬지?"

여전히 묵묵부답인 아들의 모습에 현진은 제 옆자리를 팡팡 두드렸다. 이리 와서 앉으라고 아들을 향해 손짓을 해보이고 나서야 도원의 작은 그 걸음이 움직였다. 그는 아이가 곁에 앉고 나서야 입을 열었다.

"갖고 싶은 건 엄마한테 사달라고 그래야지."

"하지만……."

제법 의젓하고 똘똘한 도원이 어째서 어머니에게 인형을 하나 더 사달라고 했던 것인지는 모르겠으나 그는 분명 이유가 있을 것이라고 생각했다.

"그런데 도원아."

아이의 맑고 순수한 눈빛에 현진은 머리를 쓰다듬고 싶은 마음을 누르며 입을 열었다. 지금 당장 아이와 해야 할 건 그런 것이 아니었다.

"도원이는 이미 하나 가지고 있었잖아. 왜 할머니한테 사달라고 그랬어?"

"그게……."

주저하는 아이를 내려다보는 현진은 입가에 미소를 머금으며 아이의 눈을 마주치려 부단히 노력했다.

"그게…… 전에 파티장에서……."

말끝을 흐리는 폼이 제 아들 같지 않은 것이 무언가 있었다. 현진은 그런 아이의 모습에 참을성 있게 기다렸다.

"여자애가 울길래……."

"여자애? 도원이 원래 모르는 친구한테 도원이 물건 잘 안 주잖아."

저도 겸연쩍었던지 고개를 끄덕일 뿐 아무런 말을 하지 못하고 있었다. 그 모습에 현진은 슬며시 웃음이 입가를 비집고 나올 뻔한 것을 겨우 참아내며 아들을 향해 슬쩍 운을 뗐다.

"친구가 예뻤구나?"

제 말에 아이의 작은 얼굴이 휙 저를 향해 돌려지는 모습이 어찌나 귀엽던지 현진은 아들은 품에 안고 싶었다.

"예쁜 친구가 울어서 주고 싶었어?"

늘 어른처럼 행동하는 아들이 걱정이었던 현진으로서는 아이 같은 이런 모습에 웃음이 났다.

"그럼 말을 하지 그랬어. 그러면 도원이 엄마가 착하다고 같이 하나 사러 가자고 그랬을 텐데."

"진짜?"

아이의 천진한 음성이 현진의 귓가를 간질였다. 그 기분 좋은 느낌에 그는 아이의 보드라운 손을 잡으며 다시 천천히 입을 열었다.

"그럼!"

"하지만 엄마가 그날도 도희한테 내 것 양보하라고 그랬고······."

"엄마가 그랬어?"

아이의 불만에 현진은 내내 웃으며 아이의 손을 만지고 또 만졌다. 무엇에 그리 바쁜지 아이들과 보내는 시간은 턱없이 짧았고 함께 있는 시간은 귀하기만 했다. 대부분 프라하에서는 아이들이 모두 잠에 들고 나면 집에 들어오던 자신이었으니 이렇게 함께 앉아서 이야기하는 것만으로도 그는 이미 행복했다.

"그럴 때는 도원이가 도희한테 양보하는 거야."

제 말에 작은 어깨가 축 처지는 모습에 현진은 다시 말을 이어나갔다. 그가 하고 싶었던 이야기는 이것이 아니었으니 아이가 오해하지 않기를 바랐다.

"그리고 도원이는 엄마한테 나중에 더 좋은 걸로 하나 달라고 그러면 되지?"

"응?"

아이의 멍한 표정에 결국 그는 아이의 머리를 쓱쓱 쓰다듬으며 말을 이었다.

"우리 착한 도원이가 동생을 위해서 자기 거 양보했다는 걸 아니까 엄마도 도원이한테 더 좋은 거 사주고 싶어할 거라고 아빠는 그렇게 생각하는데?"

현진은 10살 난 아이의 가장 큰 고민을 들어주느라 시간가는 줄 모를 지경이었다.

"아⋯⋯앙?"

"우리 착한 도원이가 도희를 얼마나 챙기고 다니는 줄 아빠가 너무 잘 아니까. 도원이는 필요한 거 있으면 할머니 말고 엄마한테 바로 말해. 엄마가 안 된다고 해도 아빠한테 말하면 아빠가 다 해줄게. 알았지?"

"진짜? 진짜?"

도원의 반짝이는 눈빛에 현진은 고개를 끄덕여주며 커다란 제 손을 내밀었다. 아이의 기준에서 매우 중요한 절차인 약속이 남아 있다는 것을 알기에 그는 군소리하지 않고 아들의 기준을 따랐다.

"약속했어! 아빠 나랑 약속한 거야!"

구름 위를 방방 뛰어다니기라도 하는 사람처럼 즐거워하는 아들의 모습에 현진은 도원을 품에 안았다. 여전히 품 안에 쏙 들어오는 아이를 안고 빙글빙글 돌려주는 현진이었다.

그런 현진의 뒤로 연희의 놀란 소리가 날아들었다.

"어머! 도원아! 그러다 다쳐!"

또한 그 뒤로 도희의 숨이 넘어갈 듯한 웃음소리가 가득 울려 퍼졌음은 두말할 것 없는 사실이었다.

발에 땀이 나도록 돌아다닌다는 말이 무엇인지 오늘 실감이 난 희주는 입술을 삐죽이며 앞서 걸어가는 오빠를 바라보기만 할 뿐 이었다.

겨우 세 살 차이면서 잘난 척은 엄청 심한 제 오빠지만 희주는 그래도 오빠는 오빠라는 생각에 터덜거리는 걸음을 움직였다.

"같이 좀 가!"

결국 불만을 토로하는 희주를 한 번 돌아보던 희민이 쓱 뒤 돌아 한 번 쳐다볼 뿐 별다른 변화는 일어나지 않았다. 또 그 모습에 아빠가 겹쳐져 희주는 귀신 들린 중처럼 중얼거리기 시 작했다.

"쳇! 좀 같이 가면 어디가 덧나? 꼭 아빠 닮아서 저렇게 지밖에 모르고……"

중얼거림이 점차 심해지면 질수록 희주의 목소리에 불만은 점 차 강해지고 있었다.

"야!"

움찔, 희주의 어깨가 떨려왔다. 오빠의 거친 소리에 놀란 아이는 짧은 머리카락을 흩날리며 걸음을 우뚝 멈췄다. 가느다란 희주의 걸음이 우뚝 멈춰버리고 말았다.

"빨리 못 와?"

정말 끝내주게 싫은 오빠였다. 적어도 지금 이 순간 현희주에게 있어서 오빠라는 존재는 없었으면 하는 마음을 들게 했다.

"가!"

이내 저를 살피지도 않고 홱 돌아서는 오빠의 모습에 희주는 입술을 삐죽이며 버럭 소리를 지르고 말았다.

그 어느 날 호텔에 처음 갔던 어렸을 때 만난 곰돌이 인형을 제게 준 이처럼 다정한 이가 오빠였으면 하고 바랐던 적이 한두 번이 아니었다.

그녀의 걸음이 총총총 빨라졌다. 이미 저 멀리 걸어가고 있는 희민을 따라잡기 위해 희주는 기운이 나지 않는 여린 다리를 바삐 움직였다.

✳

할머니가 꾸몄다던 방은 넓고 아늑했다. 도원은 방에 가방을 내려놓자마자 핸드폰을 들었다.

"여보세요?"

프라하에서 내내 걱정하고 있을 어머니를 향해 연락하는 것을 잊지 않고 있던 그였다. 핸드폰을 어깨에 끼운 채로 가방을 정리하는 도원은 전화 너머에 있는 어머니의 모습이 눈에 훤히 그려졌다.

－피곤하지는 않고?

"네. 걱정 마세요. 여기서 대학교 다니는 것뿐이에요."

늘 제 걱정이 마르지 않는 어머니를 진정시키는 것은 아버지일 것이었다. 제가 늘 아이 같아 보이는 어머니의 마음에 있는 자신을 키워주는 일 역시 아버지가 할 것이었다.

－할머니랑 잘 지내고, 엄마가 석 달 뒤면 도희랑 같이 갈 테니까…….

"어머니, 저 아이 아니에요. 물가에 내놓은 아이같이 생각하지 않으시게 잘 있을게요."

도원은 어머니를 다독였다. 제가 할 수 있는 한 최선의 것을 꺼내보인 그였다. 다정한 아들은 아닐지라도 적어도 걱정스러운 아들이 되고 싶지는 않은 도원이었다.

－그럼, 엄마가 알지. 우리 도원이가 얼마나 착실하고 말 잘 듣는데……. 알았어. 그럼 아들 엄마한테 전화하는 거 잊지 말고 다녀. 알았지?

"네."

겨우 진정된 어머니와의 통화가 끝나고 나자 귓가가 얼얼할 정도로 뜨거워진 핸드폰이 그의 손에 들렸을 뿐이었다. 시린 바람이 필요했다.

도원은 주저 없이 창문을 열었다. 시원한 2월의 바람이 방 안을 휩쓸 듯 돌아다니기 시작했다. 그는 그 공기를 맞으며 짐을 정리했다.

불쑥 튄 대화 주제에 도원은 무척이나 당황스러웠다.

"현희민?"

딱 보기에도 놀았을 것 같은 분위기를 물씬 풍기는 녀석이었다. 그런 녀석이 좋은 것은 아니었다.

한눈에 보기에도 짙은 냄새를 풀풀 풍기는 그런 사람은 도원 역시도 달갑지 않았다.

"걔 보니까 엄청 놀았다는 거 같던데? 여기 들어온 게 기적이라는 말이 맞을 정도래."

단정한 제 차림과는 달리 머리는 희끗희끗하게 염색하고 책은 단 한 권도 들고 다니지 않는 그는 분명 연구대상에 가까웠다.

"저런 애가 어떻게 경영학과에 들어왔는지……."

다들 같은 출발선에서 시작하면서 무리에서 튀는 사람이 있다고 배제하려는 태도를 고수하는 사람들이 싫었다. 더욱이 이런 이들을 그는 프라하에서 수도 없이 마주했던 도원이었다.

"지금 없는 사람 따돌리는 건 좀 그렇지 않나?"

도원의 서늘한 일갈이 날아들었다. 차가운 언어가 그들의 사이로 비집고 들자, 이제 갓 어른의 티를 내려는 이들의 시선이 그를 향해 돌아선 것은 자명한 일이었다.

"뭐?"

단말마에 가까운 음성에도 평온한 것은 그뿐이었다.

"현희민이 어쨌든. 너희가 어쨌든. 우리는 지금 여기에 새롭게 시작하려고 온 거 아니야?"

도원은 이해할 수가 없었다. 어째서 같은 처지인 이를 이토록 배려하지 않는 것인지 어린 동기들의 마음을 살피고 싶지도 않았다.

"이번 조별과제 난 이 팀에서 빠질게. 나중에 기회 되면 같이 하자."

도원은 말을 마치고 자리를 털고 일어섰다. 아이들의 황망한 눈빛에도 그는 눈 하나 깜박하지 않았다.

그는 이내 대학교 교정을 나서려는 희민을 발견하고 긴 다리를 느긋하지만 조금 빠르게 움직였다.

"아, 진짜!"

희민의 높아진 언성이 이제 제법 익숙해질 만큼 도원은 그와 과제로 인해 붙어 있는 시간이 많았다.

"뭐냐?"

희민이 살고 있다던 오피스텔에 처음 온 도원은 그가 누군가와 함께 살고 있음을 알 수 있었다.

"그게 아니라……."

여자아이의 소리에 도원은 동생이 불현듯 생각났다. 그는 슬쩍 고개를 내밀어 상황을 살피기 시작했다.

"왜?"

"아냐. 동생인데……. 오늘 집으로 좀 가 있으라니까 내 말을 어디로 들어먹은 것인지."

버럭거리는 일이 원래 일상인 듯한 희민은 욱하는 성격에 본
인 스스로도 짜증 난다고 말했었다. 남자다운 성격에 욱하는 성
미까지 더해지니 사람들의 시선에 본인은 아마도 썩 달갑게 받
아들여지지 않을 것 같다는 말을 지난 몇 번의 만남 동안 들은
도원이었다.

물론, 이런 이야기들은 전부 술자리를 통해 듣게 된 것이지만
말이다.

"근데 동생?"

아직도 학생의 태를 벗어 던지지 못한 소녀는 쉬이 눈길이 갈
만큼 예뻤다. 그리고 잔뜩 움츠러든 어깨와 흔들리는 큰 눈망울
이 지금 이 상황에 겁을 집어먹고 있다는 것을 쉬이 알 수 있게 해
줬다.

"어."

무뚝뚝한 희민의 말에 속으로 혀를 차며 도원은 인사도 안 시
켜주나 싶어 그를 바라봤다.

"저…… 오빠……."

제 동생이라면 서도희라는 이름 석 자를 말하며 너무나 자연
스레 말을 걸기 시작할 것이었음에도 희민의 동생은 그렇지 않
았다.

"나 책만 챙겨서 갈……게."

도원은 잔뜩 주눅이 든 아이를 바라보며 무언가 말을 하려다 아
이의 손끝에 달랑거리는 물건에 두 눈을 크게 뜰 수밖에 없었다.

핸드폰에 달려 있는 작은 곰인형이 너무나 익숙했다. 그는 인형 옷에 놓인 수에 쓰여 있는 SDW라는 작은 이니셜에 놀란 마음을 내려놓을 수가 없었다.

그 작고 예뻤던 아이가 눈앞에 있는 아이였을 줄 몰랐던 그였다. 또한, 이렇게 만나게 될 줄 몰랐던 그였다.

"혼자 위험하니까 내가 데려다 줄게."

도원은 불쑥 희주를 향해 말했다. 그의 기억이 맞는다면 이름이 현희주였을 것이었다. 도원은 슬쩍 올라가는 입꼬리를 애써 내리며 가방을 챙겼다.

"야, 그럴 필요 없어."

"괜찮아. 어차피 우리 거의 다 했잖냐. 내일 한 번 더 하자."

그는 희민의 어깨를 두어 번 두드리고는 가방을 어깨에 멨다. 가느다란 손에 들려 있는 희주의 가방 역시 들어주며 그는 희민에게 손을 흔들며 오피스텔을 앞장서 나왔다.

총총총, 제 뒤를 걷는 소리에 그는 웃음이 일었다.

이렇게 만나게 될 줄 몰랐다. 하지만, 이렇게 만나게 되어 참 좋은 도원이었다. 그 예뻤던, 아직도 예쁜 희주를 만나고 싶었던 그였기에 말할 수 없이 좋았다.

"저……."

"나는 서도원이라고 네 오빠 친구야."

어느새 옆에 바싹 다가온 희주에게 가볍게 말을 건넨 도원은 희주의 짧은 머리카락이 얼굴에 붙어 있는 것을 보고 손을 들어 귓가로 넘겨주고는 다시 걸음을 재촉했다.

"제가 들어도 되는……데요."

"괜찮아."

어렸을 때 잠시 마주한 것이 전부이지만 그래도 그 모습이 남아 있어 도원은 쿵쿵 뛰는 소리가 희주에게 전해질까 봐 걱정이었다.

"희민이랑 둘이서 사는 거야?"

"네……?"

서서히 다가오는 버스를 발견하고 제 눈치를 보는 희주를 보면서 도원은 슬쩍 입꼬리를 말아올렸다. 여전히 예쁜 희주가 반가웠다. 또한 절대 지킬 수 없었던 약속 하나를 지킬 수 있을 것만 같아 기뻤다.

"여기. 저거 타고 가는 거 맞지? 조심히 들어가."

도원은 당부의 말을 잊지 않으며 희주의 잘고 고운 손에 가방을 건넸다.

"내가 탈 버스는 아직 안 왔거든. 나중에 봐."

그는 마치 다음에도 또 만날 사람처럼 희주를 향해 손을 흔들어줬다. 희주의 크고 맑은 두 눈이 저를 깜박거리며 올려다보니 더없이 좋은 기분이 들었다. 무어라 형용할 수 없는 기분에 도원은 내내 웃으며 그 자리 그대로 못 박힌 듯 서 있었다.

총총총 버스를 향해 가던 희주가 문득 돌아선 모습에 그는 놀랐지만 그 자리에서 가만히 있을 수밖에 없었다.

그 어렸던 희주가 저를 기억하고 있을 것이라는 생각은 하지 않았다. 하지만, 조금이라도 기억해주면 좋지 않을까 싶었다.

"오……빠도 잘 가!"

손을 흔들어주며 제게 인사를 건넨 희주가 다시금 버스로 들어가버리자 무언가 아쉬운 마음에 도원은 정류장에 놓인 벤치에 앉았다.

앉아서 멀어지는 버스를 멀거니 바라만 봤다.

❄

엄마의 끝없는 잔소리와 아빠의 무뚝뚝한 꾸지람을 독차지해버린 희주는 오늘도 집에 온 제가 잘못이라는 생각뿐이었다.

"엄마, 나 그냥 집에 갈래."

그녀는 집에만 들어오면 잔뜩 위축이 됐다. 내내 아들만을 중요하게 생각하던 할아버지 때문이기도 했으나 제 부모님의 비밀을 어린 나이에 쉽게 알아버린 날부터 생긴 버릇과도 같았다.

"현희주! 너 엄마가 말하는데 그게 무슨 버릇이야?"

"엄마는 꼭 그러더라? 왜 나한테만 그래? 아빠랑 오빠한테는 못하니까 나한테 그러는 거 아니야? 이 집에서 제일 나쁜 게 엄마야!"

어린 마음에 희주는 엄마의 마음에 생채기를 하나 냈다. 하지만, 어렸던 그녀는 그게 상처가 된다는 사실도 몰랐다. 모르는 게 당연했다.

사람은 원래 하나하나 배워나가는 것이 맞으니 몰라도 괜찮았다. 하지만, 그것조차 모르는 어린아이였을 뿐이었다. 그걸 가르쳐

주는 이가 희주에게 없었다.

"왜? 맞잖아! 이제 내가 고3 되거든! 오빠가 아직도 수험생이야? 엄마는 왜 나한테만 그래?"

"현희주!"

"내가 모를 줄 알어? 엄마 지금도 아빠가 엄마 모르게 고모 도와줬다고 이러는 거 아냐! 그거 아빠한테 말 못하니까 짜증 나서 나한테 이러는 거잖아!"

꾹꾹 눌러 참았던 희주의 마음이 터져버렸다. 저도 오늘 왜 이러는지 모르겠으나 오늘 하루만큼은 온전히 저를 봐주는 엄마가 있었으면 했다. 늘 오빠에게만큼은 상냥하고 다정한 엄마가 왜 제게는 그리 엄하게 하는지 몰랐다.

"너!"

"몰라! 나 갈 꺼야!"

희주는 뒤도 돌아보지 않고 집에 가져왔던 가방을 고스란히 들고 책상 위에 가지런히 놓아뒀던 핸드폰과 지갑을 챙겨 방을 나갔다.

희주의 걸음이 콩콩거리며 속도를 빨리했다. 뒤에서 그녀를 부르는 엄마의 소리에도 희주는 꿈쩍하지 않았다. 오늘만큼은 고집을 부리고 싶었던 그녀였다.

아이러니하게도 다시 마주할 수 있는 날이 이렇게 빨리 다가오리라고는 생각지 않았던 도원이었다. 그저 밤거리가 좋아 걷고 싶을 뿐이었고 걷다 보니 어느새 잘 알지 못하는 동네에 있던 그였기에 잠시 인적이 드문 거리에 서서 고민을 했을 뿐이었다.

그 길 끝에 있는 버스정류장에 앉아 어린아이처럼 엉엉 우는 희주를 발견하기 전까지 그는 집에 어떻게 가야 하나 고민했다. 그게 도원의 가장 큰 고민이었다.

"희민이 동생 맞지?"

도원의 말에 두 눈이 토끼처럼 붉게 물든 희주가 고개를 빼꼼히 들었다. 무릎에 얼굴을 묻고 엉엉 울었던지 아직도 두 볼이 촉촉이 젖어 있는 희주를 보던 그는 주머니에 있던 손수건을 건넸다.

"이거."

처음 만났었을 때에도 그러더니 지금도 울고 있는 모습에 도원은 잠시 희주의 옆에 자리를 잡았다. 아무런 말 없이 얼굴을 닦는 희주의 그 맑은 행동 하나하나에 그는 어쩐지 웃음이 비집고 들어오려는 기분을 느끼고 있었다.

"고맙습니다."

고개를 꾸벅하는 희주의 인사에 그는 웃었다.

"뭘……."

과에서 평소 친하게 지내는 친구들과 술 몇 잔을 기울이다 걷고 싶은 마음이 문득 들어서 무작정 걸었던 것뿐이었다. 다른 것이 있다면 여기는 프라하가 아니라는 것이었다.

프라하처럼 걸으면 신시가지에서 구시가지로 갈 수 있고, 걸으면 예쁜 석양이 보이는 풍경들이 가득한 거리가 있는 그런 곳이 아니었다는 것뿐이었다.

"참, 희민이한테 갈 거면 내가 데려다 줄게."

그는 밤 11시가 다 되어가는 시간에 혼자 버스를 타고 희민이의 오피스텔까지 들어갈 희주가 마음에 걸렸다. 희주를 데려다 준다면 제가 타고 갈 버스가 끊길 것 같지만 도원은 개의치 않았다.

"저……. 괜찮아요. 오빠도 집에 가야 하잖아요."

"괜찮아. 나 어차피 약속 있어서 나온 길이었어. 아, 미안한데 여기서 잠깐만 있어볼래? 금방 올게."

희주의 어깨 너머로 보이는 트럭에 매달린 커다란 곰인형에 그는 희주의 답도 듣지 않은 채 트럭을 향해 뛰어갔다.

약속을 지킬 수 있을 것 같았다.

짙은 갈색의 어린아이만 한 곰인형이 희주의 눈앞에 내밀어졌다.

"이걸 왜……."

희주는 제게 이런 것을 내미는 오빠 친구가 슬쩍 의심스러워졌다. 물론, 제 오빠처럼 늘 무뚝뚝하고 버럭거리는 사람만 존재하는 것은 아니겠지만 제게 내밀어진 인형에 그녀는 조금 어색했다.

"아, 약속."

머쓱하게 웃는 도원 오빠의 모습에 희주의 시선은 내내 그에게 고정되어 있었다. 희주는 분홍색 운동화를 길바닥에 쓱쓱 문지르고 있었다.

"약속이요?"

제 기억에 이런 약속을 한 사람은 없었다. 더욱이 이렇게 귀여운 곰인형을 사주기로 한 사람을 잊을 리 없었다.

"그거, 고리에 단 인형."

그의 말에 희주의 시선이 화등잔만 하게 커졌다.

그 어느 날, 반짝거리던 호텔에서 만난 멋진 옷을 입고 있던 남자아이가 떠오른 희주였다.

"그거 준 애가 나중에 만나면 큰 곰인형 준다고 그러지 않았어?"

살짝 구부린 허리는 저와 시선을 마주하기 위해서라는 것을 깨닫자마자 희주의 두 볼이 붉은 노을처럼, 새빨간 자두의 그것처럼 달아올랐다.

"여기."

제 손에 들려주려는 인형의 고운 촉감에 희주는 슬며시 입꼬리가 올라갔지만 짐짓 아닌 척 손을 뺐다.

"아…… 아니에요. 그냥 오피스텔만 가면 돼요."

"그러지 말고 받아. 나 그 약속 못 지키는 줄 알고 걱정했거든."

"네?"

제가 멍해 있는 사이 자신의 품에 인형을 떠밀 듯 안긴 그가 다시 저를 보고 매력적으로 입꼬리를 말아올렸다. 희주는 그 모습에 한동안 말을 하지 못했다. 아빠도 제게 이렇게 해주지 않았다.

심지어 할아버지는 제가 여자라고 싫어하기까지 했었다.

오빠는 본인이 남자라서, 장남이라서 대단한 사람인 것처럼 굴었다.

현희주에게 이렇게 다정히 말해주는 사람은 없었다. 그녀는 마음이 말랑말랑 마시멜로우처럼 흐물거리는 기분이었다.

"나 너 꼭 만나보고 싶었어. 너 그날 되게 예뻤거든."

그 어느 날 호텔에서 알게 된 엄마, 아빠의 비밀에 울던 자신에게 반짝이게 예쁘던 곰인형을 스스럼없이 주던 그 애가 지금 눈앞에 있는 사람이었다.

희주는 그런 사람이 이런 다정한 사람이라 괜스레 웃음이 일었다. 그녀는 별다른 말을 하지 않았지만 품에 안은 인형을 꽉 그러안았다.

작 가 후 기

사랑에는 조건이 없다고 생각합니다. 하지만, 단 한 번의 상처로 인해 사람에게, 그리고 사랑에 마음을 닫아버린 여자에게 다가가기 위한 남자라면 충분히 그런 유치한 조건을 걸어볼 수 있지 않을까 생각했습니다.

그리고 그런 조건이어야 움직일 수 있는 여자가 있다면, 반드시 그에 맞는 남자도 존재할 것이라고 생각했습니다. 그런 주인공들이 행복하게 살기를 바라는 마음으로 글을 썼고, 저는 이 글을 보며 많은 분들이 행복해하길 바랐습니다.

연희는 상처가 있는 사람이었고, 현진은 원하는 것을 이루려면 포기해야 하는 것이 있다는 걸 깨달아가고 있었습니다. 좋은 학벌도, 좋은 집안도 가지고 있는 그였지만 그는 연희를 우연히 마주하고 원하게 됩니다.

상처가 있음을 알고 주저하지만, 그건 현실에서 할 수 있는 망설임이라고 생각합니다. 하지만 결정을 하고 돌아보지 않는 그는

Lovely Day 373

오직 단 한 사람만을 바라며 걸어가는 사람이라 연희에게 더 잘 어울린다고 생각합니다.

연희에게는 그런 사람이 어울린다고 생각했습니다. 상처가 있었으니, 그 상처를 덮고도 남을만한 따뜻한 사람이었다면 좋겠다는 바람이었습니다.

제 모든 글에는 만일 내가 이 사람이었다면, 이라는 가정을 합니다. 이번에도 마찬가지였지만 연희였다면 이 상황에서 나는 어땠을까……. 나라는 사람은 어떤 마음으로 살아냈을까……. 과연 나는 이 상황들을 견뎌냈을까 싶었습니다.

대답은 아니었습니다. 결국 연희도 아니었지요. 남편의 외도와 외도의 상대를 알고도 어쩌지 못한 것은 처한 현실의 무게에 눌려 어떻게 할 수 없었던 것이라고 생각합니다.

하지만 연희는 제가 할 수 없는 걸 했으면 싶었습니다. 저라면 이혼을 하기까지 힘들고 또 힘들어 끌려다녔을 그 과정들은 연희는 주도했으면 싶었습니다. 유약해 보였지만 결코 그렇지 않았으면 하는 마음이었습니다.

안은 달콤한 향이 나는 과일과 같은 사람이기를 바랐습니다.

저는 그럴 수 없는 일, 제 주인공들은 했으면 하는 바람을 담았다랄까요.

여전히 다른 주인공을 통해 저는 또 다른 이야기를 건네고 싶습니다. 그 모든 이야기가 읽는 분들의 마음에 들 때까지 이야기를 쓰고 싶습니다.

여러분은 그런 상상해보신 적 있나요?

내가 이야기의 주인공이라면…….

아직 한 번도 해보신 적 없다면 한 번쯤 상상해보세요. 가끔은 상상을 현실로 만들고 싶어하는 마음을 발견할 수 있으니까요.

다사다난한 한 해가 이어지고 있지만, 그럼에도 여전히 곁에서 격려와 응원을 함께 하는 단란한 가족에게 감사하며 조은세상과 좋은 인연을 맺을 수 있어 고마웠습니다.

당신에게 늘 행복한 일들만 가득하길.
사란.

청염
清艶

지유持有

장편소설

그가 떠난다.

그런데 그가 오늘 떠난다.

꼭 만나야 하는데…….

가버렸다. 송의진.

그가 떠나기 전에 꼭 하고 싶은 말이 있었다.

그런데…….

감정을 주체하지 못한 연수의 눈에서 하염없이 눈물이 흘러내렸다.

"연수야?"

눈물 때문에 일렁이는 사람들 속에 의진의 모습을 확인하는 순간,

연수는 달려가 그의 품에 와락 안겼다.

"미안해요, 미안해요! 화난 것이 아니었는데……

EJ도 엄마처럼 아무런 말없이 떠나버릴까 봐……!"

연수의 눈물에 그의 가슴이 젖어 들었다.

그리고 아이의 고백에 심장도 조여들었다.

"홍연수?"

울고 있는 연수를 조심스럽게 가슴에서 떼어낸 그가

한 발짝 물러섰다. 눈물을 닦아주었다.

"연수야, 난 멘해튼에 있을 거야. 그러니까……."

의진은 더 이상 아무 말도 말할 수 없었다.

그의 미래가 정해지지 않은 것처럼

아이의 미래 또한 아직 정해지지 않았으니까.

그가 배낭의 포켓을 열고 꺼낸 봉투를 연수에게 건넸다.

"네게 이걸 꼭 전해주고 싶었어. 자."

머리를 쓰다듬던 그의 손이 멈추는 순간

뜨거운 입술이 연수의 하얀 이마에 닿았다.

"안녕, 플루메리아!"

GOOD WORLD ROMANCE NOVE

플루메리아 꽃말은
'축복받은 사람'이래요.

제목 : 청염(清艶)
지은이 : 지유持有
출판사 : (주)조은세상
발행일 : 2014년 4월 10일
ISBN : 979-11-5512-438-3 (03800)
판형 : 130×190
페이지 : 424
정가 : 9,000원